男装騎士は王太子のお気に入り

登場人物紹介
ジークハルト
レーヴェ王国の王太子にして総司令官。
普段は冷静沈着だが、アリーセには
ペースを乱されっぱなしで……。
アリーセ
双子の兄になり代わり、
王太子の護衛騎士となる。
体躯は華奢だが俊敏性が高い。

アドルフ
インゴル公爵。
王家に不満を持ち、
その座を狙っている。
フォルカー
ノイセン公領の正騎士。
イーヴォと同様に
王家直轄の任務につく。
イーヴォ
王家直属の諜報員。
新参者のアリーセを
警戒している。
アルノー
お転婆な妹を優しく見守る
アリーセの兄。
現在は病気療養中。

「で？　貴様は私の出した条件をどれだけ満たしているというんだ？」

体の芯まで凍る声で、銀髪の男は言った。

アイスブルーの瞳はあからさまな侮蔑《ぶべつ》に満ち、アリーセを睨《にら》みつけている。

苛立ち、怒り、嫌悪《けんお》……全身から放たれる厳しい感情。すぐさま首を刎《は》ねられてもおかしくないと思えた。

こ、こ、怖すぎるよぉっ……

アリーセはすっかり震え上がり、石床につくほど頭《こうべ》を垂れて答えた。

「恐れながら殿下、オーデン騎士団が私を適格とみなしたのでここにおります」

「適格だと？　人を馬鹿にするにもほどがある！　オーデンの連中はそろいもそろって能無しか？即刻、荷物をまとめてここを立ち去れ。能無し連中に伝えろ。もっとましな奴を寄越せとな」

「騎士団が適格とみなしたからには、私以上にましな者はいないということです」

冷静に言ったつもりが、恐怖で語尾が裏返った。

「貴様のどこが適格なんだ？」

どこが、という単語にすべての怒りが込められる。

「私はタフで、屈強で、殺しても死なない超一流の騎士を寄越せと言ったんだ。貴様のどこがタフで屈強なんだ？」

抑揚《よくよう》のない声が余計に怖い。視線だけで射殺《いころ》されそうだ。

アリーセは泣きたかった。この世界にこれ以上不機嫌な男はいないというほど凶悪な顔をし、今にも剣でアリーセを八つ裂《やつざ》きにしそうなこの男こそ、ジークハルト・フォン・リウブルク。レーヴェ王に即位したノイセン公ルートヴィヒの嫡男《ちゃくなん》にして、王太子である。

そして、アリーセの憧れの人。もっとも、憧れていたのはこの部屋に入る前までだけど……

「くそっ。よりによってこんなひ弱そうな奴を。まったく！　どうなってるんだ？」

ジークハルトは王太子らしからぬ暴言を吐いた。

「推薦状をお見せしまし……」

言い終わらないうちにジークハルトは「必要ない」と鋭くさえぎった。

「あくまで満たしていると言うんだな？　私の出した条件を」

どう答えてよいのやら考えあぐねていると、「答えろっ！」と一喝《いっかつ》され、飛び上がった。

「……し、失礼ながら、騎士団がそう判断したということです」

数歩の距離を挟んで、二人は対峙《たいじ》する。

アリーセはひざまずいたまま負けじと睨《にら》み返した。

冷ややかな視線に凍りつきそうだ。なのに、目が惹きつけられて離せない。

ジークハルトは怖いほど整った美貌《びぼう》だった。冷酷そうな、細く鋭い目。気高さの象徴のような高い鼻梁《びりょう》。引き結ばれた端整な唇。

これが……これが、王族なんだわ……。凄《すさ》まじすぎる……

異様な緊張でアリーセは身震いする。ただ立っているだけなのに、存在感が圧力を持って迫り、体中の産毛《うぶげ》がピリピリした。

リウブルク家の祖先は、古くはルマン族の一部族ノイセン人まで遡《さかのぼ》る。かつて、北レーヴェを支配していたノイセン人のリーダーの子孫がリウブルクであり、その代から脈々と受け継がれてきた王者の血筋だ。先代の初代レーヴェ王フランツが、諸公の中でもっとも力のあったノイセン公を王位継承者に指名した。それがルートヴィヒであり、ルートヴィヒは即位してすぐ、ジークハルトを王位継承者として指名していた。

今年二十五歳になるジークハルトは、想像よりずっと大人びていた。王族の中でもひときわ背が高く、すらりとした体はしなやかに鍛え抜かれ、絹糸より美しい銀髪がきらきらと腰までかかっている。

まさか、殿下がこんなに絶世の美男子だなんて……

なんて言ったら、兄のアルノーにまた「無礼千万《せんばん》だぞ！」と激怒されそうだ。いつも「おまえはおてんばが過ぎるから、大事な場ではとにかく黙って下を向いてろ」と口酸っぱく言われていた。

「受け取れ」

いきなり目の前に長剣が飛んできて、反射的にキャッチする。それは実戦用の諸刃《もろは》の剣《つるぎ》だった。

「貴様が殺しても死なないかどうか、試させてもらう。私はそういう人間を寄越せと言ったんだからな」

「しかし、王族に刃《やいば》を向けるなんてとても……」

「王太子命令だ」

ジークハルトは有無《うむ》を言わさぬ口調で命じ、寒気がするほど冷たく笑った。

「それとも、私と勝負する度胸もないか？」

その挑発に胸の奥がすっと冷え、思考の歯車が回りはじめる。

ここで応じないとまずい。たぶん、私の顔つきと体型だけ見て非力な子供だと思っている。今の状況はむしろ好都合かもしれない。そうやって見くびって油断すればするほど、こちらが有利になるし。

「そういうことでしたら」

言いながらアリーセは、膝丈まである上衣の内ポケットから、短剣を抜き出す。

「私の武器はこれで充分です」

「珍しいな。いいだろう。それにしても華奢《きやしや》だな。本当に騎士か？」

返事の代わりに立ち上がり、短剣を左手で構えた。

王族に刃を向けるのは騎士道精神に反するけれど、同時に王族の命令は絶対だ。認めてもらうにはやるしかなさそうだし。

ジークハルトはアリーセの爪先《つまさき》から頭の先まで眺め回し、頬の辺りで視線をとめ、目を凝《こ》らした。

「貴様、女みたいな顔してるな」

「……女、なんですけどね。

アリーセが女であることは誰も知らない。もともと女にしては長身だし、男装は完璧だ。肩に丸めた布を入れ、コルセットで胸を潰し、腰の下まであった金髪は短く切り込んでいる。傍目にはほっそりした男にしか見えない。長身といっても、ジークハルトのほうが見上げるほど高いけれども。

絶対、ここで帰るわけにはいかないんだから。兄のためにも。

「万が一、死んでもオーデンを恨《うら》めよ」

ジークハルトは、すっと腕を伸ばし長剣を構えた。

鋭い切っ先から銀髪の一本一本まで研ぎ澄まされ、空気は殺気を帯《お》びる。

アリーセは嫌な予感で首のうしろがぞわりとした。

……この人、できる。これまで戦ったことがない強さかも。

アリーセは素早く辺りに視線を走らせる。今いるここ、騎士の間はすべて石造りで天井が低く、整列した五十人がゆうに入れる広さだ。ガランとして中央に簡素な木製のテーブルと丸椅子があるだけだった。

これほどの傑物《けつぶつ》を相手に、どう戦う？

こうしていると、眼力だけで完全に気圧《けお》される。シルエットは細身なのに、まるで大岩と対峙《たいじ》しているようだった。

思わず、集中が途切れそうになる。

……弱気になっちゃダメ！　ちゃんと私が戦えることを証明しなくちゃ！

ジークハルトがこちらの不安を読んだように、薄く冷笑した。

「来いよ」

残忍な唇がささやく。

その声に弾《はじ》かれたように、アリーセは動いた。

アリーセは腰を落とし、ひと息でジークハルトの懐《ふところ》深く踏み込む。視線を上げ、逆手《さかて》に握った短剣で首を狙った。

次の瞬間。

まばたきする間もなく、アリーセは背中から石壁に叩きつけられていた。

「ぐうぇっ……」

強打の衝撃にうめく。

肩が当たったせいで壁際に飾られていた甲冑《かっちゅう》が倒れ、けたたましい音を立てた。

目視できない速さで、薙《な》ぎ払われたのだ。まるでうるさい蝿《はえ》を払うみたいに。

ジークハルトはまったく動じず、薄笑いのまま悠然と立っている。

……こ、このっ!!

アリーセは体勢を立て直すと、両膝をバネのように使い、ジークハルトの斜め背後へ跳躍《ちょうやく》した。

同時に、上衣から新たな短剣を抜き出し、銀髪の頭部目がけて振り投げる。

手加減する余裕はなかった。本気で殺しにかからないと、確実に殺される!

ギィンッ!

ジークハルトは鬱陶《うっとう》しそうに払いのけた。短剣は飛んでいった時の倍の速度で弾《はじ》き返され、床に落ちる。

その隙にアリーセは間合いを詰め、さらに短剣を抜き出し、二刀流で躍りかかった。

シュッッ!!

目にも留まらぬ速さで、ジークハルトの長剣が首を目がけて飛んでくる。

先に予測していたアリーセは頭を下げ、紙一重でなんとか避けた。

それでも、刃がブロンドの毛先をサッと切る。

じわりと湧きあがる、魂が凍りつくような恐怖。

もう一度、同じ攻撃を避けろと言われても、たぶん無理だ。その時は間違いなく首が飛ぶ。

アリーセは上体をぐいっと起こし、右手で短剣をまっすぐ突き出す。

しかし、長剣がそれを阻《はば》む。

さらに、左手で胴を払おうとするも、刃先が腰に到達する前に弾《はじ》かれてしまった。

カンッ!　カンッ!　キィインッ!

右、左、右、左……アリーセは全速力で交互に短剣を振るう。ジークハルトは、やすやすとそれらを長剣で受けとめていった。

アリーセは踏み込んだり離れたりと忙しいのに、彼はほとんど動いていない。必要最低限の力で防御しているだけだった。

アリーセの息遣いと、刀身のぶつかる乾いた音だけが室内に響く。

……な、なに、これ……？

高速で動きながら、アリーセは奇妙な高揚を感じはじめていた。

アリーセが渾身《こんしん》の力で斬りかかる。すると、待っていたかのようにジークハルトがそれを受けとめる。

次第に彼は楽しそうになってきて、それがアリーセにも伝わってきて、彼に同調して興奮が高まっていくのだ。

思いきり力を出せる、解放感。それが危険域に達しない、安心感。

激しく息を切らし、汗を飛ばしながら、どんどん運動量が上がり、高揚も加速していく。

必死で剣を交わしながらアリーセは、これまで気づかなかった己の潜在能力が引きずり出されていくのを感じた。

す、すごいっ……！　すごい、すごいや！

こんなにも俊敏《しゅんびん》に動ける自分に驚く。まるで無敵の力みたいだ。

それはどこか性的な興奮にも似た、途方もない快感で……

時を忘れ、我を忘れ、夢中で一心に剣を振るった。

すると、ジークハルトが微《かす》かに笑うのが、視界の隅に映る。お遊びはここまでだぞ、というように。

アリーセが左からのフェイントを入れ、右から短剣で斬り上げると、腕が吹っ飛びそうな勢いで跳ね返された。

太腿《ふともも》を狙った左の短剣は空を切り、瞬速の蹴りが飛んでくる。ジークハルトの鋼鉄みたいな脚が、アリーセの柔らかい腹にめり込み、すくい投げられた。

ぐはぁっ……

アリーセは大きく目を剥《む》き、体ごと吹っ飛ばされた。

胃の内容物が逆流し、とっさに受け身を取るも、全身が木のテーブルに叩きつけられる。丸椅子が倒れて転がり、壁に激突してやかましく響いた。

アリーセは咳き込みながら勢いよく立ち上がり、素早く短剣を構え直す。

「はっ、はっ、はぁっ、はぁっ……」

アリーセの呼吸だけが静寂に響く。

二人はテーブルを挟んで対峙《たいじ》した。

汗びっしょりのアリーセは肩で息をしているというのに、ジークハルトは音楽鑑賞でもしているように涼しげだ。

い、一撃が……信じられないほど速くて、重いよ……

フル装備の重装歩兵が、弓騎兵級の速さで突撃してくるみたいだ。

アリーセだって腐っても騎士団の一員。しかも、養成所では成績優秀だったし、若手精鋭の一翼《いちよく》を担うと評価されている。屈強な男たちとも剣を交えてきたけど、ここまで圧倒的な実力差を見せつけられたのは初めてだった。

ジークハルトは唇の端を上げたまま、気怠《けだる》そうに長剣を肩に担ぐ。

「……どうした？　もう終わりか？」

尋常《じんじょう》じゃない軍事訓練を重ねてきたんだわ、とアリーセは推察した。じゃないと、ここまで超人的な身体能力が身につくはずない。あとは実戦かもしれない。ジークハルトは十一歳から何度も大きな戦役に従軍している。

病に臥《ふ》せっている現国王に代わり、政《まつりごと》を取り仕切るのはジークハルトだった。現在の実質的な国王と言っても過言ではない。戦では総司令官として自ら剣を振るうから、その能力は計り知れない。きっと非凡な才能と並外れた努力の人なんだろう。

黒き閃光《せんこう》。

それは、戦における一騎当千《いっきとうせん》の無双っぷりを称えてつけられた、ジークハルトの二つ名だ。芸術品のように美麗な風貌で、稲妻のように容赦《ようしゃ》なく敵の首を落とし、まとった甲冑《かっちゅう》が返り血で黒光りするのだという。

そっか。あれは、ただの噂や誇張《こちょう》じゃなかったんだ……。

アリーセはそう納得した。これは閃光《せんこう》というより、死神かもしれない。

ジークハルトの太刀筋《たちすじ》には禍々《まがまが》しさがあった。形《かた》にのっとった、行儀のよい騎士道の剣ではない。実戦で鍛え上げられた、殺戮《さつりく》に忠実な暗黒の剣。

ふつふつと闘志が湧いてくる。

そういえば、兄にいつも『おまえはほんとに男勝りで負けず嫌いだな』と言われていた。

絶対に負けられない。ここで話が終わってなるものか！

ダンッ、ダンッッ！

アリーセは階段を上《のぼ》る要領で、倒れた椅子からテーブルへ駆け上がった。強くテーブルを蹴り、高く跳躍《ちょうやく》する。

ほんの刹那《せつな》、鋭く睨《にら》みあげるジークハルトの視線と、上空から見下ろすアリーセの視線が、火花を散らした。

アリーセは六本の短剣を抜き出し、空中からそれらを振り投げる。

六本の刃が、まっすぐジークハルトへ向かっていって……

しかし、ジークハルトはすでに、足元の椅子を蹴り上げていた。

ぶわっ、と浮き上がった椅子に短剣が三本刺さり、残り三本はジークハルトがひと息に薙《な》ぎ払う。

アリーセは変則的な動きに賭けた。

正直、力も技量も体力もはるかに劣っている。唯一、彼に勝《まさ》るもの……勝《まさ》らずとも、かろうじて互角まで持っていけそうなもの……それは、速さだった。

上空から、手にした最後の短剣を振りかぶり、銀髪目がけて振り下ろす。

が、ジークハルトはすかさずうしろへ足を運び、攻撃をかわした。

やった！　やっと、足を動かしてやったわ！

情けなく感動するアリーセが着地すると同時に、ジークハルトの長剣が鋭く肩口を狙ってきた。

ここまでは読めていた。上体を思い切り反らし、うなる刀身をギリギリでかわす。

刀が空気を切り裂き、顎先《あごさき》に風圧がかかった。

そのまま上体を背面にぐいと倒し、床に片手をついて軽業師《かるわざし》のごとく側転を決める。

ジークハルトは、チョロチョロ逃げ回るのが気に入らぬと舌打ちし、巨体をぐるりと半回転させ、斜めうしろに回ったアリーセ目がけ、鋭く斬りつけた。

しかし、その動きもちゃんと予測済みだった。

へばりそうになる己を叱咤《しった》し、もう一度床を蹴って跳躍《ちょうやく》し、さっとジークハルトの背後へ回りこんだ。

……もらったっ‼

騎士が背後を取るのは、もっとも卑怯《ひきょう》な行為だと言われている。けど、暗黒剣の使い手に正攻法など通用しない。現実の戦場は命の奪い合いなのだ。アリーセは本音と建前を使い分けるぐらいの経験は積んでいた。

ジークハルトの広い背中に飛び掛かり、短剣の刃先を頸動脈《けいどうみゃく》に当てようとした、瞬間。

視界がぐるりと一回転する。あれっ？　と思ったら、もう仰向けに投げ倒されていた。

とっさに受け身を取るも、強い打撃で息が止まる。

鋭い剣先が喉元に突きつけられ、チクッと痛みが走った。

ぐりり。

みぞおちを足で踏みつけられ、後頭部に硬い石床の感触。

わずかな時間で信じられない運動量だ。空気を求めて肺が破裂しそうだった。胸に巻いたコルセットがきつい……

こちらを見下ろす青い瞳は、冬の湖より冷たく静かだ。

ひ、人を殺す瞬間もこんなに無表情なの……？

どうでもいい感想が頭をよぎる。首筋に浮いた汗の雫《しずく》が、喉元に突きつけられた刃先を濡らした。

あああ……。私の人生、ここで終わったかも……

アリーセは観念し、まぶたを閉じた。

◇◇◇

ジークハルトは傲然《ごうぜん》と新参騎士を見下ろす。

正直、驚いた。こんなにチビで華奢《きゃしゃ》で女みたいな奴が、ここまでやるとは。

速さだけじゃない。真に恐ろしいのはその柔軟性だった。あらゆる関節がぐにゃぐにゃ曲がり、ありえない体勢で攻撃をかわしていた。

自分が不利だと悟ると即座に騎士道を捨て、野性の剣に切り替えた判断も悪くなかった。

騎士道とはただ規則を守ればいいという、上っ面のものではない。背後を取るのが卑劣だと知りながら、あえてそれを選び取る……ただ邪道を歩む者と、自覚しながらあえて選び取る者はまったく違う。体力と力と技量は雑魚《ざこ》並みだが、その精神は嫌いじゃなかった。

ジークハルトは剣先を突きつけたまま、新参騎士の顔をつぶさに眺める。

輝くブロンドヘアに、陶器のような白い肌。長いまつ毛は無防備に閉じ合わされている。まだ変声期前なのか、喉仏の凹凸がほとんどなかった。ほっそりした首の、つるりとした白さを見ていると、臍《へそ》の辺りが疼《うず》く感じがする。

このまま肋骨《ろっこつ》を砕いてやってもよかったが、急にその気が失せた。

長剣を放り投げ、みぞおちを踏んでいた足も外す。

気のせいか、足の裏が感じたそれは、普通の男よりぐにゃりとしていた。

仰向けに寝た新参騎士は、ぱっちり目を開けた。ダークゴールドの大きな瞳を感情豊かにきらめかせ、驚き、懸念、安心、と表情を変えてから、彼は身を起こした。

そう、この目だ。

さっき、短剣を構えた時のこの目。こちらを睨《にら》む、強い意志を湛《たた》えた瞳。それを見た瞬間、目を逸《そ》らせなくなった。

「名は？」

そう問うと、新参騎士はぼそぼそ答える。

「……アルノー、です」

アルノーは立ち上がり一礼すると、短剣を上衣の内ポケットにしまい、恭《うやうや》しくひざまずいた。

うつむいたアルノーの頬は青白く、緊張した面持《おもも》ちだ。さっき本気で叩きつけたのに、怪我はなさそうだから、見かけによらず頑強《がんきょう》なんだろう。

「状況は知ってるな？」

さらに問うと、アルノーはおずおずと聞いた。

「あの、負けたのに……いいんですか？」

質問に即答しない者は嫌いだ。

鬱陶《うっとう》しくて眉をひそめると、こちらの意を察したのか、アルノーはすまなそうな顔で答えた。

「陛下のご即位に不服のある、インゴル公とアーベン公に不穏な動きがあるとか……。インゴル公に密書を届ける使者を、護衛する任務だと聞きました」

ちゃんとわかってるじゃないか。

軽くうなずき、「私が同行する」と告げると、アルノーははっと顔を上げ、大きな目をますます見開いた。

「殿下自ら、ですか？」

きょとんとした表情は、いたいけな子リスをほうふつさせる。

「忍びでだ」

そう言うと、アルノーはびっくりしすぎて声も出ない、という様子だった。

さもありなん。まさか、一国の王太子が敵陣の懐《ふところ》深くに単身乗り込むとは、想像もつかないだろう。しかも、それを護衛するのはアルノー自身なのだ。

「あ、与えられた任務の重さに、身のすくむ思いです……」

アルノーは桃色の唇を震わせた。

いじらしくて可愛らしい、という形容がぴったりだ。くりくりした瞳に見つめられると、庇護欲《ひごよく》を掻き立てられ、思わず抱き上げてヨシヨシしてやりたくなる。

いったいこいつはなんなんだよ……

「顔を上げろ」

そう命じて身を屈め、アルノーのおとがいを指で捕らえると、ゆっくりと顔を近づけた。

金髪の隙間からのぞく瞳は、黒みがかったゴールドに輝き、多彩な色がちりばめられた虹彩《こうさい》が美しい。

アルノーは、ぎょっとした表情で石のように固まっている。

なんだかおもしろい奴だ。ついからかいたくなり、まつ毛が触れるほど近くまで迫ってみた。

……ん？

ふわり、といい香りが鼻孔《びこう》を掠める。バニラか焼き菓子のような、甘ったるい香り……

なにを勘違いしているのか、アルノーがぎゅっと目を閉じた。

至近距離にぷるんとした艶《つや》やかな唇がある。上唇が少し突き出し、男の癖に可愛らしい形をしていた。

鼻先を、アルノーの顎《あご》の辺りでぴたりととめ、スンスン、と匂いを嗅《か》ぐ。

「……菓子でも食べたのか？」

アルノーはまぶたを開き「へ？」と間抜けな声を出す。

「甘い匂いがする」

そう言って顔を離すと、アルノーはほっと息をついた。

「た、食べておりません……」

恥ずかしそうに頬を染めるアルノーが無垢《むく》な乙女のようで、こいつ大丈夫か？　と一抹《いちまつ》の不安がよぎる。

「まあ、いい。旅支度は終わっているな？」

「はい」

「明朝、出立《しゅったつ》する」

それだけ告げて踵《きびす》を返した。

「承知しました」

アルノーの声を背中で聞きながら、騎士の間をあとにする。

ジークハルトは考えていた。長引く内乱で騎士団も疲弊《ひへい》している。精鋭の騎士はなるべく戦力として温存したい。アルノーは超一流とまではいかないが、まあまあ有望だろう。実戦で鍛えながら使っていけばいい。まだ若いからいくらでものびしろはあるだろうし。

これまで三度、密書の使者を出したが、誰一人戻らなかった。危険な任務だ。だが、是が非でも成功させねばならない。

戦を避けるため、インゴル公に思い知らせるのだ。どちらが真の王者なのかを。

レーヴェ王国の統一。これが、リウブルク家の血を引いた者の宿命であり、悲願だった。

ジークハルトは挑むように、己の行く手を睨《にら》みすえた。

◇◇◇

翌日、まだ日の昇らない暗い頃、誰にも見送られずに二人は出立《しゅったつ》した。

朝もやの中、立派な黒馬にまたがってジークハルトが現れた時、アリーセは敬礼するのも忘れ、感嘆《かんたん》のため息が出てしまう。

うわあああ……。格好いいなぁ！

ジークハルトは体をすっぽり覆う、漆黒の外套《がいとう》をまとっていた。リウブルク家の紋章である、聖杯と獅子《しし》が赤糸で刺繍《ししゅう》されている。「忍びで」という言葉どおり、城塞《じょうさい》騎士の旅装となに一つ変わらないけど、にじみ出る王族の気高さは隠しきれていなかった。

銀髪を一本結びにして黒馬にまたがる雄姿は、ほれぼれするほど凛々《りり》しい。黒衣に黒馬と眼光の鋭さが、やはり死神をほうふつさせ、神話の軍神のような威容《いよう》を誇っていた。

ジークハルトはアリーセの目の前で馬をとめると、尊大に一瞥《いちべつ》をくれる。巨体の黒馬は頻繁《ひんぱん》にいななき、かなり気性が荒そうだった。

「遅れるな」

ジークハルトは無表情でそれだけ言うと、手綱を握り、やにわに走り出す。

アリーセは慌ててあぶみに足を掛け、馬に飛び乗ってあとを追った。

季節はちょうど冬の終わり。吐く息は白くなり、城の庭園はびっしり霜《しも》に覆われている。

アリーセは重大な任務に加え、それを男装してやりおおせなければならない緊張で、昨晩はほとんど眠れなかった。

エポルー大陸の北に位置するレーヴェ王国は、南北に長く伸び、東側はギザギザに突き出ている。北から順に、最初の尖《とが》った部分にあるのが、リウブルク家のノイセン公領。

そこから南のくびれた部分は、教会領。

さらに南の尖《とが》った部分が、今回の目的地でもある、インゴル公領。

インゴル公領は、西にあるアーベン公領に隣接していた。インゴル公領とアーベン公領に抱え込まれた形で、フランバッハ公領がポツンとある。フランバッハは先王のフランツを輩出しており、フランツがジークハルトの父であるルートヴィヒを、王位継承者に指名したのだ。

そのことに、インゴル公とアーベン公は腸《はらわた》が煮えくり返っていた。ルートヴィヒを国王と認めない意志を表明しており、戦も辞さない態度だ。

インゴルは弱小だが、アーベンは精鋭の大部隊がそろっており、二公連合軍となればノイセンはかなり苦戦を強いられるに違いない。

ノイセンはさらに、真北からやってくるヴァリス人、東からはコラガム人の侵攻に脅《おびや》かされていた。もしいずれかと戦になれば、機に乗じてインゴル公に攻め込まれるのは目に見えている。

病に倒れたルートヴィヒに代わり、ジークハルトは四方に睨《にら》みをきかせながら、綱渡りのような外交をしていた。

さて、城門を出た二人は城下町リウシュタットを抜け、ケムエルツの町をひと息に走破《そうは》する。

いくつかの小さな集落を抜け、昼過ぎには教会領との境《さかい》まできていた。

教会領といっても鬱蒼《うっそう》とした森が広がる未開の地だ。野犬や狼《おおかみ》や熊が出るので一般市民は近づかないが、インゴル公領へは森を抜けるのが近道になる。

街道とは名ばかりで、獣道並みの悪路にアリーセが四苦八苦していると、前方のジークハルトが歩調を緩め、ひらりと黒馬から降りた。うしろからアリーセが近づいていくと、ジークハルトは森の奥を睨《にら》んだまま、すっと腕を真横に伸ばす。

止まれ、という意味らしい。アリーセは黙って馬をとめ、地に降りた。

「どうかし……」

たんですか？

言い終わらないうちに、ジークハルトはこちらを睨《にら》み、人差し指を唇に当てた。

黙ってろ、という意味らしい。

ジークハルトは周囲にじっと耳を澄ませている。

アリーセはきょろきょろと辺りを見回した。深い森の中は薄暗く、当然ながら人気《ひとけ》もなく、高く生い茂った下草のところどころに残雪が光る。

突然、ジークハルトにものすごい力で突き飛ばされた。

「……っ⁉」

アリーセの体が、ぐらりとうしろに傾く。

すると、すぐ目と鼻の先を、ヒュンヒュンヒュンッ、と数本の矢が掠めた。

どさっと尻もちをつき、あっけにとられ、そこの大木に突き刺さった矢を見つめる。

……あ、し、死んでた。今、突き飛ばされてなかったら、私、死んでた……

「来るぞ」

鋭く言いながら、ジークハルトは外套《がいとう》を脱ぎ捨て、すらりと抜刀《ばっとう》した。

慌ててアリーセも立ち上がり、短剣を抜くと、頭上から黒い影が次々と襲い掛かってくる。

「……っ!!」

アリーセは素早く反応した。瞬時に地を蹴り、うしろへ飛びすさる。

敵の刃が空を切ると同時に、ジークハルトがひと息にそいつの首を一刀両断した。

鈍《にぶ》い音を立て、生首が草むらに落ちる。

その冷酷な太刀筋《たちすじ》にゾッとしながら、アリーセは短剣を構えた。気づくと二人は囲まれている。

敵の数は七……いや、八人。黒装束《くろしょうぞく》に身を包み、目深《まぶか》にフードを被り、長剣を構えていた。

どうやら、話し合う気はまったくなさそうだ。

アリーセが右サイドへ短剣を投げるのと、ジークハルトが左サイドへ斬りかかるのは同時だった。

アリーセは二歩で一気に間合いを詰め、襲い掛かる刃を身をひねってかわす。

それはジークハルトの剣に比べたら、冗談みたいに遅かった。

落ち着いて、一人目の心臓に短剣を深く刺す。次いで、二人目が振り下ろしてきた刃を短剣で受けとめ、反対の手で三人目の喉笛《のどぶえ》目がけて短剣を投げた。

攻撃は見事命中し、刺客は膝を折るように倒れる。

二人目とつばぜり合いして素早く身を引き、敵がよろめいた隙に背後に回り、延髄《えんずい》を一突き。

刃先が皮膚を裂き、神経組織に食い込む、嫌な感触。

「うしろだっ！」

ジークハルトの鋭い声に、体が自然と反応した。振り向きざまに短剣を突き立てると、背後の刺客はどうと倒れる。

……しまった！

ひやっとした時にはすでに、正面の刺客が長剣を振りかぶっていた。同時に、右斜め前から別の刺客が跳躍《ちょうやく》するのが目に入る。

どちらを先にすべきか悩み、対応が一瞬、遅れた。

その時、黒い影が疾風《しっぷう》の如くアリーセと刺客の間に割り込む。

まばゆい銀髪がきらめくのが、網膜に残った。

黒い長剣が、一閃《いっせん》。

刺客の右腕が、付け根から切り離される。

ジークハルトは返す刀で、飛び掛かってきた敵の首を刎《は》ね飛ばした。

赤い鮮血が、無慈悲《むじひ》な王太子の白い頬を濡らす。

アリーセは短剣を握りしめたまま、思わず見惚れた。

すごいっ……。強くて、綺麗……

右腕が落ちて残雪に当たる鈍《にぶ》い音。響く絶叫。回転しながら飛んでいく生首。

まさに暗黒の剣だと思った。この御方は実戦では段違いだ。速さも力も切れも。

ジークハルトはアリーセを背に庇《かば》い、視線を左右に走らせた。飛んできた矢を鮮やかにかわし、たくましい体を翻《ひるがえ》す。

こちらを振り返った彼と目が合い、その冷たい瞳に恐怖した。

ジークハルトは眉ひとつ動かさず、アリーセの喉元目がけ、まっすぐ剣先を突き出す。

肩がビクッと震える。

刺された、と思った。

実際には、剣先は首筋から紙一重横にずれ、背後からアリーセを襲おうとしていた刺客の喉笛《のどぶえ》を、串刺しにしていた。ジークハルトがそのまま剣を水平になぐと、血しぶきを上げながら刺客は絶命する。

「油断するな」

息がかかるほど近くで、ジークハルトはつぶやいた。

なぜか背中が震えながら、アリーセはうなずく。短剣を握り直し、やたら胸がドキドキした。

王太子を守る護衛騎士ですって？　お笑いだわ……。むしろ、守られているのは私のほうだ。

斬りかかってきた太刀《たち》をひらりとかわし、アリーセは最後の一人をしっかり始末した。

暗殺者は下草の中に沈む。

その時、死角からアリーセの後頭部目がけ、数本の毒矢が放たれた。

「ボサッとするな！」

ジークハルトは一喝《いっかつ》し、空中を飛んでいる毒矢を、電光石火のごとく叩き落とす。

アリーセは思わず目を見張った。

……ど、どういう動体視力してるわけ？

うしろを振り返ると、毒矢を放った敵の姿は見えなかった。もう逃げたのかもしれない。

追うべきかな？

「追わなくていい」

こちらの気持ちを読んだように、ジークハルトは言った。

暗殺者の気配は消え、周りは死屍累々《ししるいるい》たる有り様だ。幸いなことに二人は無傷だった。

アリーセは安堵《あんど》の息を吐く。

「ありがとうございました。申し訳ございません」

心から深々と頭を下げる。彼を護衛するどころか反対に守られてしまった。

ジークハルトは無視し、優美に長剣を振るうと、カチリと鞘《さや》に収めた。艶《つや》やかな銀髪が風になびいて、サラサラと輝く。

この御方は、本当に綺麗だなぁ……

すっかり感心してしまった。生まれてこのかた、これほどの美男子を見たことがない。

王族って、生まれながらにしてここまで強烈な威光があるものなのかな……

たぶんそれは血だけじゃないと思えた。きっと彼の精神的なものが成熟しているからだ。

人間としてもっとも完成された、精神と肉体の調和。その深みが周りを圧し、見る者に強い印象を与える。

いつか、アリーセに剣を教えてくれた師匠がそんなことを言っていた。

どんな風に生きれば、この御方みたいになれるのかな？　歳はそんなに変わらないのに、自分がひどく幼く思える……

アリーセはぼんやり考えながら汗をぬぐい、革袋に入れた水を飲んだ。

冷たく、清涼な水が渇いた喉を潤していく。

ジークハルトは大木に寄り掛かり、きらめく銀髪を掻き上げると、アリーセの革袋を奪って唇をつけた。

……う、うわっ。

急にアリーセは恥ずかしさに襲われる。自分が口をつけたものに、彼が口をつけるのが……いけないことのような気がして、急激に脈拍が速くなった。

……ナニコレ？　なんだろ、ドキドキして……息苦しいような……

未知の感情にアリーセは戸惑う。

ジークハルトは飲み終えた革袋を投げて返した。おろおろするアリーセを横目で見て、怪訝《けげん》そうな顔をする。

「どうした？」

「い、いいえ……」

ジークハルトはおもむろにしゃがみ、死体を調べはじめた。アリーセは意味もなくホッとする。

ジークハルトは死体のマントを脱がし、衣服や装備を検分した。彼がふと手をとめたので、アリーセが背後から覗き込むと、マントの裏地に青い鷲《わし》と王冠が刺繍《ししゅう》されている。

その形状には見覚えがあった。

こ、これって……インゴル公の紋章!?

予想していたのか大して驚かず、ジークハルトは静かに紋章を見下ろしている。

刺客はあきらかに、私たちをノイセンからの使者だと知って襲ってきた……?

王国はまさに内戦の危機にあるんだと、アリーセは改めて身震いした。

ジークハルトはすくっと立ち上がると、アリーセに目を遣《や》った。アリーセの鼓動はまたもや不規則に乱れる。ジークハルトを前にするといつもどおりに振る舞えず、それがなぜなのかもわからず、落ち着かなかった。

「探せ」

ジークハルトはそれだけ言うと、くるりと背を向けて歩き出す。

アリーセは目を丸くした。

……な、なにを?

言葉が少なすぎて悲しくなってくる。わかりやすく説明してなんて贅沢《ぜいたく》言わないから、せめて目的語だけは言って欲しい……

今思えば、彼が饒舌《じょうぜつ》だったのは初めて対面した時だけだ。あんなに長い台詞《せりふ》をしゃべったのは奇跡かもしれない。よっぽど頭にきてたのかな……

「探せって、何を探せばいいんですか？」

仕方なく彼に追いすがって、そう尋ねた。

ジークハルトは忌々《いまいま》しげに睨《にら》みつけ、そんなこともわからないのか、おまえは馬鹿か、と軽蔑をあらわにしてから「遺体をだ」と言った。

……遺体？

あっ、とようやく思い当たった。

たぶん、使者たちの遺体を探せという意味だ。これまで、密書を携《たずさ》え、インゴル公領に向かった三人の使者たちは戻らなかったという。

もし、彼らもこの辺りで襲われたなら、どこかに遺体があるはずだ。

それから二人は、長い時間を掛けて付近を捜索した。街道から逸《そ》れた森の奥はまだ雪深く、捜索は骨を折った。

短剣で下草を刈り、雪を飛ばしながら見て回る。

だんだん影が伸びてきて日没近くなり、そろそろあきらめようかと思いはじめた頃、ジークハルトが男の亡骸を抱えるようにして姿を現した。

アリーセは思わず手をとめ、言葉もなく見入る。

ジークハルトはたとえようもなく昏《くら》い顔をしていた。

その瞳は亡者の如く光が消え、いつもの人を見下したような傲慢さも、刺すような冷酷さも消えていた。伏せられたまぶたと、高くとおった鼻筋が夕日に照らされ、その立ち姿は美しい。

けど、彼からは人間味というものが消失していた。

……虚無感。

不意にそんな言葉が浮かぶ。

ジークハルトは丁重に男を地面に横たえさせた。ところどころ傷んでいるけど、連日冷え込んでいたせいか、遺体はほぼ状態を保っている。

リウブルク家の外套《がいとう》を着た黒髪の若い騎士。心臓を背中まで刺し貫かれ、たぶん即死だろう。

まもなくもう一体、首のない遺体が見つかった。こちらは日数が経ちすぎたのか、白骨化が進んでいる。

もう一体あるはずの遺体は見つからなかった。別の場所で殺されたか、獣に食われたのか……。

いずれにしろある程度の人員を集め、大規模な捜索が必要だろう。

ジークハルトは二体を並べて横たえると、遺体の剣を抜き、穴を掘りはじめた。アリーセもそれを手伝う。

凍った地表へ、力任せにジークハルトは剣を突き立てた。

……怒ってるみたい。すごく。

すぐそばで作業するアリーセは、彼の中で激しい憎悪《ぞうお》と憤怒《ふんぬ》が渦巻くのをひしひしと感じた。暗殺者への怒り。インゴル公への怒り。それとたぶん、己への怒り。

彼は叩きつけるように、繰り返し剣を振るった。

アリーセも穴を掘りつつ、慰《なぐさ》めか励ましの言葉を考えたけど、結局どれもふさわしくない気がしてやめた。

一介の護衛騎士の私に、できることはなにもないんだ……

ただ、どうにかして王太子の力になりたいと思いはじめていた。

埋葬し終えると、ジークハルトはひざまずいて頭《こうべ》を垂れ、チャリス教式の祈りを捧げた。

一歩下がって、アリーセもひざまずいて同じように祈る。

生前の騎士たちは、まさか死後に王太子自ら埋葬し、祈ってくれるとは想像もしなかったろう。

辺りは冷たい静寂に包まれ、時折、遠くでカラスが鳴いた。

そっと様子をうかがうと、ジークハルトの横顔には決意と覚悟のようなものがみなぎっている。

この御方はいつも、こんな風に悲しむんだろうか……？

アリーセに悲しみはなかった。使者たちと面識はないし、自分も騎士だから、いずれどこぞで戦死するだろうと覚悟している。使者のたどった残酷な運命は明日の我が身で、無常感はあるけど、悲しみはない。悲しくないから、怒りもない。

怒りと悲しみは光と影のようなものだと思う。悲しみの影が深ければ深いほど、怒りの光は強く苛烈《かれつ》だ。激しい怒りは、その裏側に底知れぬ悲しみがあることを示唆《しさ》する。

彼は死者が一人増えるたび、深く悲しみ、激しく怒り、こうして王国統一の決意を新たにするのかもしれない。その若い双肩《そうけん》に掛けられた重圧は、想像を絶するものがあった。

アリーセはもどかしさに襲われる。どうにかしてあげたいのに、なにもしてあげられない、この無力感。

そろそろ完全に日が沈む。ジークハルトは森の奥まで歩いていくと、開けた場所に生えた巨木の根元に荷を下ろし、小枝を拾い集めはじめた。

今夜はここで野営するらしい。アリーセもそれにならい、燃えそうな枯葉や枝を集めた。

火をおこした頃には、とっぷり日は暮れていた。

ジークハルトはこの辺の地理に詳しいらしく、野営できる絶好の地点を知っていた。その小さな一角は雪も積もらず、洞穴のような巨木のウロは眠るのに最適だ。

アリーセは干し肉とパンを少し口にした。長距離の乗馬と昼間の戦闘で、疲労がじわじわと全身を蝕《むしば》む。

例年、この季節はもう暖かいはずなのに、異常気象のせいで急に冷え込んでいた。

二人は無言で燃え上がる炎を見つめる。

……なに考えてるんだろ？

アリーセは無性にジークハルトが気になった。炎に照らされた端整な横顔からは、なんの感情も読み取れない。

とても綺麗な御方だけど、すごく厳しくて冷たい人だ。ルートヴィヒ国王陛下はもっと温厚で柔らかい雰囲気だった。実の息子なのに、全然違う。貴族だって、同世代の騎士なら気楽な雑談ぐらいするのに、それもない。誰とも馴れ合わず、親しみやすさもなく、プライドも非常に高そうだ。

父王が病に倒れ、若くしてすべての重責《じゅうせき》を背負っているせいかもしれない。

アリーセは疲労で頭が痺《しび》れ、目もしょぼしょぼしているのに、ジークハルトは涼しい顔をしている。そんなタフさがうらやましかった。

随分遠くまで来たなぁ……

アリーセは夜空を見上げ、オーデン修道院に残してきた双子の兄、アルノーに思いを馳せた。

寒さが厳しいけど、大丈夫かな。修道士が面倒をみてくれているはずだけど。まったく、護衛騎士が男子限定じゃなければ、こんな苦労せずに済んだのに……

そんなに急ぐ必要はない。兄が患った流行り病は症状も軽く、悪化するのにとても長い年数が掛かるからだ。

しかし、特効薬があまりに高価すぎて、とてもじゃないけど騎士の日給で買える額ではない。この任務を無事に終えることができれば、高額の報酬が手に入るから、それでアルノーの薬を買おうと思っていた。

高額報酬の任務の募集はそうそう頻繁《ひんぱん》にかからないし、アリーセにとって今回の任務は千載一遇《せんざいいちぐう》の好機というわけだ。

結局、ジークハルトとの会話は一切ないまま、火が燃え尽きる頃にはそれぞれ眠りについていた。

アリーセは外套《がいとう》にくるまり、乾いた枯草の上に身を横たえる。

……寒い。

外套《がいとう》は裏地に毛皮を縫いつけてあり、普段なら充分な温かさを確保できるが、今夜の冷え込みは格別だった。地べたから耐え難い冷気が這い上がってくる。

アリーセの体は震え、奥歯はカチカチ鳴った。

こんなに寒いんじゃ、全然眠れないよ……

疲労と寒さで限界が近かった。疲れきっているから非常に眠いのに、眠ろうとすると寒さで目が覚めてしまう。体温のみならず、生命力までゴリゴリ削られていく心地がした。

こんな状態で明日も強行軍か……と思うと、憂鬱《ゆううつ》だった。

突然、外套《がいとう》を引き剥《は》がされ、刺すような冷気が全身を襲う。

「え!?」

襲撃かと思ってとっさに起き上がり、短剣の柄に手をやると、なんてことはない。ジークハルトが冷たい目でこちらを見下ろしていた。

な……なに？　何事……？

ジークハルトはアリーセの外套《がいとう》を奪うと、自分の外套《がいとう》と合わせて重ね、それをそのまま自らの体に巻きつけ、さっさと横たわる。

え……。私の外套《がいとう》……。まさか、横取り!?

あまりにひどい仕打ちに唖然《あぜん》とするしかなかった。

横になったジークハルトがこちらへ顔を向け、イライラしたように言う。

「何してる？」

「は？」

すっとんきょうな声で聞き返すと、ジークハルトは語気を荒らげた。

「来い！」

「へ？」

ジークハルトは外套《がいとう》をめくり、一人分入れる空間を作ると、「こっちへ来い」と命じた。

……えっ？　えっ？

突然のことにおろおろしていると、ジークハルトは険悪な顔で一喝《いっかつ》する。

「とっとと来い！　凍死したいのか！」

「あっ、いえ。はっ、はいっ!!」

慌てて這っていき、恐る恐るジークハルトの腕の中に入った。

近くで見ると、彼の体が思ったより大きくてドキドキする。小さく丸まって、そっと身を寄せると、ジークハルトは思いきり侮蔑《ぶべつ》の眼差しをよこした。

「貴様は馬鹿か？」

「あっ。えっ？」

ジークハルトは憎々しげに舌打ちすると、「向こうを向け。気色悪い」と吐き捨てた。

「あっ……。すっ、すみません!!」

急いで体を回転させ、ジークハルトに背中を向ける。

そ、そうだよね。向かい合うなんておかしいよね。男同士なんだからさ……

「もっとこっちへ来い」

耳元でささやかれ、背筋がぞくっとした。

背後からたくましい腕がお腹に回ってきて、ぎゅっと引き寄せられる。

脚と脚を絡められ、背中にぴったり寄り添われ、彼の体熱《たいねつ》を生々しく感じた。

ふわり、と二人の体を外套《がいとう》が覆う。ホッとするような温かさが身を包んだ。

こっ、これは……。男装がバレる鉄板的展開っ……！

内心そう焦りつつ、胸部に手を遣り、密かにコルセットの存在を確認する。

実はアリーセには悩みがあった。それは、普通の女子に比べ、胸が大きすぎること。腕や足はどんなに鍛えてもひ弱なのに、胸だけがやたら大きく育ち、剣術の時かなり邪魔だった。

ゆえに、こうしてコルセットで潰すのもひと苦労なんだけど……

大丈夫だった。触って確認したところ、コルセットはずれていない。ちゃんと胸は潰れている。よっぽどのことがなければ大丈夫だ。たぶん……

「……寒くないか？」

ひどく優しい声に、ドキッとした。たとえていうなら、兄が弟に話しかけるような声色……

なぜか胸がきゅんと苦しくなり、やっとの思いで「はい」とつぶやく。

王太子殿下に背中から抱きしめられ、体をぴったり寄せているという有り得ない状況に、頭の中は大混乱だった。

いやいやいや、王太子だって人間だし。寒さを凌《しの》ぐために旅人同士が抱き合うとか、よくあるし。兄さんと抱き合って寝たことだって、何度もあったし。普通よ普通……

頭ではそうわかっているのに、心臓が口から飛び出しそうだ。

な、なんなの、これ？　ずっと心臓がおかしいんだけど。脈が変に乱れるっていうか……

ジークハルトを前にすると、なにもかもがおかしくなる。ふわふわするような、恥ずかしいような、自分が自分じゃなくなる感じがした。

次々と湧き上がる未知の感覚にひたすら困惑し続けている。この任務が始まってから、ずっとだ。

……けど。あったかいな……

心臓をバクバクさせながら、アリーセはぎゅっと目を閉じた。

◇◇◇

ふわり、と覚えのある香りに誘われ、ジークハルトは目を開けた。

……まただ。また、あの甘い香りがする……

腕の中にいる若い騎士は、見た目よりずっと細かった。ぐにゃりとした触り心地で、筋肉もほとんどついていない。年齢はさほど変わらないだろうに、自分とあまりにも体格差がありすぎた。

もしかしたら、体質に深刻な問題があるのではないか。

ジークハルトはなんとなくそう感じていた。

今夜は月が明るい。辺りはシンと静まりかえり、時折、夜行動物が草木を揺らすガサガサという音が聞こえた。

「……怖いか？」

そうささやくと、向こうを向いたアルノーは小さく首を振る。

「あ、あの……すみません、昼間のこと……。私がお助けしなければならない立場なのに、かばってくださり、命を救ってくださって……」

なんだそんなことか、と鼻で笑ってしまった。

「気にするな。騎士としては私のほうが先輩だからな。貴様はただ最善を尽くせばよい」

「はい」

「貴様みたいなひ弱な駒でもうまく使ってやるから、安心しろ」

「ありがとうございます」

「もう寝ろ。明日も早い」

「……はい」

こうして二人で外套《がいとう》にすっぽり包まれていると、充分すぎるほど暖かかった。若いアルノーの体温は高く、暖房としての役割を自覚しているのか、死体のようにじっと息を殺している。

それをいいことにアルノーを引き寄せ、さらに体を密着させた。こうして抱いていると、まるで実の弟を守ってやっているような気分だ。

やはり、いい香りがする。

香りの元をたどり、柔らかそうな金髪に鼻先を近づけた。アルノーのブロンドははっと目を引くほど見事で、立ち居振る舞いもどこか気品があるし、王太子である自分を前にしても一切物怖じしないから大したものだ。

髪からは石鹸の香りが微《かす》かにした。男にしては、いい香りすぎる気もするが……

髪ではない、か。

探しているのは、もっとずっと甘く、妙に気になる香りだ。

こうなったらとことん探求したいジークハルトは、アルノーをしっかり押さえ込み、顎《あご》を下げて彼のうなじに鼻を近づけた。

……あ、これだな。

うなじからは、堪《たま》らなくいい匂いがした。どうたとえたらいいんだろう？　薔薇《ばら》のように甘く蠱《こ》惑的《わくてき》で、そこに淫靡《いんび》なスパイスを混ぜたような……

鼻いっぱいに吸い込むと、鋭く官能を刺激され、心拍数が急激に上がった。

え……？　ん……？

とびきり甘い香りに頭がクラクラする。鼻先をうなじに寄せ、何度か深く吸い込んだ。

すると、腕の中のアルノーがビクッと痙攣《けいれん》し、身を固くする。

その反応がウブで可愛らしく、一瞬で全身がカッと熱くなった。誘惑するような香りと、ぐにゃぐにゃした柔らかさに欲情してしまい、自然と股間にぐぐっと力がみなぎる。

……う、うわっ。冗談じゃないぞっ！

己の有り得ない反応に、頭から冷水を浴びせられた気分になった。

ちょ、ちょ、ちょっと待て。落ち着け。こいつは男だぞ！　男相手にこんな妙な気持ちになるとは……

内心慌てふためき、まさか、そんな、と冷や汗が噴き出した。しかし、体のほうは勝手に反応してしまい、膨らみかけた硬いものが、アルノーの尻を押そうとしている。

これはまずい。私は完全にノーマルだっ！

何度も何度も己にそう言い聞かせた。こいつは男だ、こいつは男なんだ、そして、私は女性が好きだ！　絶対に……

するとっ、硬くなりかけた股間も次第に落ち着いてきた。

想定外のとんでもない事態に深いため息が出てしまう。

……あ、危なかった。なんなんだいったい……。疲れすぎているのか……

疲労が溜まっていた上に、この寒さとハードな行軍のせいかもしれない。

これから国の一大事だというのに、くだらないことで心を乱してどうする！

ジークハルトはまぶたを閉じ、愚《おろ》かな己を叱咤《しった》した。

腕の中のアルノーは身を固くしたまま、身じろぎもしない。これから深夜に向け、気温がもっと下がるだろう。少し申し訳ない気持ちで小さな頭を撫でた。

私が守ってやらなければ。これ以上もう一人も傷つけたくない。

命懸けで忠誠を誓うノイセンの騎士たちは、ジークハルトにとってかけがえのない宝だった。

成人して王位継承権を得るまで、幼少の頃より陰謀に巻き込まれ、親族たちに命を狙われるのが日常茶飯事《にちじょうさはんじ》の人生だ。信じられる者は一人もおらず、目に映るものすべてが敵だったこの世界で、ノイセンの騎士たちだけが王太子の盾となり、その命を守ろうとしてくれる、唯一の味方だった。

ゆえに、ジークハルトは騎士たちを信頼し、我が身の一部だと思っている。騎士が傷ついたり、殺されたりすれば、この身を斬られたような痛みがあった。

ノイセンの領民のためだけじゃない。忠実な騎士たちのため、果てはレーヴェ王国の全国民のために、この馬鹿げた内乱を早く終わらせ、平和をもたらさなければならない。

思い出せ。私の使命を。まずは目の前の障害を取り除くことに、全力を尽くせ。

◇　◇　◇

二日と半日をかけて、二人はさらに南を目指した。

教会領の森を抜け、峠《とうげ》を越えて山岳地帯に入り、街道をひたすら道なりに馬を進める。

道中これといった事件もなく、昼過ぎには無事インゴル公領に入り、夕刻にはオーバーフェルトの町に到着した。

街道沿いに、『月光亭』という看板を掲げた古い宿屋がある。ジークハルトとアリーセは馬を繋ぎ、連れ立って一階にある食堂の粗末な椅子に腰を下ろした。ちなみに、街中で「王太子」や「ジークハルト」は禁句だと厳命されている。

食堂はかなり混み合い、お互いの声が聞き取れないほどの喧騒《けんそう》に包まれていた。旅人や酔っ払いやならず者たちが、ガヤガヤと大声で怒鳴りあい、とんでもない騒ぎだ。グリルや煙草の煙で視界は霞《かす》み、肉や魚や葡萄酒《ぶどうしゅ》と人いきれで雑多な匂いがする。

アリーセは気が気でなかった。一国の王太子殿下が大した供も連れず、こんなに薄汚い宿屋で寝泊まりするなんて！　しかも、ここは敵であるインゴル公の領土内なのだ。せめて、ノイセンと親交の深い、貴族の屋敷にでも身を寄せてくだされば……

「情報が漏れるだろ。身を隠すなら、こういう場末の宿屋が一番いい」

読心術でも使えるのか、ジークハルトがおもむろに言った。

「私のことはジークと呼べ。私と貴様は旅の騎士仲間だ。そういう演技をしろよ」

厳しく命じられ、アリーセは「はい」と姿勢を正す。

ジークハルトは手袋を外すと負けじと大声を張り上げ、エールをジョッキで二つと料理を頼んだ。

実は、アリーセはエールを一度も呑んだことがない。元伯爵令嬢という立場ゆえいたしかたないことで、エールは騎士や冒険者や労働者たちの飲み物なのだ。

やがて、エールと料理が運ばれてきた。チキンを丸々焼いたものと、ゆでたブロッコリー、つぶしたじゃがいもと魚を酒で蒸したもの。

香ばしい匂いに釣られ、アリーセの腹が鳴ると、ジークハルトは頬を緩めた。

……あ。笑った……？

初めてのジークハルトの笑顔に目を奪われてしまう。

といっても、ほんの少し口角を上げただけの、笑顔と呼ぶにはほど遠い代物《しろもの》だけど……

「遠慮するな」

それだけ告げ、ジークハルトは黙々と食べはじめた。

アリーセは息を詰め、彼の所作に見入ってしまう。テーブルマナーが美しすぎて、フォークとナイフの使いかたも優雅すぎて、ここがまるで王宮の豪華絢爛《けんらん》な食卓であるかのように錯覚させるのだ。

しかし、この馬鹿騒ぎの渦中にいてそのことに気づく者はいなかった。

ジークハルトの言うとおり、こういう場所こそ身を隠すには一番なのかもしれない。

アリーセも安心して料理を口に運んだ。肉も魚も味付けは絶妙で、焼き加減も最高だった。

エールの匂いを嗅《か》いだり、少し舐めたりしていると、ジークハルトがニヤニヤする。

「貴様、エールは初めてか？　いいから、一気に呑んでみろ」

言われたとおり呑んでみると、エールはシュワッと舌で弾け、苦いようなコクがあった。

喉を刺激しながら通りすぎて胃の腑《ふ》におさまると、体がカァッと温まる感じがする。

「どうだ？　悪くないだろ？」

「……んんっ。おいしい！」

素直に言うと、ジークハルトは声を上げて笑った。涼しげな目を細め、眉尻を下げ、心から楽しそうに。

屈託のない笑顔が、ひどくまぶしく映る。少年のようなあどけなさが垣間見えて……

「……可愛い奴だな」

そうつぶやいたジークハルトの眼差しがいつになく優しく、なぜか顔がぼわっと熱くなった。

それでなくとも、ため息が出るほどの美麗さなのだ。艶《つや》やかな銀の髪。すっと切れ長の目尻に、涼しげな目元。まつ毛は女性のように長く、憂いのある面差しに惹きつけられる。ガラス細工のような冷たい美貌《びぼう》は、亡き王后に似ているらしい。王侯貴族の中でもこれほどの美しさを誇るのは、ジークハルトが唯一にして無二だろう。

そんな美丈夫《びじょうふ》を前に同僚っぽい演技をしろと言われても、難しかった。しかも、アリーセのような下級騎士は通常、王太子殿下に拝謁《はいえつ》するどころか、目を合わせる機会さえほとんどない。儀式や祭祀《さいし》の時、遠くから眺めるのが関の山だった。

「遠慮せず、好きなだけ呑め」

心なしか、ジークハルトはおもしろがっているように見える。

「あの、殿か……じゃなくて、ジ、ジークは呑んだことがあるのですか？」

ジークハルトは周りをはばかり、「敬語を使うな」と小声で指示し、何食わぬ顔でこう続けた。

「もちろんある。私はしょっちゅう忍びで城下をうろついているからな。エールどころか密造酒も呑んだことがあるし、他にもいろいろとな」

「そうなんだ……」

すると、ジークハルトは目を凝《こ》らしたかと思うと、つと親指を伸ばし、アリーセの下唇に触れた。

……えっ？

ドキッ、と心臓が跳ねる。

「ここ……ついてる」

綺麗な親指が、ぐいっと唇についたソースをぬぐう。

不意のことに、きょとんとしてしまった。

「貴様、本当に可愛いな」

ジークハルトがクスリと微笑み、親指についたソースをゆっくりと舐《ねぶ》る。

それを見て、テーブルに突っ伏しそうになるほど、めちゃくちゃ心臓がドキドキした。

あ……あ……あれは、私の唇についてたやつで……。そ、それを、そんな……！

今は訳あって男のフリをしているけど、アリーセだって年頃の女の子なのだ。真正面から憧れの人に「可愛い」と言われたり、唇についたものを舐められたり（間接的にだけど）したら、うれしくないわけがない。

いったい、この異常なドキドキはエールのせいなのか、それとも……

アリーセがジョッキをあおると、ジークハルトはもう一杯注文してくれる。

それから、ふかふかしたじゃがいもを頬張りながら、二人はエールを何杯も空けた。

オーバーフェルトの夜は賑やかに更けていく。

数時間後、すっかり酔っぱらってしまったアリーセは、ジークハルトに抱えられるように階段を上っていた。

「す、すみません。こんな醜態《しゅうたい》をさらしてしまって……」

アリーセが恐縮すると、完璧に素面《しらふ》と変わらないジークハルトはひょうひょうと答える。

「計算どおりだから問題ない。こんな場所でノイセンの騎士が二人して真面目に食事していたら、怪しまれるだろう？　喧嘩するか、泥酔するかしておけばよいカモフラージュになる」

「じ、ジークは、大丈夫れすか？」

なんだかろれつもうまく回らない。

「私は酒をいくら呑んでも酔わないから大丈夫だ」

そうなんだ。さすがだなぁ……

感心しながら、たくましい腕とお言葉に甘えることにした。なにしろ、同僚の演技をしろという命令だし……

案内されたのは粗末な客室だった。簡素な寝台が二つと小さな書き物机しかない。

「こちらが、うちでもっとも高級な一等客室でして……」

宿屋の主人が揉み手をしながら言った。

当然のことながら、二人で相部屋である。

「問題ない。馬を頼んだ」

ジークハルトが何枚か銅貨を握らせると、主人はほくほく顔で階下へ戻っていった。

「ま、野宿するよりはましだな」

言いながらジークハルトは、運んできたアリーセを寝台に横たえさせた。

「あ、ありがとうございます……」

視界はぼんやり、頭はふわふわしている。

藁《わら》が詰めてあるらしき寝台は、見かけによらず寝心地がよかった。

「気分は悪くないか？」

意外にもジークハルトは優しい。

「大丈夫です。いい気分です。すごーく、いい気分」

「水をもらってきてやるから、貴様は黙って寝てろ。それだけ酔ってぐっすり寝たら、疲れも取れるだろ」

「はい……。すみません……」

思考は明晰《めいせき》だけど、感覚が鈍《にぶ》くなって体が思いどおりに動かない。

なるほど。これが酔うっていうヤツなんだ……

思いがけぬところで勉強になる。ジークハルトも怒っている様子はなく、酒は疲労回復にいいと言って積極的にエールをすすめられた。

もしかしたら、彼なりの気遣いなのかもしれない。

厳しいけど、私みたいな下級騎士にも優しい人だな。今日はたくさんお話しできてよかった。重大な任務だから、こんな風に楽しんじゃいけないんだろうけど……

しゅるっ、と衣擦《きぬず》れの音がして、アリーセははっと我に返った。

頭を上げて見ると、いつの間にかジークハルトが戻っている。少しまどろんでしまったらしい。

書き物机の上に、水差しとグラスが置かれていた。

その横で、ジークハルトが服を脱ぎはじめている。

思わず声を上げそうになり、とっさに両手で自らの口を押さえた。

落ち着け。落ち着け、私！　私は今、男だから。男性の裸なんてアルノーで見慣れてるから……

こちらの動揺には気づかず、ジークハルトはさっさと脱いでいく。

見ちゃダメだと思いつつ、彼の裸体に視線が釘付けになっていた。

オレンジ色のランプの灯りが、筋骨隆々《きんこつりゅうりゅう》とした体躯《たいく》を淡くかたどっている。ブロンズ像のように滑らかな肌は、薄い体毛に包まれ、輝いて見えた。

う、うわ。すご……。すごく着痩せするんだわ……

ジークハルトの肉体は、鋼《はがね》のように鍛え抜かれていた。ごつごつした鎖骨《さこつ》を起点に、僧帽筋《そうぼうきん》が肩を覆い、胸筋は丸々と盛り上がっている。手足はすらりと長く、いかつい肩の三角筋から、上腕二頭筋へのラインが流麗だった。腹筋は縦横にぱっくり割れ、がっしりした太腿《ふともも》は引き締まっている。

過剰な筋肉量ではなく、バランスのよい細身で理想的だった。

太く浮いた首筋から、ネックレスが下げられている。

細いチェーンの先には、指輪らしきものが光っていた。

ジークハルトが髪の縛《いまし》めをほどくと、腰骨に乗り上げた筋に、ハラリと銀髪が落ちかかる。

神話に登場する、軍神のような美しさだった。野性的なのに気品もあり、リウブルク家の紋章があらわすように、まさに孤高の獅子《しし》みたいだ。

耳の奥で響く、心音がうるさかった。

ジークハルトが下着も脱ぐと、ほろりと男性器が露《あら》わになる。

「っ!?」

酔いが一瞬で吹っ飛んでしまった。

けど、どうしても目が離せない。さすがに、これはマズイとわかってるんだけど……

初めて目にするそれは、いやらしさはなくて綺麗だった。だらりと不思議な形をしていて、自分にはない器官だからもの珍しいというか。

芸術鑑賞でもしているみたいだ。人類が創り出した最高峰の、生ける芸術作品の……

ジークハルトは、ぎょろりと眼球だけ動かして横目でこちらを見た。

「なに見てる？」

そこで、アリーセは我に返る。

まずいまずいまずい。穴が開くほど凝視してしまった！

「も、申し訳ございません。ぼーっとしておりました」

あまりに美しすぎて、は呑み込んだ。

「おまえは脱がないのか？　脱がしてやろうか？」

「はっ……い、いいえ。自分は遠慮しておきます」

「旅装のまま寝るのか。けったいな奴」

ジークハルトはお決まりの軽蔑しきった顔をし、鼻で笑った。

が、そもそも服なんて脱げるわけがない。一瞬で女だとバレてしまう。

「気分はどうだ？」

「は、はい。大丈夫です。少しクラクラしますが……」

「ふーん。あれだけ呑んでその程度とは、見かけによらず酒豪らしいな」

「そうでしょうか……。自分はわかりません」

ジークハルトは灯りを消し、すぐ隣の寝台に上がった。

「明日も早いからもう寝ろ」

「……はい」

ドキドキはなかなか治まらず、簡単には眠れそうにない。

ここはインゴル公領。教会領の森の時みたいに、いつ刺客が襲ってくるとも限らない。油断は大敵なのに……

ジークハルトに背を向け、アリーセは頭からすっぽり毛布を被る。

酔っていたせいもあり、コテンと深い眠りに落ち、次に目覚めた時はもう朝になっていた。

くもり空で気温はぐっと下がり、空気はじめっとし、氷の室《むろ》にいるような冷気が肌を刺す。

春先だってのに、また雪が降りそう……

ぐっすり眠ったせいか、アリーセの気分は爽快だった。噂に聞く「ふつか酔い」という症状もなく、ジークハルトの言ったとおりもしかしたら隠れた酒豪なのかもしれない。

支度を終えて一階に下りると、ジークハルトが不機嫌そうに待ち構えていた。

まだなにも言われていないのに、アリーセは震えあがる。

「遅れてすみません！」

頭を下げるアリーセを無視し、ジークハルトは黙って外に出た。アリーセもそそくさとそのあとに続く。

宿の厩舎《きゅうしゃ》まで歩いていったところで、ジークハルトは足をとめた。

見ると、そこには小さな幌馬車《ほろばしゃ》が停まっている。よく農村で見かける、農作物を運搬するものだ。

……え？　いつの間に。これに乗れってこと？

ジークハルトはさっさと幌馬車《ほろばしゃ》の荷車に乗り込んでしまった。

アリーセがおろおろしていると、ジークハルトが入り口の覆いを上げ、一喝《いっかつ》する。

「なにしてる。さっさと乗れ！」

「は、はいっっ！」

アリーセも慌てて荷車に足を掛け、中へ乗り込んだ。

ジークハルトが「出せ」と馭者《ぎょしゃ》に命じると、ガタゴトと馬車が動き出した。

荷車の床には毛皮と毛布が敷き詰められ、足を伸ばしてゆったりできる。断熱がしっかりしているせいかほんのり暖かかった。馭者台《ぎょしゃ》と荷台の間にある分厚い仕切りが外気を防いでいる。

なるほど、とアリーセは納得した。こうして農耕用の馬車でカモフラージュし、インゴル公のお膝元に潜入する作戦らしい。

「貴様も横になったらどうだ？　楽だぞ」

ジークハルトは外套《がいとう》を脱ぎ、ごろりと横になった。

「いえ。私は遠慮しておきます」

あまり親しげにされると、相手が王太子だということを忘れそうになる。

馬車の旅はなかなか快適だった。体勢は好きに変えられて体も伸ばせるし、外からも見えないし、これなら安全にインゴル公領の首都モンクヒェンに潜入できそうだ。

そこからは丸三日かかる行程だった。直接行けば一日で着くはずだけど、あちこちに兵が立ち検問があるため、大きく迂回するルートを取らざるをえない。ノイセン公領内にいると気づかないけど、インゴル公領内は兵士がうろついていてものものしく、いつ戦になってもおかしくない雰囲気だった。

雪がちらつきはじめ、馬車の速度がぐんと落ちる。日も暮れて急速に冷え込んできた。山岳地帯に入り、高度が上がるにつれ、風が強くなり吹雪《ふぶ》いてくる。

「予定より、半時ほど遅くなるかもしれません。積もるまでには着きそうですが」

駁者《ぎょしゃ》が声を掛けてきた。

「問題ありません。安全に行ってください」

荷車にいるアリーセは答える。

珍しくジークハルトは泥のように眠っている。さすがに疲れたんだろうか。

アリーセは彼に毛布を掛けてやり、その寝顔に見入った。

目にするのは初めてでな、無防備に眠る姿。毛布の上から外套《がいとう》も重ねて掛けてやる。気温がだいぶ下がってきたから。

寝顔、なんか可愛いなぁ……

しなやかにカーブを描いたまつ毛。すっととおった鼻筋に、形よく整った唇。孤高で高潔《こうけつ》な王太子でも、寝顔はあどけない少年に見えた。青みがかった銀髪は、細い氷みたいに輝いている。

昔の私、この御方に憧れてたなぁ……

初めてジークハルトを見たのは、オーデン騎士団の騎士叙任式の時だ。国王陛下より騎士の責務をたまわる重要な儀式で、諸公が一堂に会したリウシュタット大聖堂で執り行われた。まだ騎士見習いだったアリーセは式典を手伝うために参加していた。当時、ジークハルトは十九歳だったが、すでにその武勇を轟《とどろ》かせており、剣を愛するアリーセは憧れの眼差しを向けたのだ。

まあ、あの時は遠すぎてチラッとしか見えなかったけれど……

二度目に見たのは、正騎士となったアリーセが従軍した時だ。その時のアリーセは十七歳で、二十二歳になったジークハルトは一騎当千《いっきとうせん》の戦いぶりを見せていた。

追憶に耽《ふけ》るアリーセの意識は、今から三年前へとさかのぼっていく……

◇ ◇ ◇

——三年前のノイセン公領内。東方に広がる、アルヘナと呼ばれる草原地帯。

東の国境付近ではレーヴェ王国へ侵攻を繰り返す東方民族、コラガム人たちとの攻防戦が続いていた。

当時のアリーセは叙任式を終えたばかり。晴れてオーデン騎士団の正騎士となり、王国国境警備隊に配属された。国境線を巡回して警備し、不法出入国者や犯罪者たちを取り締まる、非常に重要な花形部隊だ。

おろしたての鎖かたびらに仕立てたばかりの外套《がいとう》をまとい、アリーセは鼻高々だった。入団試験では学科も実技もトップの成績だったし、女だてらに念願の前線に配属され、誇らしく感じていたのだ。

「この戦いでうまく武功を上げられたらさ、寮を出ない？　もう少し広い部屋に住みたいなって」

アリーセは声を潜《ひそ》め、すぐ隣に立つ兄のアルノーに話しかけた。アルノーもアリーセと同じ国境警備隊に配属されている。

すると、アルノーは「しぃーっ。静かに！」と人差し指を唇に当てた。アリーセと同じダークゴールドの瞳が、とがめるように睨《にら》んでくる。

とはいえ、待機時間が長すぎるせいで、他の騎士たちの間にも弛緩《しかん》した空気が流れていた。

コラガム人たちが進軍してくるとの情報が入り、こうして国境付近のアルヘナ草原に軍を展開したものの、待てど暮らせど敵は現れない。

しびれを切らした王国軍は敵の位置を把握《はあく》すべく、さらに偵察部隊を派遣したところだった。

敵の気配もなく、状況がわかるまでもう少しかかりそうなので、騎士たちは待機がてら装備を整えたり、雑談をしたりしている。

「おまえはどうしてそんなに緊張感がないんだ？　そんなんだから隊長にツメが甘いと言われるんだ。僕たちの晴れの初陣なんだぞ。今こそ精神統一し、しっかり任務に集中し、いつ敵が来るかわからないんだから、常に警戒を怠《おこた》らずにだな……」

くどくどとお説教を始めるアルノーに、アリーセは苦笑するしかなかった。

「兄さんは真面目すぎるんだって！　こんな時まで気を張ってたら、いざって時に疲れちゃって持たなくなるでしょ？　抜くところは抜き、体力を温存するのも兵法の基本だよ？」

「それはそうだが……。しかし、おまえに限ってはだな、真面目すぎるに越したことはないぞ。おまえはいつも思いつきと衝動だけで、突っ込んでいっては痛い目見ているからな。子供の時からそうだろう？　僕がこんなに慎重な性格になったのはおまえのせいでもあるんだぞ」

たしかにそのとおりだった。双子なのに、アリーセは感情で動く好奇心旺盛《おうせい》な行動派、アルノーは理論を重んじる用意周到な知略派と、まさに性格は真逆なのだ。

アルノーが何かにつけ石橋を叩きすぎて割る慎重さで行動するのを見て、アリーセはもどかしくてイライラし、余計にパッパと直感で動く性格に育ってしまった。

そうはいっても、双子は非常にうまくやってきた。元伯爵だった父親が公金を濫費《らんぴ》し、没落したあとの大変な死線をくぐり抜けられたのも、兄妹の見事な連携があってこそだ。

アリーセがさまざまなアイデアを閃《ひらめ》き、アルノーがそれを充分に調査検討して実現させる……そんな風にして、兄妹はこの苛酷《かこく》な世界を生きのびてきた。

剣の腕は互角。その性格は真逆。そんな兄をアリーセは深く信頼し、尊敬して慕《した》っている。両親亡きあと、頼れる親戚も知り合いもいなかったアリーセにとって、この世界にたった独りしかいない、愛する肉親だった。

双子は長らくオーデン修道院で下働きをし、お互い支え合いながら貧しい生活を送ってきた。

ようやく正騎士となった今、自慢の剣技で多くの武功を立て、必ずや一旗揚げてやるぞと双子は闘志を燃やしている。

「僕たちは腐っても、ヴィントリンゲン伯爵家の子孫なのだから、矜持《きょうじ》を失ってはならないよ」

「はいはい。わかってるって」

「とにかく初陣が大事だ、アリーセ。今の王太子殿下は完全なる実力主義らしいぞ。所属や年齢性別関係なく、褒賞金を弾んでくださるらしいからな」

頬を上気させて言うアルノーを見ているだけで、アリーセは武者震いに襲われる。

「うんうん、殿下はすごいね！　陛下の代わりに公務に当たられて、軍の総司令官も務めるんだもの。私たちと五歳しか変わらないのにさ、大したもんだよ……」

アリーセがしみじみ言うと、アルノーは「こらっ！」とまた眉をひそめた。

「殿下をいいだの悪いだの、ジャッジするなんて無礼千万《せんばん》だぞ！　おまえは何様のつもりだ？　そもそも、殿下のいらっしゃらない場で噂話をすること自体がだな……」

「なによ。そっちが先に噂話を始めたんじゃない。アルノーだって失礼だよ！」

小声でやり合っているうちに夕日が空をオレンジ色に染め、警備隊たちの影が長く伸びた。

偵察に行った部隊は、まだ戻らない。

籠城《ろうじょう》戦でもない限り、夜戦というのは自軍敵軍ともに利はないため、日没前に少数の見張り部隊を残して陣をたたむのが定石《じょうせき》だった。待機している騎士たちの間にも「今日はもう終わりだろう」という空気が流れている。

アリーセも正直、早く引き上げてこの重い装備を解きたい気持ちでいっぱいだった。

そんな中、アルノーだけが油断なく身構え、四方に目を凝《こ》らしている。

「……なんだか、おかしいと思わないか？　アリーセ。静かすぎる」

西日に照らされたアルノーの緊張した面持《おもも》ちを見ながら、アリーセは呑気《のんき》に返した。

「さあ？　敵さんも今日はもう店じまいなんじゃない？　もしくは、情報が間違いだったとか？」

「バカッ、そんなわけあるか！　よくよく考えてみろ。そんな不確かな情報をベテランの斥候《せっこう》が流すわけがない。充分に検証し、裏が取れたからこそ、もたらされた情報だぞ。もっと自軍を信じろよ。そんなに軽率じゃないはずだ」

たしかにアルノーの言うことも一理ある。なにせ、その情報を元に大部隊が動くわけだし……

「おいっ！　油断するな。日没までまだ時間はあるぞっ！」

アルノーが声を張り、周りの騎士たちに注意をうながす。

しかし、聞く耳を持つ者は一人もおらず、疲れて座り込む者まで出る始末だった。

すぐそこに生い茂った下草が揺れた気がして、アリーセは「おや？」と目を遣《や》る。

すると、チカッと強い光が目を刺し、あまりの眩しさに目を細めた。

「敵襲だっ!!」

怒号《どごう》が空気を切り裂く。

いつの間に近づいたのか、東の草むらから無数の影が一斉に立ち上がるのが、一瞬見えた。

しかし、ふたたびチカチカッと強い光が明滅《めいめつ》し、アリーセは堪《たま》らずまぶたを閉じる。

「奇襲だっ！　気をつけろっ！　すぐそこにいるぞ！」

「目がっ！　目をやられたっ！　光に気をつけろっ！」

「なにか持ってるぞ！　や、やめろ……うわああっ！」

飛び交う絶叫。轟《とどろ》く数多《あまた》の足音。もうもうと立ち込める砂煙。

強い光は執拗《しつよう》に目を狙ってきて、アリーセは目を開けられないまま剣を抜く。

「奴ら、なにか鏡のようなものを使ってる！　アリーセ、地面を見るんだ！」

抜刀《ばっとう》しながら言うアルノーに従い、アリーセはどうにかまぶたを開けた。

ゲリラ戦を得意とするコラガム人たちは、岩や灌木《かんぼく》や下草に身を潜《ひそ》め、襲撃の機会をうかがっていたのだ。しかも、ちょうど西日の当たる順光という地の利を使い、大きな鏡のような道具で光を反射させ、目をくらませてくる。

あっという間に大乱戦となった。兵の数は王国軍のほうが多いはずなのに、油断していたところへ士気の高いコラガム人たちに突っ込まれ、あれよあれよという間に劣勢となっていく。

アリーセは視界がうまく確保できず、防戦一方だった。隊の統制が取れない上に状況もわからず、襲ってくる刃をひたすら振り払う。少数精鋭のコラガム人たちは、正確に王国軍を削っていき、近くで戦う味方が一人、また一人と倒れていく……

アルノーと背中合わせで剣を振るいながら、警備隊長の巨漢が下草へどうと沈むのが視界の端に映った。

「まずいぞ。警備隊長がやられた……」

緊迫したアルノーのつぶやきを耳にし、アリーセの脳裏に「全滅」の単語がよぎる……

……ど、どうしよう。急襲に混乱しちゃって、このままじゃ……隊が……！

その時。

「なにか来るぞっ！　南だっ‼」

「本当だ。敵兵かっ？」

味方が口々にそう叫び、アリーセはとっさにそちらへ振り返った。

目を凝《こ》らすと、草原のはるか遠方から小さな黒い影がものすごい勢いで近づいてくる。

それは土煙を上げながら一直線にこちらへ猛進し、ぐんぐん距離を詰めてきて、間もなくその姿がはっきり見えた。

黒馬が単騎、突っ込んでくる。

アリーセのすぐ目と鼻の先を通りすぎた時、それはとんでもなく巨大で、黒々して禍々《まがまが》しく、まるで軍神そのもののようだった。

……漆黒の稲妻。

戦場にいる誰もが、突如襲来した漆黒の影に見入る。それがあまりにも大きく、速く、途方もなく恐ろしくて……

それは立派な黒馬にまたがった騎士だった。筋骨隆々《きんこつりゅうりゅう》とした巨体を誇る黒馬と、白銀の甲冑《かっちゅう》をまとう騎士から放たれる強烈な覇気《はき》のようなものが、紅蓮《ぐれん》の炎となって戦場を呑み込んでいく錯覚に囚われる。

白銀の騎士が、アリーセの身長より長い大槍《おおやり》を、馬上からブンッと勢いよく振るう。

すると、それは疾風《しっぷう》の刃となって敵兵たちの首を刎《は》ね、数人を体ごと吹っ飛ばした。

……つ、強いっ！

目にも留まらぬ早業《はやわざ》で、まるで舞踊《ぶよう》でも舞うように、白銀の騎士は大槍《おおやり》を悠々と振り回す。それは的確に敵兵たちを捕らえ、ひと振りで何人も屠《ほふ》っていき、死屍累々《ししるいるい》たる有り様になっていく。

「ノイセンの旗を掲げろっ！　一番近くの旗の下へ集えっ！　旗を背に、小さな隊を作るんだ！」

白銀の騎士の怒号《どごう》が響き渡り、草原を震わせた。その声は不思議な力を持って体に作用し、アリーセは命令どおりに掲げられた旗の下へ走る。

そうする間も、白銀の騎士は孤軍奮闘《こぐんふんとう》、獅子奮迅《ししふんじん》の戦いぶりを見せた。大槍《おおやり》を縦横無尽《じゅうおうむじん》に振るっては敵を屠《ほふ》り、稲妻のような速さと圧倒的な力で無双する姿は、まさに鬼神そのものだ。

大地を蹴る、力強い蹄《ひづめ》の音。

血気に逸《はや》る、巨馬のいななき。

白銀の騎士の大槍《おおやり》が、風を切り、敵を貫く。

怒っているのか、血を求めているのか、尋常《じんじょう》じゃない怒気が体から立ち込め、それが白銀の騎士を人ならざる者に見せるのだ。その鬼気迫る勢いに気圧《けお》され、逃走する敵兵も出てきた。

「……殿下だっ！　殿下がいらしたぞ！　ジークハルト殿下、万歳!!」

とたんにワアッと歓声が上がり、自軍の士気が一気に向上する。

あれが、ジークハルト殿下……！　なんて、なんて強さなの……

アリーセは血にまみれた剣を握りながら、なかば呆然と戦況を見守った。

ジークハルトは大槍《おおやり》を掲げて号令を掛け、自軍に的確な指示を出していく。形勢逆転、敵軍が劣勢に陥《おちい》ったのは目に見えてあきらかで、ノイセン旗の下に集結した騎士たちは、態勢を立て直して次々と敵を倒していった。

ジークハルトは大槍《おおやり》を振るい、力強く馬を駆りながら、草原を舐めるように敵を殲滅《せんめつ》していく。

「油断をするなっ！　我らが国境を必ずや防衛する！　今こそ、ノイセンの力を示すのだっ！」

うおぉぉおっ！　と応《こた》える、鬨《とき》の声。

感動に打たれながら、アリーセも精いっぱい声を上げる。

そこへ遅れて、ジークハルトが連れてきた援軍がようやく到着する。王国軍の軍勢は三倍以上となり、すぐさま敵軍に退却命令が下され、そこでアルヘナの戦いは終結を迎えた。

ノイセン軍は国境を防衛し、見事勝利を勝ち取ったのだ。

「ジークハルト殿下、万歳！　ノイセン、万歳！」

「殿下、万歳！　ノイセン、万歳！」

「殿下、ありがとうございます！　殿下ーっ！」

勝利の雄たけびに包まれながら、誇らしげに大槍《おおやり》を担ぎ、悠々と黒馬を進める白銀の騎士。

その気高くも美しい勇姿は、アリーセにとってまさにヒーローだった。焦《こ》がれて、憧れて止《や》まず、切ないような甘酸っぱい未知の感情が込み上げてくる。

ジークハルト殿下……。私もいつか、あんな風に強くなりたい……！

アリーセはどうしようもなく胸が高鳴るのを抑えきれなかった。

◇　◇　◇

——時は現在に戻り、インゴル公領内を行く、幌馬車《ほろばしゃ》の中。

アリーセは回想を終え、ふたたびジークハルトの美麗な寝顔に見入る。

アルヘナの戦いはアリーセの記憶に新しく、いつでもあのときめきを思い出すことができた。

こんな風に近くで、憧れの人の寝顔を見られるなんて、信じられない。アルノーの身代わりをやってよかったと、しみじみ思った。

気づくと、朝から晩までジークハルトのことを考えている。冷酷に首を刎《は》ねたかと思えば、アリーセを守ってくれたり、無防備な寝顔を見せてくれたり、多彩な表情に目を離せなくて。

もっと、徹底的に嫌な奴ならよかったのに。そうしたら、もっと冷静に振る舞えるのに。

アリーセは指を伸ばし、放射状に広がった銀髪の毛先に、そっと触れた。

ぱちり、ジークハルトが目を開ける。

銀髪をひとふさ握りしめ、アリーセは固まった。頭の片隅で、「ああ、寝起きの瞳の青は濃いんだ」という、どうでもいい感想がよぎる。

突然、不吉な寒気がうなじを這い上った。

「来るぞ！」

言いながら、ジークハルトが素早く身を起こし、長剣を掴む。

「止まってください！」

とっさにアリーセは馭者《ぎょしゃ》に呼びかけ、懐《ふところ》から短剣を抜き出した。

馬車の速度が落ちはじめるのと、馭者《ぎょしゃ》が断末魔《だんまつま》の叫びを上げたのは同時だった。

二人の間に、一気に緊張が走る。

「殿下はここにいてください！」

アリーセは覆いをはねのけ、雪道に飛び下りた。

雪混じりの風が頬を刺す。馬車は制御を失って、惰性で走っている。馬車に並走して馭者《ぎょしゃ》台へ回ると、馭者《ぎょしゃ》の心臓に毒矢が深々と刺さっていた。

どう見ても即死だ。

辺りは暗く、星も見えず、吊り下げられたランプだけが頼りだ。逆にこちらを敵に知らせる、格好の的になっている。ちょうど峡谷《きょうこく》の間を走っていて、両サイドから切り立った岩壁が迫っていた。

シュンシュン、シュッシュッ。ビュンッ。

大量の矢が空気を切り裂く音。

ランプが落ちて火が消え、ふっと真の闇に包まれる。

反射的にアリーセは馬体に身を隠した。すると、馬を蜂の巣にするみたいに矢が刺さり、どうと倒れる。荷車は死んだ馬に乗り上げる形で、停止した。

「殿下ぁ！　ご無事ですかっ？」

アリーセは振り返り、大声で叫んだ。

「慌てるな。無事に決まっているだろう」

すぐそこで聞こえた、ジークハルトの冷静な声。

見ると、彼はすでに雪の上に降り立ち長剣を構えている。アリーセは彼のすぐ横に飛び降りた。

「申し訳ございません。馬と馭者《ぎょしゃ》はもう……」

「話は後だ。……来るぞっ！」

殺気か冷気か、うなじの産毛《うぶげ》が逆立つ。暗くてよく見えないけど、上空の気配を数えると結構な数だ。

十か、二十か。守りきれるだろうか。いや、守ってもらうのは私のほうかも……

ジークハルトとアリーセは自然と背中合わせに立った。

嵐の前に訪れる、刹那《せつな》の静寂。

「上と南サイドは私に任せろ。貴様は北を見ながら援護しろ」

ジークハルトは怖いほど落ち着いている。

それを頼もしく思い、アリーセは「はいっ！」と返事をした。

ザザザッ！　ザザッ。

崖の上から落ちてきた雪が頬にかかると同時に、上空から数人の影が一斉に飛びかかってきた。

「やあああっ！」

アリーセは必死で一太刀《ひとたち》かわし、敵の頸動脈《けいどうみゃく》を一気に切り裂く。

生温かい飛沫《しぶき》で、手が濡れるのを感じながら、反対側にいる敵の心臓をひと息に刺し貫いた。

ボウッ、と燃え上がる、敵のたいまつ。おかげでアリーセも視界を取り戻した。

足の裏で敵の体を蹴りながら短剣を引き抜き、首を狙ってきた刃を身を屈めてかわすと、背後の幌《ほろ》がズザザーッと真横に裂ける。

続けざまに突き出された槍《やり》を、膝を曲げて跳躍《ちょうやく》してやりすごす。サッ、と短剣を振り投げると、矢を射ようとした敵の額《ひたい》に深々と刺さった。

舞い上がる粉雪。刀身がぶつかる鋭い音。くぐもった声。

心はひどく静かだった。ジークハルトが言ったとおり、南サイドと上空は安心して彼に任せられた。

息が切れ、運動量が上がる。

体が熱くなり、力がみなぎる。

少しずつ周りの動きがゆっくりしたものに変わっていく。己が振るう短剣の動きさえも緩慢《かんまん》に感じられ、苛立った。

振り下ろされる刃を短剣で受けとめ、懐《ふところ》に入った敵の体を蹴り飛ばしながら、シャッと首を掻き切る。反動でうしろに飛び退き、短剣を鋭く投げると、その切っ先がうしろにいた敵の喉を貫通した。

北側上空から矢が鋭角で降ってくる。息吐く間もなかった。

ジークハルトの長剣が首を刎《は》ねると、新たな敵が彼の喉笛《のどぶえ》を狙い、そいつをアリーセが屠《ほふ》れば、次の刺客がアリーセを狙い、ジークハルトがそいつを始末した。

……あ。また、あれが来る……

無心で体を動かしていると、気持ちが徐々に高揚し、五感がどこまでも研ぎ澄まされていく。

空気が軽い！　体が動く！　寒さも暗さも気にならない。むしろ、心地よいぐらいだ。

薄暗がりでの死闘なのに、不思議とアリーセは楽しんでいた。

この感じは覚えがある。あれは王城に赴任した日、ジークハルトと初めて剣を合わせた時……

二人の息はぴったりだった。彼が次にどう動くか、手に取るようにわかったし、彼もアリーセの動きに合わせて剣を振るっている。二人は背後をお互いに預け、踊るように舞うように次々と敵を屠《ほふ》っていった。

アリーセの高揚感がジークハルトに伝わり、彼の興奮もアリーセにビシビシ伝わってくる。

なんだろう、このすごい万能感。うれしくて、楽しくて、ワクワクして、そしてどこまでも深く、静かで……まるで無敵の力だ。

剣で舞うほどに自分のことを知っていく気がした。己の中に眠るすべての力を解放し、それに身を任せ、リズムに乗る、乗り続ける。

気づいたら、最後の刺客の首をジークハルトが落としたところだった。

敵の気配は消え、夢のような魔法が解け、動きがのろのろだった世界は元に戻る。

「はっ、はっ、はぁっ……」

肩で息をしながら、束《つか》の間《ま》の余韻《よいん》に浸った。

いつの間にそうなったのか、気づくと体中返り血でぬるぬるしている。

たいまつは雪の中に落ち、使い物にならなくなっていた。ランプも壊れてしまったし、灯りがない。

ジークハルトが長剣を一振りして血を飛ばすと、キン、と鞘《さや》に収めた。

「いくつ斬った？」

さすがのジークハルトも息を切らしている。

「私は六です。たぶん」

アリーセは顔についた血を袖《そで》でぬぐった。

「私は八だ。合計十四か」

「殿下、お怪我はありませんか？」

ジークハルトはその言葉を無視し、「右腕を見せろ」と命じた。

「えっ？」

内心ドキリとする。

まさか、そんな。あんなに目まぐるしい戦闘中に、こちらの状態まで把握《はあく》できるわけが……

「傷を見せろ」

どうやら、ジークハルトはすべてお見通しらしい。

「かすり傷です」

そう答えても、ジークハルトは譲らなかった。

「いいから見せろ」

有無《うむ》を言わさぬ口調に、うなずくしかなかった。けど、上衣と肌着を脱ぐと、胸に巻かれたコルセットが露《あら》わになってしまう。

脱ぐのは、まずい。絶対バレる。

なんとか着衣したまま袖《そで》をまくって傷口を見せた。右の上腕辺りをばっくり斬られている。

ジークハルトは積んでいた毛布の切れ端を裂き、強く巻いて止血してくれた。彼の冷えた指が肌に触れ、体がぴくりとする。

「……痛いか？」

「い、いいえ」

こんな風に手当てされると、彼が親しい人だと勘違いしそうになる。一国の王太子を相手にしているんだと、肝《きも》に銘《めい》じなければ。

馬車の周りには累々《るいるい》と死体が積み上がっている。落ち着くと、肌を刺す冷気がやけに気になりはじめた。

「ありがとうございます……」

「どう思う？」

ぎゅっと止血帯を巻き、ジークハルトは問う。

「玄人は玄人ですが、殺しが本職じゃなさそうです。腕の立つ浪人か、山賊かと」

ジークハルトはうなずく。

「背後に黒幕がいる」

「インゴル公でしょうか？」

「だろうな」

「どうやって、殿下がこの馬車にいることを知ったんでしょう？」

ジークハルトは一瞬、黙って見つめてきた。吹きつけた風が美しい銀髪を散らす。

彼がなにを考えているかピンときて、思わず声を上げた。

「まさか、私を疑っているんですか？」

「疑っていない人間なんていない」

「わ、私じゃありませんっ！　そもそも、外に連絡の取りようもなかったのに！」

ジークハルトは「どうかな？」というように首を傾げる。

「そんな……」

いわれのない疑いにひどいショックを受けた。

「……冗談だ。貴様じゃないことはわかっている」

暗くてよく見えないけど、ジークハルトは笑っているらしい。

じょ、冗談ですって……!?

雪の中にばったり倒れ伏したくなった。こんな状況で冗談を言われても全然笑えない……

「さて、どうする？　馬車は使いもんにならん。馬も馭者《ぎょしゃ》も死んだ。歩くか？」

「モンクヒェンは目と鼻の先だと思うんですが……。集落まで引き返すのは遠すぎますし」

言いながら、寒さで奥歯がカタカタ鳴る。

「こんな雪深い山を歩くのか？　道なんて見えないぞ。星も見えないから方角もわからない」

「私が先に行って、助けを呼んできましょうか」

「王太子の側を離れるとは何事だ。貴様が遭難したらどうする？　次の刺客がきたらどうするんだ？　今度は一人で二十人を相手にするのか？　しっかり考えろ」

矢つぎばやにダメ出しを食らい、泣きたくなってきた。

「も、申し訳ございません。なら、ここで少し休みましょう」

ジークハルトは当然だとばかりに鼻で笑って、崩れ落ちた幌馬車《ほろばしゃ》の残骸に歩み寄った。前半分は屋根と荷台の部分がそのまま残っている。彼は幌《ほろ》やら毛布を残った荷台にどんどん集め、こう命じた。

「貴様、暖房代わりになれ」

◇　◇　◇

災難続きだったが、ようやくここまで来たか……

雪の降りしきる闇に目を凝《こ》らし、ジークハルトはそっと息を吐く。

半壊した荷車でジークハルトはアルノーを抱きしめていた。寒さを凌《しの》ぐため、外套《がいとう》やら毛布やら幌布《ほろぬの》を掻き集め、巣穴みたいなそこに二人で潜《もぐ》り込んでいる。半分残った天井部分が雪から二人を守ってくれていた。

お互いの両脚はしっかり絡み合い、ひと回り小さいアルノーは腕の中にすっぽり収まっている。二人とも上衣を脱いで薄着になり、胸も腰も腹も隙間なく密着し、直に体温を伝え合っていた。

こうしていると、たしかに暖かい。暖かいんだが……

「まったく……。貴様とこうするはめになったのは二度目だな」

やれやれという気持ちが声に混じってしまう。

「も、申し訳ございません……」

アルノーは小さな体を強張らせ、ひたすら恐縮していた。

まったく、適当に謝るなよ……

とはいえ、アルノーは想像以上の働きを見せてくれた。小回りが利く上に戦闘能力は高く、しかも命令には従順かつ寡黙で、今回の計画には最適といえる。戦で活躍するというより、こういった隠密行動のほうが向いているかもしれない。オーデン騎士団の人選も捨てたものではないな、と内心舌を巻いていた。

「下手に動くと危険だ。朝日が昇るまでここで暖を取り、体力を温存する。明日中に城下町モンクヒェンへ潜入し、エルンポルト城を目指す」

エルンポルト城はインゴル公爵の居城である。青い鷲《わし》と王冠を紋章として戴く、エルンポルト家の末裔、アドルフ・フォン・エルンポルトが現在のインゴル公爵だった。

アルノーはじっと耳を澄ませている。金髪に包まれた小さな頭であれこれ考えているようだった。

そういえば、髪も瞳も綺麗なゴールドだったな……

そんなことを思って顎《あご》を下げると、唇が柔らかいブロンドヘアに触れる。

透明感のある、女のような肌。ぱっちりと大きな瞳は、光の加減で緑がかって見えると知っている。まつ毛はドキリとするほど長く、艶《つや》やかだ。一度見つめると、不思議と目の離せない男。

アルノーはちょうど子供と大人の境界に立っている。それが時折、ゾクッとするほど妖艶《ようえん》な色気を放つのだ。

……こいつを見ていると、妙な心地になるな。

胸の奥がチリつき、やたら喉が渇く。ふわふわと甘酸っぱい心地になり、それがこの身には耐え難《がた》い。わけのわからぬ衝動に駆られ、むちゃくちゃに暴れ回りたくなる。

断じて宗旨《しゅうし》変えしたわけじゃないぞ、と自分に言い聞かせた。私はノーマルだ。女が好きだ。単に人間として興味を引かれているだけだ。剣で私と対等に渡り合い、この若さでどこか達観している、この男に。

「たしか、生まれはアーベンらしいな？」

ジークハルトが問うと、アルノーはぼそぼそ答えた。

「はい。エンダーシュタットという小さな領地です」

エンダーシュタットはアーベン公領の西の果てにあり、シュヴァルゴール王国との国境の町である。こぜり合いがあれば戦地となり、難民も流れ込んでくるので、治安は悪く荒れていた。

「名は？」

「アルノー……。アルノー・ヴィントリンゲンです」

ヴィントリンゲン……？

その忌まわしい名に憶えがあり、つい顔をしかめてしまう。

「元貴族だとは聞いていたが、貴様、ヴィントリンゲン伯爵の子息か……」

アルノーはおずおずとうなずいた。

「昔の話です。父の代で……」

ヴィントリンゲン伯爵、つまり、アルノーの亡父《ぼうふ》はアーベン公領の西の僻地を治めていた。

元々荒れた地ではあったが、伯爵とその兄弟たちの濫費《らんぴ》によってさらに治安が悪化、市民たちが暴動を起こした。その責任を取って、ヴィントリンゲン伯爵は爵位を剥奪《はくだつ》され、領地は召し上げられた。当時はちょっとした騒ぎになったと記憶している。

なるほどな、とジークハルトは合点がいった。アルノーは元伯爵家の子息ゆえに立ち居振る舞いもそれなりで、王太子を前にしても物怖じしなかったわけだ。

「噂には聞いている。十年ぐらい前の話だったな。それで、どうやって騎士に？」

「父が、その……自殺して、私と双子の妹は身ひとつで放り出されました。頼れる親族も知り合いもなくて。唯一、母方の曽祖父《そうそふ》が牧師なんですが、大叔父の紹介でオーデン修道院に拾ってもらったんです。騎士団へは自ら志願しました」

「母親は？」

「私と妹が生まれた時に亡くなりました」

「しかし、腐っても伯爵家だろうが。他に方法はなかったのか？」

アルノーは首を横に振った。

「私も妹もまだ八歳でしたから」

「ふーん、甘やかされたお坊ちゃまじゃないってことか。大人たちにいいように食い物にされたな」

アルノーは、コクンとうなずく。

「私には、えと、妹がいましたから。危ない時に何度も妹に助けられました。妹がいなければ、この歳まで生きていなかったと思います」

ヴィントリンゲン伯爵から領地を没収したのは現国王のルートヴィヒ、すなわちジークハルトの父だった。つまり、父王のせいでアルノーは苦境に追いやられたことになる。

「父王の判断は間違ってはいない。私が同じ立場でも、同じ処分を下すだろう」

これだけは言っておかねばならない。

すると、アルノーは落ち着いて答えた。

「私が申すのもおこがましいですが、国王陛下の処分は正しいと思っています」

「恨んでいないのか？」

ジークハルトが聞くと、アルノーはびっくりしたように顔を上げる。

「とんでもない！　陛下には感謝こそすれ、恨みなんてありません。本来ならば死罪だったところを、陛下の温情でお許しくださいました。一族郎党も国外追放となるところを、見逃《みのが》してくださいました。私と妹が今生きているのは陛下のお慈悲《じひ》のおかげです」

ジークハルトは鼻で笑った。たしかに父王は甘い。私ならば、一族郎党まとめて極刑に処していただろう。

「世が世なら、貴様はヴィントリンゲン伯爵だったわけか」

「いえ。もうそれはいいんです。私は……私として今の生きかたを受けいれてますから」

実年齢よりだいぶ大人びているな、考えかたが。平和ボケしている貴族連中とは大違いだ。

「それに私、実は、殿下の草原の戦いを拝見したんです」

唐突に言われ、首をひねる。

「草原……？　ああ、アルヘナ草原のか」

東から領地に侵入してきたコラガム人たちを、ノイセン領地内にある、アルヘナと呼ばれる草原地帯で迎え撃ったのだ。その時、ジークハルトは援軍を率いて駆けつけ、指揮を執った。

「はい。その時殿下のお姿にすごく勇気づけられたんです。殿下の強さに憧れて、目標にして頑張ってきたんです」

アルノーは胸に顔を埋めたまま、興奮気味にまくし立てる。

「私はそれだけでも殿下に御礼を言いたいんです。一番辛い時に、心の支えになりましたから」

その言葉に、心をぐっとわし掴みにされる。

くっ……。なんと、なんと健気《けなげ》な……

いたいけなアルノーが不憫《ふびん》で、堪《たま》らなく切なくなった。それでなくても、生まれたての小動物のような愛らしさなのだ。もっと強く抱きしめ、頬を寄せたくなる。

「あ、すみません。出すぎたことを申しました……」

アルノーは申し訳なさそうに、もぞもぞと身じろぐ。

「いや、よい。気にするな。興味深い話だった」

くしゃくしゃと頭を撫でてやると、アルノーは従順な子犬のようにじっとしていた。

そんないじらしい様子を目にしつつ、ジークハルトはしみじみ思う。

こいつはある意味、ちょっと危険な男ではあるよな……

なぜか、頻繁《ひんぱん》に妙な欲望を掻き立てられた。触り心地は柔らかくぐにゃぐにゃしていて、腕や脚は細っこいのに、胸板だけは厚い筋肉に覆われている。

アルノーの吐く生温かい息が、薄い布地を通し、鎖骨《さこつ》の下辺りを湿らせた。

彼の体温は高く、女っぽい肌のすべすべした滑らかさが、生々しく伝わってくる。

こうしているとまるで、艶《なま》めかしい女体を抱きしめているかのようだ。

……う……わ……。ま、まずい……

ひと呼吸ごとに心拍が速まり、じわじわと血流が股間に集まっていく。ふにゃりとした柔らかさが、女性の肢体《したい》を想起させ、否《いや》が応《おう》でも淫《みだ》らなイメージに囚われた。

生まれたままの姿で、アルノーと抱き合う自分。

激しい情欲に身を任せ、汗まみれになりながら、獣のように貪《むさぼ》り合う二人。

妄想の中ではいつの間にか、アルノーが美しい女体に変わっていた。

くっそ……。最近、ずっと禁欲していたせいで、ま、まずい……

卑猥《ひわい》なイメージはどんどん膨らみ、留まるところを知らない。

アルノーの細い腰を掴み寄せ、未熟な蜜口に怒張《どちょう》の先端をあてがい、最奥《さいおう》まで深々と刺し貫く。とろりと濡れた媚肉に根元までくるまれ、喜悦《きえつ》の声を上げながら無我夢中で腰を振りたくる……

自然と腕に力が入ってしまい、アルノーをきつく抱きしめていた。体は燃えるように熱くなり、じわりと汗がにじんで、股間にぐぐっと力がみなぎる。硬くなりはじめたそれが、彼の柔らかいお腹にめり込むのがわかった。

「うく……。は、はあっ……」

堪《たま》らず吐いた熱い息は白くなり、流れていく。

外はこんなに寒いというのに、この熱さはなんだ？　それもこれも、いつ戦になるかわからぬ非常事態のせいで、長らく女を断っていたせいだ。妙な性癖に目覚める前に、領地に帰ったら早急になんらかの手を打たねば……

理性は「やめろ」と命じているのに、アルノーの官能的な柔らかさと甘すぎる香りに、ジークハルトの渇ききった肉体は歓喜に震えていた。まるで極限の飢餓《きが》状態に陥《おちい》った旅人が、ひと房の果実を前にした時のように。

それは、絶対に許されないことだ。しかし、忘我《ぼうが》の境地でアルノーとむちゃくちゃに性交するイメージは、甘美《かんび》で罪深く背徳的で、心を捉《とら》えて離さなかった。そのためならば、すべてを捨てても構わないと思わせるほどに。

この時、ようやく気づく。自分は血に飢えているのかもしれない。今からインゴル公を屠《ほふ》ろうとする衝動と、この時のアルノーへの情欲が、ひどく似ているのだ。

背中を抱いていた手を下へ滑《すべ》らせ、アルノーの小さな尻に触れた。そこは思っていたとおり柔らかく、ふるりとした丸みを帯《お》びている。

そっと撫で下ろすと、アルノーが小さくうめき、それが体の芯に火をつけた。

……どうする？　いっそこのまま……

ほんの刹那《せつな》、魔が差した。

今すぐ、力ずくでアルノーを組み敷き、彼の服を引き裂いて裸に剥《む》き、思うさま犯す……

我知らず尻をぎゅっと掴むと、アルノーがビクッと体を震わせた。

そこで、はっと我に返る。

……落ち着け。相手はノイセンの宝でもある、駆け出しの若い騎士だぞ。しかも、男だ！　男なんだ！　私はなにを血迷っているんだ……？

ふっ、と自嘲の笑みが独りでに漏れた。

単に妄想しただけだ。実行に移すわけがない。私は誇り高きリウブルク家の末裔であり、このレーヴェ王国を統《す》べる王太子なんだぞ。

アルノーに触れている部分だけが温かく、背中や首すじを時折、刃のような冷気が刺す。

己の中で荒ぶろうとする獣性をどうにか鎮《しず》め、ジークハルトはまぶたを閉じた。

……早く。早く、雪がやめばいいのに。

◇◇◇

どうしてこんなことに？

さっきから、アリーセの脳内を一つの疑問がぐるぐる回っている。

なにがどうなって、どうしてこんなことに？　一介の下級騎士が、しかも男のフリをしている自分がなぜ、天下の王太子殿下とこんなことを？

ジークハルトに抱かれながら、アリーセは軽いパニックに陥《おちい》っていた。

ドックン、ドックン、ドックン……

あまりに強すぎる鼓動で、全身が軋《きし》んでいる。全身がまるまる心臓になったみたいだ。音が大きすぎて、ジークハルトに聞こえやしないかと気が気じゃない。

すぐ目の前には、太くたくましい首筋が息づいている。ゴツゴツした三角の喉仏が男らしく、ますますドキドキが止まらなかった。

お互い薄着であるせいで、ジークハルトの硬く隆起した筋肉が生々しく感じられ、それを好ましく思ってしまう自分がいる。殿方とこんな風に触れ合うのは初めてだし、筋骨隆々《きんこつりゅうりゅう》とした男は粗《そ》野《や》で乱暴なイメージがあるのに……

こうして頬を厚い胸板に押しつけ、引き締まった筋肉の熱を感じているのは、心地よかった。

お、お尻に殿下の手が……

ジークハルトの手がさわさわと臀部《でんぶ》を撫で、くすぐったい。お尻の丸みをたしかめるように、大きな手がそろそろと行き来し、それがひどくいやらしいのだ。

……ん、んんっ。で、殿下っ……

頑強《がんきょう》な腕から逃げることもできず、ひくひくと身悶《みもだ》えしてしまう。相手は王太子ゆえに「やめてください」とも言えず、ひたすら耐えるしかない。

けど、殿下……すっごくいい匂い……

なにか、爽やかな香料と男くさい体臭の混ざった、堪《たま》らなく好ましい香りがした。嗅《か》いでいるとふわっと芳香が胸に広がり、下腹部の芯にそっと火を灯される心地がする。

野性的で、色っぽくて、異性であることを意識させられるような……

たくましい筋肉に包まれ、いい香りに安らいでいると、お尻を触られているのも気にならなくなってきた。むしろ、もっとしっかり触れて欲しいような……

突然、ぎゅっと強く尻肉を掴まれ、ビクッとする。

何事か？　とびっくりしたけど、騒ぐのはまずい気がして、息を殺してじっとしていた。

しばらくのち。

「おいっ」

怒気を孕《はら》んだ声が降ってきた。

頬を厚い胸板に寄せたまま、おどおどして「はい？」と返す。

「貴様、男にしておくには惜しいな」

出し抜けに言われ、「は？」と目が丸くなった。

ジークハルトは大真面目に言葉を続ける。

「可愛すぎる」

「え？」

「無性にイタズラしたくなる」

「へ⁉」

ふざけてるのかと思い、顔を上げて表情をうかがうも、暗すぎてよく見えない。そもそも、頭まですっぽり毛布に覆われているため、外の光は完全に遮断されていた。ときどき、布の隙間から冷気が刺し込み、静かに降る雪の気配が感じられるだけだ。

待って待って待って。私、今は男なんだけど。男同士でイタズラって……これが今流行りの？まさか、殿下は……

鼓動が乱れ打ち、頭はますます混乱を極めた。

「……冗談だ」

おかしそうに言って、ジークハルトは体を離す。すると、凍えるような空気が二人の間に入り込んできた。

「からかうのはやめてくださいっ！」

相手が王太子であることを忘れ、つい声を上げてしまう。

「わかったわかった。わかったから、向こうを向け」

ジークハルトは気怠《けだる》そうに命じる。

「貴様と真正面から抱き合っていると妙な心地になるから、向こうを向け。早くしろ、寒い……」

「あっ。は、はい」

慌てて体をごろりと反転させると、ジークハルトの屈強な腕がうしろから回ってきた。

「ううう……。寒っ……」

今度は背中に、鍛え抜かれた筋肉が密着する。そこは冷えていたので、温かくてホッとした。

「夜が明けるまで眠れ。少しでも体力を回復させるんだ」

「……はい」

そう返事したものの、すっかり目は冴《さ》えている。

──可愛すぎる。

か、可愛いって言われた……あの殿下に。どうしよう、うれしいかも……

恥ずかしさで顔が火を噴きそうだ。けど、自分は今、男性騎士という設定。可愛いなんて侮辱《ぶじょく》されたら、怒らなければいけないのだけど……

けど、それは難しかった。なにせ、ジークハルトは長年憧れ続けてきた男性。そんな彼に、「可愛い」と言われたら、すっかり乙女の心に戻って舞い上がってしまう。

ジークハルトも眠れないのか、ため息を吐いたり舌打ちしたり、しばらくもぞもぞしていた。

……んん？　さっきから、これ……なんなんだろ？

ちょうどお尻の割れ目のところに、剣の鞘《さや》のような、硬い棒状のものがグリグリ当たっている。

避けようともがき、お尻の肉でぶにぶに押しているうちに、だんだん大きくなっている気が……

なんだろ、これ？　股関節かなんかの骨……？

しかし、形状的にそんなところに骨はないはず。邪魔な上に熱い感じがして、お尻を左右にひねり、その骨をグイグイ押し回した。

「……んくっ。……や、やめろっ！　動くなっ！」

恐ろしい声で一喝《いっかつ》され、ピタッと動きをとめる。硬い骨はお尻の割れ目に挟まる形になった。

ジークハルトが少し体を離し、大きな右手をアリーセの胸の上に置く。そこは、コルセットできつく潰されていた。

……えっ？

彼の親指が、胸の上をつと這った。

つい、体がぴくっと反応してしまう。

親指は平らな胸をゆっくりと滑っていく。まるで、先端の蕾《つぼみ》を探しているみたいに。けど、それはコルセットに阻《はば》まれていた。

……ちょ、ちょっと、そこは……

窮屈《きゅうくつ》なコルセット越しの親指の圧が、とてもいやらしく、もどかしい。

淡い刺激に胸の蕾《つぼみ》がほころびかけ、コルセットを脱ぎ捨てたい衝動に駆られた。

「アルノー」

耳元でささやく美声に、ふっと気が遠くなる。

首をひねって顔を見ることも、返事をすることもできなかった。ただ、胸に置かれた親指に意識が集中する。

「アルノー」

少し強めに呼ばれる。

彼の手が頬を撫で、親指が下唇の輪郭をなぞった。なにも抵抗できず、小さく息を呑む。

なんてことのない、微《かす》かな触れ合い。

しかし、それが男性が女性にする、性的なものだということが本能的にわかった。

頭が真っ白になり、ドクドクと心音がうるさい。

「……寒くないか？」

聞こえるか聞こえないかぐらいの、優しい声。

こんな声を聞いたことがなく、彼の親指を唇で挟んだまま、うなずくことさえできない。

彼は親指で唇を愛撫し、すっと息を吸った。

「貴様とこうしていると、妙な気分になる。貴様も、同じなのか？」

聞き取れないぐらいの、本当に小さなささやき。

顔から首筋まで熱くなり、汗が噴き出した。こんなにあからさまに反応してたら、もう言い訳できない。

私は本当は女なのに、誤解なのに、男として男が好きだと思われてしまう……

「あ……の……」

混乱と恥ずかしさで、涙がにじんでくる。

「もうよい。気にするな」

いたわるように頬を撫でられ、胸がきゅんとなる。

「傷は痛むか？」

「痛くない、です」

どうにか言葉を発した。三日前、月光亭で酔っぱらったときみたいになって、傷の痛みもなにも感じない。

「大丈夫だ。少し休め。すぐに夜が明ける」

彼は子供にするみたいに、よしよしと頭を撫でてくれた。大きな手のひらが心地いい。

彼の声がすごく好きだと思った。

サファイアのように青い瞳も、絹糸のようなきらめく銀髪も、指も足も首もなにもかも好きだ。

冷酷に見えて優しいところも、傲慢に見えて繊細なところも、騎士を大切に思ってくれるところも、頭が切れて腕が立ち、孤独なところも……

いい香りとぬくもりに安らいでしまう。子宮に包まれた胎児みたく、ごく自然に体を預けていた。

あらかじめそこは、アリーセのための場所だったかのようだ。すっぽりと温かく、ふわふわと夢心地で……

アリーセはまぶたを閉じ、小さく祈った。

……雪がずっと、止まなければいいのに。

◇　◇　◇

しらじらと夜が明ける頃、二人は雪深い道を進み、モンクヒェンの町を目指した。

昨晩、目と鼻の先だと言ったアリーセの見込みは正しく、山道を下っていくと間もなく、高い城壁に囲まれたモンクヒェンの町が姿を現した。

中央の高台にそびえ立つのは、難攻不落《なんこうふらく》の城塞《じょうさい》、エルンポルト城だ。鮮やかな青い王冠と鷲《わし》の紋章をかたどった、インゴル公爵旗が掲げられていた。城を中心として放射状に道路が伸び、マッチ箱のような家が建ち並んでいる。大小の煙突からは煙が流れ、朝市でも立っているのか、賑やかな雰囲気が遠目にも伝わってきた。

正面の城門にはおびただしい兵の数。ノイセンを警戒しているのだとしたら、簡単には中に入れないだろう。

朝日が屋根や塔に積もった雪を溶かしはじめ、光が乱反射してきらめき、モンクヒェンの町は絵画のように美しかった。

アリーセが足をとめて見入っていると、ジークハルトが「美しいだろう？」と言って同じ方向に目を遣《や》る。

「戦になればすべて破壊されてしまう。城も家も教会も、人々の生活もなにもかもだ」

ジークハルトの声に抑え込まれた怒りを感じた。

これは戦を仕掛けようとしている、インゴル公に対する怒り……？

アリーセが考えていると、ジークハルトは「こっちだ」と獣道へ入るよう、うながす。

あとをついて麓《ふもと》まで獣道を下りると、ジークハルトは城門には向かわず、手前にある荒れた墓地へ入っていった。巨大なクスノキが生い茂り、横に古ぼけた石造りの小さな礼拝堂が建っている。

礼拝堂内は狭くて薄暗く、ほこりっぽかった。奥の小さな祭壇に、チャリス教のシンボルである聖杯が祀《まつ》られている。アーチ型の高窓から差し込む細い光が、長身の人影を映し出し、アリーセはぎくっとした。

「イーヴォだ」

ジークハルトの紹介は簡潔すぎる。

イーヴォといわれた男は頭巾《ずきん》を脱ぎ、チラッとアリーセを一瞥《いちべつ》した。見事な赤毛はボサボサで、粗末なチュニックに革製のズボンという農民の格好をしていたが、ただ者ではない空気をまとっている。

「予定どおり、インゴル公爵は城にいます。これから、鏡の間で開催される軍事会議に出席するはずです」

イーヴォが説明しながら祭壇にしゃがみ込むと、床板の一部が外れ、地下へ続く階段が現れた。

ジークハルトは外套《がいとう》を脱ぎ、帯剣《たいけん》だけの軽装になると、荷物を祭壇の裏に隠す。アリーセも外套《がいとう》を脱ぎ、それにならった。

「これは、モンクヒェンの地下水路に通じています。そこから、エルンポルト城の地下牢への抜け道があります」

イーヴォはそう言ってランプに火を灯し、先導して階段を下りていく。

ジークハルトとアリーセもあとに続いた。

「ジーク様、必ず私のあとをついてきてください。地下水路は複雑怪奇な造りで、盗賊対策の罠《わな》も仕掛けられています。全体図が頭に入っていないと、まず抜けられません」

「抜け道はどうやって？」

ジークハルトの声が反響し、ザァーッという水音が近づいてくる。

「抜け道は有事の際、公爵が脱出するために作られたものです。公爵とその血族以外、誰もその存在を知りません」

「貴様はなぜ知っているんだ？」

「公爵の娘から聞き出しました」

どうやって娘から聞き出したんだろう……？

怖くてうかつに質問できなかった。きっと人に言えないような、非人道的な方法を使ったに違いない。

イーヴォはたぶん、噂に聞くノイセン公爵家直属の諜報員《ちょうほういん》なんだろう。公爵たちはそれぞれ、スパイを各領地に送り込んでいると聞く。表向きは騎士団を編制し、裏では諜報員《ちょうほういん》を暗躍させ、自領に有利となるよう情報を集め、外交を展開するのだ。

「そんな抜け道が、我々が潜入するために使われるとは、とんだ皮肉だな」

ジークハルトは鼻で笑ったが、アリーセもイーヴォも笑わなかった。

地下は完全な暗闇で、じめっとした湿気に、強烈などぶ臭さが鼻をつく。水路は上下左右に入り組んでおり、飛び降りると二度と戻れなかったり、水圧が強すぎて流されたりするところも多く、イーヴォの案内がないと抜けるのは不可能だった。この巨大迷宮の全貌を把握《はあく》するのに、かなりの日数がかかったに違いない。

なにか目印でもつけているのか、イーヴォは時折、水路の壁をランプで照らしつつ、迷いなく歩を進めた。ジークハルトもイーヴォも異様に緊張し、ピリピリした空気が張りつめている。

ここまで来ると、鈍感なアリーセも薄々勘づいていた。

インゴル公爵に密書を届ける任務だって聞いていたけど……たぶん、違うんだわ。

現状、インゴル公爵に面会するのは難しいはず。ルートヴィヒの王権を認めないインゴル公爵は、ルートヴィヒの招集にも応じないし、ノイセンからの使者も自領に入れず、暗殺する始末。秘密裏に軍備を整え、アーベン公爵とともにルートヴィヒを討ち、レーヴェ王国の王位に就こうとしているのだから。

殿下はたぶん直談判《じかだんぱん》するつもりなんだ……。もしかしたら私は、歴史的な瞬間に立ち会うのかも。

アリーセは緊張と興奮で神経を高ぶらせ、ぬるぬるした滑りやすい底に何度も足を取られつつ、必死でランプの灯りを追いかけた。上ったり下りたり、横穴をくぐったり腰まで汚水に浸かったり、半時ほど進むと、不意にイーヴォが足をとめる。

「ジーク様、こちらが唯一の退路となります」

イーヴォのランプが照らすのは、ゴウゴウと音を立てる黒い濁流《だくりゅう》だった。

「この水路の流れの先が河港門《かこうもん》に通じています。対岸まで泳ぎきることができれば、先ほどの礼拝堂はすぐ南にあります。馬は手配しておきました」

さらに、イーヴォは反対にある石段を照らす。

「この階段を上《のぼ》りきれば、地下牢に出られます。そこで、フォルカーが待機しておりますので」

「わかった。貴様はここでいい」

イーヴォはひざまずき、深々と頭《こうべ》を垂れた。

「手引き、ご苦労だった」

ジークハルトがねぎらうと、イーヴォはすっと顔を上げる。

「ジークハルト殿下。……どうか、ご武運を」

その切々と祈るような表情に、アリーセのほうが心打たれた。

ジークハルトは冷徹な一瞥《いちべつ》をくれ、さっと踵《きびす》を返す。アリーセもあとを追い、古びた石段を上った。

さっき、退路って言ってた。退路ってことは、まさか……

なにかを察したのか、ジークハルトが小声でつぶやいた。

「貴様のことは、私が守ってやる。安心してついてこい」

殿下……

昨晩のぬくもりを思い出し、力強い気持ちになる。彼にそう言われると、絶対大丈夫な気がしてきた。

階段を上りきったところから、小さく光が漏れている。壁の石がぐらぐらと動き、一つずつ外されていって、厳《いか》めしい男の顔が現れた。

「フォルカーです。ジークハルト殿下、どうぞこちらへ」

巨漢のフォルカーはひそひそ声で説明しながら、狭い地下牢を先導する。

「今、城内の兵は手薄になっています。多くは検問に駆り出されているゆえ」

地下牢は暗すぎてはっきり確認できないけど、鉄格子の向こうにいるのは子供のように見えた。

いったい、なんなんだろう……？　子供ばかりこんなに集めて……

彼らはじっと息を殺し、目だけをぎょろりと光らせていた。糞尿のすえた臭いが鼻を突き、いるだけで気分が悪くなってくる。

フォルカーは長い黒髪を高い位置で一本に縛り、鎖かたびらにはインゴル公爵の紋章が縫いつけられていた。エルンポルト城内をやすやすと渡る姿は、まごうことなきインゴルの正騎士だ。元はノイセンの人間だとすれば、インゴルに移住して仕官して採用されて正騎士となるまで、かなりの年数がかかるはず。

アリーセはあれこれ推測しつつ、足を忍ばせて二人のあとに続く。

さっきのイーヴォといい、フォルカーといい、いったいどれぐらい前から、どれほどの規模で準備してきたんだろう？　かなり壮大な計画だったに違いない。まさか、ルートヴィヒ陛下がレーヴェ国王に即位した時から……？

すべてはこの日のために？

インゴル公爵になにを直談判《じかだんぱん》するつもりなのか、さっぱり見当がつかなかった。

これほどの手間と人員を割いてまで、いったいなにを……

重々しい石扉を開け、螺旋《らせん》階段を上《のぼ》りながら不吉な予感はどんどん膨らむ。しかし、策略の全貌を知る機会はなさそうだ。アリーセのような下級騎士にとって、王太子の命令は絶対であり、目的や理由を知る必要はない。

「ここは東の塔です。地下牢への出入り口はここだけです。鏡の間は上階にあります」

フォルカーは淡々と言う。

間隔を置いて石壁に掛けられたランプが、移動する三人の影を次々に映し出した。

「アルノー」

ジークハルトに小声で呼ばれ、アリーセは「はい」とかしこまる。

「いいか。ここからは、余計な殺生《せっしょう》はするな。自分の身を守ることだけを考えろ。いいな？」

「はい」

「さっきの退路は覚えているか？」

もちろん覚えている。神妙にうなずいた。

「私が逃げろと命じたら、貴様は即座に一人で脱出しろ。私がそばにいない間、自分の身だけは自分で守れ。わかったか？」

ジークハルトは真剣な眼差しだ。

「し、しかし……」

「私を守ろうなどと、おこがましいことを考えるな。貴様がいるだけで足手まといになる。馬鹿じゃないよな？　私の言ってることがわかるな？」

悲しいけど真実だった。ジークハルトほどの腕があれば、護衛なんて要らないし、アリーセがいるだけで邪魔になる。それほどまで、実力差は歴然としていた。

「脱出したら、来るときに寄った礼拝堂で私を待て。そこで落ち合おう」

「……かしこまりました。殿下のご命令とあらば、単独で脱出します」

「それでよい。助かる」

「申し訳ございません……。私にもっと腕があれば……」

じくじたる思いで唇を噛むと、ジークハルトは小さくつぶやく。

「問題はなにもない。貴様がオーデン騎士団から選ばれたのは、天命かもしれぬ」

「えっ……？」

天命……？　どういう意味？

無表情な美貌《びぼう》に問いかけようとしたら、フォルカーが「シッ！」と指を立てて唇に当てた。

小窓から斜めに入った陽光が、両開きの扉を照らしている。扉の表面は青く塗られ、インゴルの紋章をかたどった鋳物《いもの》が掲げられていた。

「この先に青の回廊《かいろう》があり、突き当たりが鏡の間です。公爵と貴族たちは皆、集まっています」

フォルカーの声はほとんど聞こえず、唇の動きだけでどうにか読み取る。

「見張りが数人おります。私が露払《つゆばら》いしますゆえ」

そう申し出たフォルカーに、ジークハルトは目でうなずいた。

フォルカーは音もなく扉をすり抜けると、親しげな態度で「よう、首尾はどうだ？」と奥へ進んでいく。続いて、見張りらしき者の笑い声。

アリーセは気配を殺し、青の扉に耳をつけ、回廊《かいろう》の様子をうかがった。

「おいっ！　なにをするっ！　うわっ……！」

怒号《どごう》が空気を切り裂き、アリーセとジークハルトは顔を見合わせる。

鈍《にぶ》い打撃音が数回。ガチャン、と壁に金属が強く当たる音。幾重《いくえ》にも重なる罵倒《ばとう》。くぐもった男のうめき声……

不意打ちで殴り倒したのだろうか。ものの数分もしないうちに、肩で息をしたフォルカーが戻ってきた。

「終わりました。どうぞ」

フォルカーの言葉を合図に出ると、青い絨毯《じゅうたん》の敷かれた回廊《かいろう》が続き、奥に装飾の施された白い扉がある。見張りらしき武装兵たちが四人、倒れ伏して動く気配はない。

こんな時だけど、アリーセは同じ騎士として感心してしまった。

すごい。あんな数分の間で一気に四人も……。フォルカーは凄腕の剣士なんだわ。

ジークハルトは一顧《いっこ》だにせず、まっすぐ風のように歩いていく。

……その時。

ギイィ、と軋《きし》んだ音を立て、白い扉がゆっくりと開いた。

奥から、でっぷり太った小柄な老人が不機嫌そうな顔で現れる。

「おい、何事じゃ。騒々しいぞ！　会議中は静かにせんか」

老人は真珠《しんじゅ》の飾り紐のついた帽子を被り、見事な青い糸で織り上げられた上質なガウンをまとっている。そこには、インゴル公爵家の紋章である王冠と鷲《わし》のシンボルがあしらわれていた。

ジークハルトがぴたりと足をとめ、アリーセは小さく息を呑んだ。

ま、まさか。この人が……

老人はぎょっとしてジークハルトを見上げ、驚きすぎて声も出ないといった様子で、充血した目を剥《む》いた。

ジークハルトはニヤリと口角を上げ、少し首を傾げて言う。

「ひさしいな、インゴル公爵。いや、アドルフと呼ぼうか？」

地獄からの使者のようなジークハルトの声が、回廊《かいろう》に冷たく反響した。

「アドルフ・フォン・エルンポルト。今日は貴様と話をつけにきた」

「ち、ち、血迷ったかっ、ジークハルト！　誰の許可を得てここへ入った？」

驚愕から怒りの表情へ……インゴル公爵、もといアドルフ・フォン・エルンポルトは真っ赤になって怒鳴った。

随分と無礼な態度だわ、とアリーセは嫌な気分になる。ジークハルトはレーヴェ王国の王太子であり、いち領主に比べたら位ははるかに高い。アドルフの横柄《おうへい》な態度は、ノイセンのみならずルートヴィヒ国王陛下、果てはレーヴェ王国全体への侮辱《ぶじょく》ともいえた。

「ご挨拶だな、アドルフ。貴様が王陛下の招集に応じないから、こうして私が直々に出向いてやったまでだ」

ジークハルトの声はどこまでも静かなのに、はっきりと聞き取れる。

「それともなにか？　ノイセンからの使者を血眼《ちまなこ》になって探し、殺して回るのに忙しかったのか？」

「い、要らんっ！　おまえのことなど呼んでおらん！　おまえと話すことなど、ないんじゃ！」

ぼってりした唇から、唾《つば》を飛ばしまくるアドルフ。

またしてもアリーセは、自分の仕える王太子が「おまえ」呼ばわりされることに不快感を覚える。

横にいるフォルカーも忌々《いまいま》しげに渋面《じゅうめん》を作っており、同じ気持ちなのかもと思った。

「相変わらずお行儀がなっていないようだな。ああ、エルンポルトの猿どもに、マナーなんて高尚なものは理解不能か」

ジークハルトの皮肉はなかなかの殺傷力がある。

「抜かせ。おまえの先祖のリウブルクなど、たかだか北の蛮族《ばんぞく》上がりだろうが。下衆《げす》が王族を騙《かた》るなぞ、片腹痛いわ。余《よ》の居城に土足で踏み込むとは、野蛮な賤民《せんみん》らしき所業よ」

悪口雑言《あっこうぞうごん》となると、アドルフの舌は素晴らしく滑らかだった。

フォルカーの頬にさっと赤味が差し、剣の柄に手をやったのを、ジークハルトは片手を上げて制する。ジークハルトはさらに横目でフォルカーを一瞥《いちべつ》し、「まだ早まるな」と釘を刺したように見えた。

「くだらんおしゃべりはここまでだ。要求は二つ。一つ、領境のクルムゲンに展開した兵を退け」

ジークハルトの目尻は吊り上がり、その瞳は深く昏《くら》い。それは人に非《あら》ざるなにか……亡者か死神のように思え、アリーセはゾッとした。

「ふんっ。断る！　王を騙《かた》る逆賊《ぎゃくぞく》を成敗するのが余《よ》の責務であり、エルンポルトの使命なのじゃ。リウブルクの糞ゴミどもを一掃してくれるわ！」

「逆賊《ぎゃくぞく》……？」

氷のように無表情だったジークハルトは、ぴくりと片眉を上げる。

「父王ルートヴィヒは、先王フランツが指名した正当な王位継承者だ。戴冠《たいかん》の儀には貴様も参加したであろう？」

「はっ。んなもん、諸公の同意も得ずに勝手に決めた、荒唐無稽《こうとうむけい》な妄想だろうが。フランツ陛下が老いてしまわれたことにつけ込み、無理矢理王位継承をもくろむなぞ、逆賊《ぎゃくぞく》と呼ばずしてなんと呼ぶ」

荒唐無稽《こうとうむけい》な妄想って……いったいどっちが妄想なの？　こんなの、話し合うだけ無駄だわ……

外交にうといアリーセでもそれだけはわかった。二人ともまったく違う次元で話をしている。アドルフはアドルフで、「ルートヴィヒは偽王」という自ら作り上げた架空の物語を信じ込んでいるし、ジークハルトは「ルートヴィヒの王位は正当」という主張をすることしかできない。

もはや、なにを信じるかの話だった。アドルフからすれば、ジークハルトは本当に逆賊《ぎゃくぞく》なんだろうし、ジークハルトからすれば、アドルフは妄想を信じ込んでいるだけにしか見えないはず。

「それで？　もう一つの要求とはなんだ？　わざわざやってきたなら、聞いてやらんでもないぞ」

アドルフは、ふらりと一歩あとずさり、ダミ声でまくし立てた。

「我が配下に入れ」

ジークハルトの静かな声が回廊《かいろう》に響き、その場は水を打ったように、シンとする。

気づいたら、鏡の間に集まっていたインゴルの貴族たちがわらわらと出てきて、何事かと遠巻きに眺めていた。

しばらく惚けていたアドルフは、「ははは っ」とわざとらしく哄笑《こうしょう》しはじめる。

「笑わせてくれるな！　これまでの余《よ》の話を聞いていたのか？　リウブルクの糞どもは、そろいもそろって阿呆だな。その頭に詰まっているのは、藁《わら》かなにかか？」

「黙れ。配下に入るのか、入らないのか？　答えよ」

「血の気だけ多い、リウブルクの野良犬め。野蛮な逆賊《ぎゃくぞく》の臣下《しんか》に下るぐらいなら、死んだほうがましよ」

「死んだほうがまし、か……」

ジークハルトは美しいまぶたを伏せ、首を少し傾げた。まるでなにかに耳を澄ますかのように。

「なあ、アドルフよ。平和のためには妥協が必要……そうは思わないか？」

「知るか」

だんだん膨らんでいく不吉な予感に、アリーセは固唾《かたず》を呑んで見守る。このままだと、ものすごくまずい気がした。ジークハルトがこれだけの手間と時間を掛け、わざわざエルンポルト城まで直接出向いたのだ。そのことの意味を、もっと洞察《どうさつ》すべきだ。

交渉しました、はい決裂しました、で終わるわけがない。

「ならば、要求を一つに絞ろう。クルムゲンの兵を退け。今すぐにだ。さすれば、私はすべてを赦《ゆる》すつもりだ」

「はあ？　赦《ゆる》す？　なんの話だ」

「これまで貴様が働いてきた、愚行《ぐこう》のすべてをだ」

抑揚《よくよう》のないジークハルトの美声は、淡々と続けた。

「ノイセンからの使者として送られた、私の愛する騎士たちを無残に殺したことも。リウブルク家および、父王陛下に対する数々の無礼も。王にも諸公にも承認を得ず、重税を課して民を苦しめていることも。アーベン公爵を甘言に乗せ、我が領地に攻め入ろうとしていることも。十歳にも満たない子女を賦役《ふえき》として差し出させ、いたぶり殺していることも。すべて不問に付すこととしよう」

悪逆非道《あくぎゃくひどう》の数々に、アリーセは「ひぇっ」と声を上げそうになる。さっき、地下牢で見た子供たちはまさか……

アドルフは「目を白黒させる」という言葉がぴったりの様子で、絶句していた。

「今すぐ兵を退《ひ》けば、だ。すべて赦《ゆる》そう」

この時の、ジークハルトの憐れむような眼差しが、余計に怖かった。

「ひ、ひ、退《ひ》くわけないだろうがっ！　そもそも、なんでおまえに赦《ゆる》しを乞わなきゃならんのだ。余《よ》は知らん、知らんぞ！」

ノイセンの諜報員《ちょうほういん》たちが、アドルフの身辺情報を集めたんだろう。たぶん、ジークハルトにはすべてが筒抜けなのだ。

「アドルフ。結局、貴様が望むものはなんだ？　レーヴェ王国の王位なのか？」

ジークハルトの素朴《そぼく》な問いに、アドルフはふーっと肩の力を抜いて答えた。

「当たり前だ。余《よ》が望むものはただ一つ、レーヴェ王に即位することだけだ。余《よ》の祖先たちの悲願であり、そのためにエルンポルト家は生まれてきたのだからな。この誇り高きレーヴェの大地を、おまえら蛮族《ばんぞく》に乗っ取られてたまるか」

「そうまでして王位が欲しいか？　平和に暮らしている民や、騎士たちを戦乱に巻き込んでまで？　彼らの暮らしを守るのが、領主の本懐《ほんかい》ではないのか？」

「領主の本懐《ほんかい》……？　妙なことを言うやつよの」

アドルフは心からわからない、といった表情で続ける。

「民も騎士たちも、領主のために存在するのであろう？　領主のために犠牲となり、領主繁栄のための血となり肉となるのが、下民たちの存在意義じゃ。この世界は、余《よ》のような一部の選ばれし層を支えるために成り立っておる。どれだけ時代が遷《うつ》ろうが、どれだけ海を越えようが、この本質だけは変わらん。そんなことも理解せずに領主を名乗るとは……いやはや、頭に藁《わら》が詰まっているのは本当らしいな」

「どうやら、アドルフ。貴様とわかり合えることはないらしい。……残念だ」

コツン、と踏み出したジークハルトのブーツの底が鳴る。

「な、な、なにを今さら。そんなこと、とうの昔にわかっていたことだろうが」

アドルフはなにかを察したのか、二歩、三歩とあとずさった。

カツン、コツン、と一歩ずつ、ジークハルトは近づいていく。ほっそりした顎《あご》を下げ、美しいまつ毛を伏せたまま、こめかみから鎖骨《さこつ》に下りているおくれ毛がひと房、サラリと揺れた。

銀髪が窓からの光を反射し、きらめきに目を奪われる。

あ……あ……まさか……

長身の体躯《たいく》からゆらりと立ち昇るのは、あきらかな殺気だった。見る者を凍りつかせるほどの、研ぎ澄まされた殺気……

アドルフはじりじりあとずさっていき、とうとう壁際まで追い詰められた。贅肉《ぜいにく》がついて垂れ下がった頬には、ダラダラと脂汗が光っている。

「……最後に問う。兵を退く気はないのか？」

ジークハルトの声は終始静かなのに、アドルフはどすんと尻もちをついた。

嫌な予感はますます高まり、アリーセは必死で祈る。

どうか、お願い。兵を退くだけでいいの。一時的でもいい、クルムゲンから退くと約束してくれれば、それで……

しかし、アドルフは見誤ったのだ。大局を。時勢を。そして、ジークハルトの気性を。

「何度同じことを言わせるんじゃ。兵は退かぬっ！　こうなったら、どちらが王にふさわしいか、戦で決着をつけようではないか！　民も騎士も皆死に絶えて焦土《しょうど》と化すまで、徹底的に叩き潰してくれるわっ！」

座り込んだアドルフは、ぎょろりと目を剥《む》いて唾《つば》を飛ばし、怒鳴り散らした。

きっとそれは、この臆病《おくびょう》な公爵の精いっぱいの虚勢《きょせい》だったのかもしれない。

……次の瞬間。

ジークハルトは、カッと目を見開いた。

空気がふっと揺らいだ。ハラリと浮いた一筋の銀髪が、視界に映る。

鋭い一閃《いっせん》。

凄烈《せいれつ》な一振りには、灼熱《しゃくねつ》の怒り、激しい義憤《ぎふん》、冷徹な裁《さば》き……すべてが込められていた。

あまりに速すぎて見えなかった。ジークハルトが剣の柄《え》に手をやったのも、抜刀《ばっとう》したのも、水平に薙《な》いだのも。

気づくと、真横に長剣をすらりと伸ばした格好で、ジークハルトは静止していた。

ごろり。

アドルフの生首が落ちる。それが転がるのを目にし、アリーセは膝をつきそうになった。

ああ、すべてはこの瞬間のために……。殿下は最初から、こうなることがわかっていたんだ……

ジークハルトは傲然《ごうぜん》と生首を見下ろし、冷ややかに言い放つ。

「アドルフ、聞こえるな？　これが貴様の言う、蛮族《ばんぞく》のやりかただ」

首だけになったアドルフの唇から、「っけ」と小さく音が漏れた……ように聞こえた。

遠巻きに見ていたインゴルの貴族たちがどよめく。

ジークハルトが血塗られた切っ先を向けると、貴族たちは悲鳴を上げた。

「貴様らの領主は、このジークハルト・フォン・リウブルクが討ち取った。しかと、その目に焼きつけておけ。ルートヴィヒ王陛下並びに、ノイセンに仇《あだ》なす者は、この私が必ずやその首を討ち落とす。よいか？　公爵だろうが誰であろうが、この私が直接地獄の果てまで追いかけて、確実に仕留める。わかったな？」

ジークハルトの声は朗々《ろうろう》と響き渡り、貴族たちは震え上がっている。軍人らしき者もいたが、皆老いて力はなく、王太子と剣を交えようとする者はいなかった。

「アドルフの息子とアーベン公爵にも伝えよっ！　クルムゲンから速やかに兵を退けとな！」

ジークハルトの鋭い目は怒りに燃え、悪鬼《あっき》の如き形相で一喝《いっかつ》する。

「さもなくば、アドルフと同じ末路をたどることになるぞっ！」

すると、貴族たちは蜘蛛《くも》の子を散らすように逃げまどいはじめた。

「ひえぇっ……。賊《ぞく》じゃ！　賊《ぞく》が侵入しているぞっ！」

「誰かっ！　誰かおらぬかっ？　警備兵を呼べっ!!」

青の回廊《かいろう》は騒然としはじめる。警備兵たちは間もなくやってくるだろう。

フォルカーが剣を抜いて構え、アリーセもそれにならって短剣を抜いた。

「いたぞ！　あそこだっ！」

西のほうから声が聞こえ、三人は振り返る。

見ると、西側の塔を上ってきた警備兵たちの姿が見えた。口々に「賊《ぞく》だ」「三人か」「ノイセンめ」とざわついている。

ジークハルトもそちらを向いて剣を正眼《せいがん》に構え、ひどく冷静に言った。

「アルノー。ここは私とフォルカーに任せて、貴様は逃げろ」

◇　◇　◇

——私が逃げろと命じたら、貴様は即座に一人で脱出しろ。

わかってる。わかってるけど……

アリーセは息を切らして階段を駆け下りる。青の回廊《かいろう》に残してきたジークハルトが気になって仕方なかったけど、騎士にとって王太子の命令は絶対だった。

とんでもないことになった。

インゴル公爵の暗殺。

すべてはそのためだけに、何年もかけて綿密に計画は練り上げられてきたのだ。たぶん、ルートヴィヒ陛下の即位の時から、下手したらそれよりも前からずっと……

情報の漏洩《ろうえい》を危惧《きぐ》し、王太子が自ら実行者となった。計画はごく少数しか知らないはずだ。イーヴォ、フォルカー……騎士団の中でも精鋭を選抜し、インゴル公領に送り込んだ。もしかしたら、彼らも全貌は知らなかったのかもしれない。

かなり野蛮な方法だったけど、これで戦は回避できたはずだ。アーベン公爵はそもそも付き合わされていただけで、首謀者であるアドルフが倒れれば、兵を退くのは間違いない。

それに、殺らなければ、いつか殺られていた。

開戦は、もうすぐそこまで迫っていたのだ。

あっという間に、インゴル・アーベン連合軍に攻め込まれ、ルートヴィヒは偽王として処刑されていただろう。ノイセンは主戦場となり、数多《あまた》の犠牲者と甚大《じんだい》な被害が出たに違いない。

ジークハルトはたぶん、ぎりぎりまで待って時節《じせつ》を見極め、やむをえず最終手段に打って出たのだ。

個人的な意見が許されるならば、ジークハルトのやりかたには賛同できた。何千もの民の命が失われることに比べたら、たった一人の犠牲で済んだのだ。ノイセンの民とアドルフ、どちらを救うか選べと迫られたら、アリーセも迷いなく前者を選ぶ。

ジークハルトも同じ判断を下した。なにより、彼は自らの命を危険にさらしたのだから。

そんな歴史的瞬間に、はからずも居合わせてしまったのだ。

どうしよう。どうしよう。これから……どうすればいいの？

とにかく目先のことだけ考えるんだ、と自分を落ち着かせる。まずは地下牢まで下《お》り、抜け穴を通って、イーヴォが「唯一の退路」と言った地点まで戻る。そこから濁流《だくりゅう》に入り、河港門《かこうもん》まで出たら、全力で対岸まで泳ぎ切るのだ。墓地の礼拝堂まで抜けることができたら、そこでジークハルトたちと落ち合い、あとはひたすら逃げるのみ。

——自分の身だけは自分で守れ。わかったか？

なにが起きても、起きなくても、やるべきことをやればいいんだ。黙って、順番に、粛々と……

カツカツ、という足音が下から聞こえ、はっと足をとめる。

カチャカチャ、という鎖かたびらの音も近づいてくると思ったら、黒髪の男にばったり出くわした。胸には警備兵らしきインゴル公爵の紋章が縫いつけられている。

……やるしかない。

迷っている暇はなかった。懐《ふところ》からサッと短剣を抜き出し、息を整え、集中する。

「お待ちください。私はノイセンの者です」

若い男はすっと手のひらを見せ、辺りをはばかりながら言った。

「……えっ？」

男はまっすぐアリーセを見つめ、大きくうなずく。

「他にも数名、仲間がいます。彼らが警備兵を西の塔へ誘導してくれています。この塔は今ならば安全です。急いで」

男はアリーセの横をすり抜け、上へ向かおうとした。

「ま、待って！　あなたは……？」

すると、男は首だけ振り返って言う。

「警備兵に擬態《ぎたい》している我々が、殿下を援護します。さあ、早く逃げて！」

アリーセはうなずいて踵《きびす》を返し、心の中で感謝した。

壁に掛けられたランプを外して奪い、二段飛ばしで階段を駆け下り、重い石扉を開けて地下牢に入る。男が言ったとおり、東の塔に警備兵は一人もいなかった。

外の騒ぎで囚人たちも色めき立っている。しかし、ここにも警備兵の姿はなく、安全に地下水路まで戻ることができた。

単身で脱出すること。それしか考えなかった。戦の時と同じだ。下手な義侠心《ぎきょうしん》で仲間を助けようと戻れば、こちらも深手を負って結果、共倒れという最悪の事態になりかねない。中途半端な優しさは、自軍に破滅をもたらすのだ。

まずは、自分の命。

それから、仲間の命。

一見、非情に見えるそのことが戦場での鉄則だった。

地下水路の階段を下り、イーヴォの案内した地点まで戻る。そこは、ちょうど水路が合流するところで、高低さまざまな横穴から滝のように汚水が落ち、それが一つの濁流《だくりゅう》となって下の闇へ吸い込まれていく。濁流《だくりゅう》は錆《さ》びた鉄格子の扉を抜けており、その下に人一人ぐらい潜《もぐ》れる空間がある。

黒々した激しい流れは、まるで地獄へと誘っているようだった。ひとたび流れに入れば、命の保証はなさそうだ。

……こ、怖い……

震えながら衣服を脱ぎ、革のベルトで縛ってそれを体にくくりつけた。コルセットは着けたまま、ランプを床に置いて残す。あとから来るジークハルトたちのために。

鉄格子の向こうは完全なる暗闇だった。ゴウゴウ、と濁流《だくりゅう》が渦巻く恐ろしい音しか聞こえない。

生臭く、ひんやりした風が吹いてきて頬を撫でた。

本当に、この流れが河港門《かこうもん》に通じているの？

まさか、王太子を嵌《は》めようとする罠《わな》の可能性は……？

いろいろな疑念が脳裏をよぎり、カタカタ震えが止まらない。こんなに地中深い下水で、人知れずたった独り、真っ暗闇で溺死するのは嫌だった。せめて、勇敢に戦って王太子を守り、名誉の死を遂《と》げたい……

うぅぅ……怖いよ……。アルノー、助けて……

流されないよう、しっかりと鉄格子を掴み、恐る恐る激流に足を入れてみた。

とたんに、体ごと鉄格子に叩きつけられそうになる。

「……うぅっ。冷たいっ……」

深さは腰の辺りまであった。こんなに流れが速いと、一度潜《もぐ》って鉄格子の向こう側に抜けたら、二度と戻ってこられない。なすすべもなく流されるしかなさそうだ。

腰にぶち当たる水流が急激に体温を奪う。ざらざらした鉄格子にすがり、無力感に打ちのめされ、震えながら兄のアルノーを思った。そして、ジークハルトのことも……

「おいっ！　待てっ!!」

鋭い怒号《どごう》が上階から聞こえ、ハッと顔を上げる。ジークハルトたちが戦っているんだろうか？

早く逃げなきゃ。もう、時間がない……

来た道を礼拝堂まで引き返すのは不可能だった。憶えていないし、複雑すぎるし、危険すぎる。

それこそ、行き先もわからぬ流れに呑まれ、溺死する可能性が高い。かといって、ここでグズグズしていても捕まって殺されるだけだ。

――こちらが唯一の退路となります。

イーヴォがそう言ったんだ。きっと、年月を掛けてモンクヒェンを調査し、地下水路を歩き回り、唯一の退路を探し当てた……

……信じるしかない。イーヴォを。もう信じるしかないんだ！

目を閉じて大きく深呼吸し、両手を組んで神に祈った。

神さま、私はイーヴォを信じます。殿下のことも信じます。アルノーのところに帰れますように。どうかお慈悲《じひ》を。

密かに、もう一度殿下に会えますように、と付け足した。ここで終わりたくなかった。もう一度だけ、ジークハルトに会いたかったのだ。どうしても……

まぶたを開け、少しでも生存率を上げるため、大きく息を吸い、肺いっぱいに空気を溜める。

えいやっという気合いとともに、つむじまで濁流《だくりゅう》に潜《もぐ》り込んだ。

◇　◇　◇

どうにか南の河岸に泳ぎ着いたアリーセの状態は、まさに半死半生という言葉がぴったりだった。

「はあっ、はっ、はあっ、はぁ……」

全身ずぶ濡れで、茂みの中に倒れ伏す。遠くのほうで畑を耕している農夫が、こちらを見ている気がしたけど、間もなく姿は見えなくなった。

しばらく茂みに身を潜《ひそ》め、乱れた息を整えていた。ここは城壁の外側なので、追手が掛かるとしてももう少しあとのはず。全身が冷えきって生臭く、傷のある右腕は熱を持ち、ぬるぬるしたヘドロみたいなものが足の指に絡みついていた。

……た、助かった。まだ、生きてる……

途中、なにかに頭を強打し、気絶していたのが幸いだった。潜《もぐ》って鉄格子から手を離した瞬間、飛ぶような勢いで流され、まるで木の葉のように翻弄《ほんろう》された。

そのあと、すごい勢いで頭を強打し、目から火花が散ったと思ったら、気を失っていたらしい。

次に気がついた時は、城壁の外側を流れる堀で、ゴミと一緒にぷかぷか浮かんでいた。

目の前に青空が広がり、視界の下のほうに太陽が見え、うまく方角が把握《はあく》できた。

イーヴォの言葉に従い、南に向かって必死で手足を掻き、どうにかこうにか岸にたどり着けた。

イーヴォの言葉は正しかったのだ。

「はあ、はあ、はぁ……ふぅ……」

汚水を呑んだらしく、喉がイガイガして胃が気持ち悪く、頭はクラクラする。

けど、特に大きな怪我もなく、ちゃんと生きている！

しばらくそうして、生きている喜びを味わった。空は抜けるように青く、冷えた空気は澄み渡り、もくもくした雲が流れていく。どぶ臭く、汚水にまみれてひどい有り様だけど、それさえも素晴らしいと思えた。

心にぽっかりジークハルトの面影が浮かぶ。

次いで、アルノーの顔が浮かんできた。フォルカー、イーヴォ、ルートヴィヒ王陛下、さっき助けてくれた若い騎士、オーデン騎士団長に、騎士団の仲間たち……

「……よし」

一つ目の難所はどうにか越えた。さあ、ここからが本番だ。ジークハルトと落ち合い、ノイセンまで帰りつかねば。アルノーの待つ、ノイセンへ……

思ったよりダメージは深刻で、ふらふらしてまっすぐ歩けない。

それでも、遠くに見えるクスノキの巨木を目指し、どうにか一歩ずつ足を踏み出した。

半時ほど歩いて礼拝堂に戻ると、立派な馬が二頭繋がれていた。イーヴォが手配してくれたらしい。堂内は無人で、ジークハルトもフォルカーもいなかった。

祭壇の下に隠した荷物も見つかり、アリーセはふたたび旅装を整える。びちゃびちゃの服を着るしかなく、乾いた毛皮の外套《がいとう》がより暖かく感じた。

外套《がいとう》にくるまり、木製の椅子を踏み台にし、高窓からモンクヒェンの城門と城壁を遠く眺めた。

今ごろ、インゴル公爵暗殺の報が知れ渡っていることだろう。

殿下は……無事に逃げられたのかな……

城門を凝視してみても、特に変わった動きはない。モンクヒェンにいる兵士たちは、城内の出来事をまだ知らないのかもしれない。あるいはもう、追手が各地に散っているとか……

殿下はお強い。軍神みたいにお強い御方だから、きっと大丈夫なはず……

高窓にしがみつき、目を凝《こ》らしながら、なぜか涙が溢れてきた。

もし、ジークハルトが討たれてしまったら、きっと自分は一生後悔する。自分の無力さを呪い続け、なぜあの時盾になれなかったのかと悔やみ続けるのだ。

もっと、もっと私に力があったなら、殿下をお守りできたのに……

熱い涙が流れ落ちる。足手まといにならないようにするだけで、精いっぱいだった。本当にただの役立たずだ。

あんなに強くて、あんなに高潔《こうけつ》で、あんなに領民思いの、美しい孤高の獅子《しし》のような人が、この世界から失われていいわけがない。たった一人であの若さで、重すぎる荷を背負い、その命を賭《と》してまで領民や騎士たちの生活を守ろうとした。一介の下級騎士にすぎない、アリーセの命まで大切に思い、守ってくれたのだ。

「ううう……うう……」

視界がにじんでぼやけ、下唇をぎゅっと噛む。とめどなく涙を流しながら、ひたすら神に祈った。

どうか、殿下の命をお救いください。あの人は私たちにとって必要な御方です。どうか、神様……

それから、膝を抱えて祭壇の裏に隠れ、ジークハルトを待ち続けた。

ゆっくりと日が傾いていき、礼拝堂の影が長く伸びる。

日が落ちたら、殿下を探しに行こうか。捕まるかもしれないけど、待つだけじゃらちがあかないし……

そんなことを考えながら、いつの間にかウトウトしていたらしい。

ガタンッ、と大きな物音がして、はっと目が覚めた。

「……っ!?」

立ち上がって入り口を見ると、月を背に長身の影がゆらりと立っている。

信じられない思いで、大きな影を見つめた。

「ジ、ジークハルト殿下っ……!」

間違いない。そこに立っていたのは、ジークハルトその人だった。

ジークハルトは全身ずぶ濡れで、銀髪はボサボサに乱れて枯れ葉がつき、ブラウスには大量の血痕《けっこん》がついている。ひどく疲れきった様子で、うなだれて壁に寄り掛かり、それでも眼光だけはギラリと鋭かった。

思わず駆け寄って、飛びついてしまう。たくましい体躯《たいく》に腕を回すと、濡れた布をとおして体温が感じられ、それがうれしくて安心して涙が込み上げた。

「よかった……。よかった、ご無事で。もう、ずっとお待ちしておりました……」

興奮なのか感動なのか、自分でもわけがわからず泣きじゃくる。無力な自分への悔しさ、申し訳なさ、なにより大好きな殿下の無事がうれしく、いろんな感情がごっちゃになった。

されるがままのジークハルトは、見たことがないほど優しい目をし、ポンポンと頭を叩いてくれる。

胸がきゅんとし、すごく切なくなって、ますます涙が溢れた。

彼への思慕《しぼ》の情がどんどん膨らみ、膨らみすぎて、自分でも手に負えなくて……

「あ、殿下、ここに血が……。お怪我は？　大丈夫ですか？」

勢い込んで聞くと、月影に彼の白い眼球が微《かす》かにきらめく。

「……臭い」

ようやく発された言葉は、それだった。

「く、臭い？」

オウム返しすると、ジークハルトは嫌そうに顔をしかめる。

「臭くてかなわん。これは、敵を斬った時の返り血だ。この私が怪我なぞするわけなかろうが」

ジークハルトはうなりながら、大股で祭壇まで歩き、隠した荷物を引っ張り出す。

「本当にご無事でよかった。お怪我もなくて……。あ、あの、フォルカーたちは……？」

手の甲で涙をぬぐい、冷静さを取り戻して確認した。

「インゴルの兵を引きつけ、東のほうへ陽動してくれている。東の国境まで行けば、そこで待つ仲間と合流できるだろう。我々は今のうちに、西の火山地帯経由でノイセンを目指す」

「火山地帯……。あ、教会領のほうへ迂回するんですね」

ジークハルトは旅装を整えながらうなずく。

「街道はもう検問が強化されている。人のいない火山地帯を抜けるしかない。それなりにキツいが、二人ならなんとかなるだろう」

「わかりました。あ、失礼します……」

アリーセは背伸びして彼の髪についた枯れ葉を落とし、手ぐしで軽く梳《す》き、一本に結《ゆ》ってやった。

「……男の癖に、髪の扱いに慣れているな」

少し身を屈めたジークハルトは、ポツリと言う。

「あ、あの、妹が……。妹の髪をよく結《ゆ》ってやったので、それで……」

とっさに口から出まかせを言った。

本当は自分の髪を結《ゆ》っていたけど、今はもう昔の話だ。裕福で幸せだった在りし日を思い出し、少しだけ切ない気持ちになる。

「今夜中にできるだけ距離を稼ぐ。夜どおし走ることになるが、弱音は吐くなよ」

そう言ってニヤリと口角を上げたジークハルトは、精悍《せいかん》で頼もしかった。

それから、ジークハルトの宣言どおり、二人は夜を徹して馬を駆り続けた。

行きはノイセンからモンクヒェンまで、街道を南に行く最短ルートを取ったが、帰りは西に大きく迂回し、教会領とフランバッハ公領を通るルートを取る。

フランバッハは先王フランツの領地で、現在はその息子フランツ二世が治めており、ノイセンに親和的だった。チャリス教会が所有する教会領は、いわゆる永世中立的な領地だ。とにかく、インゴル公領さえ抜けてしまえば、危険度はぐっと下がる。フランバッハ領や教会領では、インゴルの兵たちも好き勝手できないからだ。

西側に連綿《れんめん》と広がる丘陵地帯を抜け、深夜を過ぎた頃に火山地帯に入った。火山灰が積もってできた山道は、もろくてガラガラと崩れやすく、自然と速度も落とさざるをえない。

幸いなことに今宵《こよい》は満月で、月明かりがまぶしいぐらいだった。足元がはっきりと見えるので、転落する心配はない。危険なところは馬から降りて慎重に進み、走れるところは走らせて、ひたすら距離を稼いだ。

その甲斐あって、夜が明ける頃にはフランバッハとの領境までたどり着いた。

「それが、インゴル領とフランバッハ領を隔《へだ》てる領境だ」

ジークハルトは騎乗したまま、山道の脇に建てられた小さな石碑を顎《あご》でしゃくる。

アリーセはへとへとに疲れきり、うまく声も出せずにうなずいた。

「おい、大丈夫か？　もう少しだから、踏ん張れよ」

正直、馬にまたがって手綱にすがっているだけで限界だ。昨日の早朝から動きはじめ、ずっと飲まず食わずで、逃走したり泳いだり乗馬したり、緊張の連続だった。体からどぶ臭さが抜けず、それでなくても寒いのに、濡れた服がさらに体温を奪い、高地のせいで空気が薄くて息苦しい。

なにより、眠くて眠くて仕方ないのに、寒さと右腕の痛みがそれを阻《はば》む。空腹と疲労と睡眠不足が同時に襲い掛かり、生命力がありありと奪われていく感覚があった。

「は、はい。大丈夫です。申し訳ございません……」

精いっぱい気を張って声を絞り出す。目がショボショボして、唇がガサガサに乾き、うまくしゃべれているか自信がなかった。

うぅ……。いつもなら、徹夜ぐらいどうってことないのに……。やっぱり寒さかなぁ。私、ほんとに役立たずで悲しい……

ジークハルトはまったく疲労の色を見せない。ドロドロに汚れていても、凛とした気高さは失われず、眼光は鋭く背筋はピンと伸び、悠々と馬を操る雄姿はまるで王宮の庭園を散歩しているかのようだった。注意して観察すれば、彼の整った美貌《びぼう》は蒼白で、疲労が深いのが読み取れるのだけど。

「ここからもう少し進めば、休憩できる地点がある。そこでゆっくり休ませてやるから、気張れよ」

ジークハルトはそれだけ言い、馬の腹を蹴った。アリーセもそのあとに続く。

それから半時ほど走り、ようやくジークハルトは馬から降りた。そこは木々もまばらな岩場で、標高はかなりあり、大小さまざまな岩がゴロゴロ転がっている。地面のあちこちから白いガスがもうもうと噴き出し、硫黄《いおう》の香りが鼻を突き、まるで異界にでも来たような雰囲気だった。

「この辺りはヘルバレーと呼ばれている。火山活動が活発で地中から水蒸気が噴き出してるんだ」

ジークハルトはそう言って馬を繋ぎ、「こっちへ来い」と手まねきする。

うながされるまま山道を逸《そ》れ、岩をよじのぼると、野営するにはもってこいの小さな洞窟があった。ここなら雨風もしのげるし、下から見つかる危険も少ない。

晴れて、ここで仮眠を取ってよいというお許しが出た。

「あ、ありがとうございます……」

もう限界だったアリーセは、洞窟に入って膝から崩れ落ちる。

「フランバッハ領のかなり奥まで入ったから、さすがにここまで追手は来ないだろう」

ジークハルトも外套《がいとう》を脱ぎ、すぐ隣にごろりと横になって言った。

頬や手のひらに触れた地面がほんのり温かい。こうして横になっているとホカホカして、ほんのり汗ばんでくるぐらいの、ちょうどいい温かさ……

「さっきも言ったが、活火山だから地熱が高いんだ」

説明するジークハルトの声は、もうはるか遠くに聞こえた。

そこから、ブツッと記憶が途切れている。空腹もどぶ臭さも腕の痛みもなにもかも後回しにし、アリーセは泥のように眠った。

夢も見なかったと思う。

あまりに深すぎる眠りは、たとえていうなら、魂も体もどこか遠いところへ連れていかれ、そこで生まれ変わりの再生処理をされたみたいな、妙な感覚があった。

意識が浮上してくる時、微《かす》かな疼痛《とうつう》をともなうのだ。

まぶたを開けると、片膝を立てて座っているジークハルトの姿が見えた。斜めうしろから見える頬のラインと、風でふわりと揺れる銀髪が、すごく綺麗だな……とぼんやり思う。

だんだん意識がはっきりしてくる。あ、この人はジークハルト殿下で、自分はオーデン騎士団に派遣され、密書を届ける任務に来たんだっけ。

それが、まさかインゴル公爵を暗殺することになるなんて……

「……目が覚めたか？」

気配を察したのか、ジークハルトは少し首を振り向けて言う。

「あ、はい。すみません。眠りこけてしまいました……」

慌てて身を起こすと、寝汗びっしょりで、体のあちこちが軋《きし》んだ。

けど、ぐっすり眠ったおかげで、疲れは取れて気分は爽快だった。

「急がずともよい。私もさっき目覚めたばかりだ」

そう言って、ジークハルトは水の入った革袋を渡してくれる。遠慮せずに飲むと、冷たく清涼な水が渇いた喉を潤し、体の隅々まで蘇《よみがえ》る心地がした。

はああ……最高！　こんなにおいしい水、飲んだことないなぁ……

どうやら、半日以上も眠りこけていたらしい。

許可が出たので、食事も取ることにした。チーズに堅パンをかじるだけの粗末なものだったけど、飢《き》餓《が》状態の胃には最高のごちそうだ。

「それを食べたら、ちょっとついて来い。見せたいものがある」

なぜか、ジークハルトは楽しそうだ。

洞窟の外は夕闇が迫り、高地からフランバッハ領を見渡せる絶景だった。荒涼とした火山帯が続き、地表を舐めるように白い煙が流れ、奥の盆地に集落らしきものが見え、その向こうに雄大なランゲン山脈が連なっている。

「あの集落がフラーマベルク。貴様も知ってるな？　フランバッハ最大の都市だ」

「あれがフラーマベルク……。行ったことはないですが、噂に聞いたことだけあります。有名な観光地だとか」

「そのとおり。さあ、こっちだ」

どうやら見せたいものというのは、この景色のことではないらしい。

ジークハルトについて岩をよじのぼり、平地をどんどん歩いていき、せせらぎの音が聞こえると思ったら、澄んだ渓流にたどり着いた。

見ると、切り立った岩場の陰に大小さまざまな岩に囲まれた水溜まりがあり、そこからもうもうと湯気《ゆげ》が立っている。

「あ、これってまさか……」

アリーセが目を丸くすると、ジークハルトが含み笑いした。

「ふっふっふ……これは温泉だ。私がこよなく愛する温泉っ！」

「へええ、これが……」

見るのは初めてだった。火山帯には温泉が湧き、入ると体が温まり、病気や怪我が治癒《ちゆ》するという。

地面からボコボコ湧き出す源泉と、渓流の冷たい水が合わさり、指で触れてみるとちょうどいい水温だった。

「ここは、私がかねてより目をつけていたのだ。よいか。誰がなんと言おうが、出立《しゅったつ》するのは明日だ。絶対に明日だ！　それまで、ここでのんびりするぞ」

言うや否《いな》や、ジークハルトは血みどろのシャツをバサッと脱ぎ捨てる。ブーツもズボンも下着も脱ぎ去り、一糸まとわぬ姿になった。ふるりとこぼれた男性器を至近距離で目の当《ま》たりにし、思わず悲鳴を上げそうになる。

「……っ!!」

いや、裸を拝見するのは二回目だけど……全然慣れない……。うぅ……

鍛え上げられた筋肉は芸術的で、軍神のような美しさは変わらず、胸がドキドキした。見ちゃダメと思ってはいるんだけど、引き締まった太腿《ふともも》の間のそれに、目が惹きつけられてしまう。

首からは、例の指輪がぶら下げられていた。

口を押さえて目を白黒させているアリーセを、ジークハルトは怪訝《けげん》そうに見る。

「なにしてる？　貴様も早く脱がぬか」

「えっ？　あ、えぇっ!?」

……脱ぐ？

とっさに胸に手を遣《や》る。そこは変わらずコルセットで、ぎゅっと押し潰されていた。

いや、ちょっと脱ぐのはまずいというか、女であることが一発でバレてしまう。

「脱がんと入れんだろうが。早くしろ。温泉はいいぞ。あまりの素晴らしさにびっくりするぞ！」

よほど温泉が好きなのか、ジークハルトは機嫌よく推してくる。

「あ、い、いえ。私は結構です……」

「ん？　私に遠慮することはないぞ。私の前で入浴しようが、無礼討ちなぞしないから安心しろ」

「いえ、あの、ほんとに私は結構です。温泉はちょっと……」

おずおず申し出ると、ジークハルトはぎょっとした。

「貴様、正気か？　これだけドブまみれの汗だくのドロドロで、風呂に入りたくないとは、どういう了見《りょうけん》だ？　まさか、温泉が怖いのか？　有害なものが入っているとでも？」

「い、いえ、そんなことはないんですが……」

本当は私だって入りたいっ！　もうドロドロでめちゃめちゃ汚いし、全部洗い流したいよぉ！

という心の叫びを抑え、つい恨みがましい目で温泉を睨《にら》んでしまう。

「なら、なぜ？　なぜ入らないんだ？　貴様も気持ち悪かろう。温泉で全部洗い流せば、すっきりするぞ！　時間はぞんぶんに取ってやるから」

「あの、その……温泉の効能は知っているんですが、信条的にといいますか、どうしても遠慮申し上げたいのです。殿下お一人でどうぞ……」

「信条的……？　宗教上の理由かなにかか？　なら、詮索はするまい」

「はい、ありがとうございます。あの、明日までに乾くと思いますので、私のほうで衣類は洗っておきますね」

「そうか。悪いな。じゃ、ゆっくりさせてもらうぞ」

ジークハルトはあっさり引いて、ざぶざぶと温泉に入っていった。

見事な逆三角を形作ったその背中を、妬ましさいっぱいで見送る。

いいなぁ！　いいなぁ！　私も温泉、入りたかったよぉ～！　うわーん！

アリーセは泣く泣く渓流まで下り、二枚のシャツを力任せに洗った。

◇　◇　◇

なにかの気配が動き、ジークハルトはふと目を覚ました。

すぐ目の前に、ゴツゴツした岩肌の天井が迫っている。

ゆるゆると思い出した。ここがフランバッハ領の火山帯にある洞窟であることを。

……ああ、そうか。疲れすぎていたせいか、眠りこけてしまったな……

あれから温泉に長々と入り、洞窟に戻って食事を取ったあと、眠ってしまったらしい。

もう深夜を過ぎたあたりだろうか。身を起こして外を見ると、月は天頂《てんちょう》近くまで上《のぼ》り、皓々《こうこう》と辺りを照らしていた。

このたびの件、天の利があったな……

ジークハルトはそう振り返る。月齢は考慮してなかったが、昨日が新月ならば逃走は困難を極めただろう。インゴルで軍事会議が開かれた日がたまたま満月で、足元が明るいおかげでうまく逃げ切れたのは、天運に恵まれたとしかいいようがない。

下手したら、インゴル公爵と刺し違えていても、おかしくなかった。

まだ、私の天命は尽きぬ。なすべきことがあるということか……

噴気孔《ふんきこう》からガスが噴き出すフォーッという音や、そこここに湧いている温泉のゴボゴボという音が、よりはっきり聞こえる。洞窟の出入り口には、アルノーが洗ってくれたらしき二人分のシャツが干されていた。

そういえば、アルノーの姿がない。外に用足しにでも行ったんだろう。

アルノーか……

昨晩、ずぶ濡れになって礼拝堂にたどり着いた時のことを思い出す。アルノーは子犬みたいに飛びついてきて、ぱっちりした瞳をうるうる潤《うる》ませ、泣きじゃくっていたっけ。

……可愛いんだよな。本当に可愛い。もう、めちゃくちゃ可愛い……

きょとんとして、お目目ぱっちりの、生まれたての子犬みたいだ。惜しげもなく憧れの眼差しを向けてきて、しっぽを振ってうれしそうについてくる。殿下、大好きです、尊敬しています、という感情が丸わかりで、一生懸命に任務をこなそうとする健気《けなげ》な姿に、憐れみにも似た愛おしさが止まらない。

そう。守ってやりたくなると同時に、いじめたくなるのだ。奴を見ていると、胸を掻きむしりたくなるような、甘酸っぱいものが込み上げて……

ちょっと待てよ、とそこで我に返る。

まさか、と鳥肌が立っておののいた。

おいおいおい、勘弁してくれ……。私は断じて女が好きだ！　そこに絶対ブレはない！　だんだん冗談じゃなくなってきてるぞ……

なぜアルノーがこんなに気になるのか、自分でもわからない。好意に近い感情なのはわかる。奴の前だとつい気を許し、いろいろ話してしまう。馴れ合いは大嫌いなのに。

こんなこと、今までなかった。

なぜだろう？　見た目の割に奴が強いから？　若くて将来有望だから？　異色の逸材だから？

うーん、とうなってしまう。正直、わからない。自分の心が本当によくわからなかった。

ただ、アルノーが騎士団にとって重要な若手騎士であることは間違いない。

あの大きな瞳で見つめられると、こちらもいいところを見せてやるぞと、より一層やる気になれた。

そんな気持ちにさせてくれる存在は、ジークハルトにとって初めてだ。

それにしても……。あんな粗野《そや》な騎士団で、大丈夫か？　あいつ。

オーデン騎士団には筋肉ムッキムキの男くさい猛者《もさ》しかいない。あんな伯爵家上がりの、ナヨナヨした愛くるしいアルノーじゃ、あっという間に悪鬼《あっき》どもの餌食《えじき》に……

妄想は勝手に膨らみ、ゴホンと咳払いする。餌食《えじき》になるかもしれないし、ならないかもしれない。

そんなこと、私の知ったことではないじゃないか。

……アルノー、遅いな……

当の本人がまだ帰ってこない。用を足すにしては長すぎる。

少し心配になり、外を軽く見て回ることにした。この辺は熊も野犬も出るし、もしかしたら、なにか危険な目に遭っているかもしれない。

しかし、洞窟の外にも山道にもアルノーの姿はなかった。荷物が置きっぱなしだから、戻ってくるつもりなんだろうが……

あいつ、もしかして……？

ふと思い立って、岩をよじのぼり、例の温泉のある場所へ向かう。平地をずんずん歩いていくと、切り立った岩場の陰に畳まれた外套《がいとう》とズボンが見えた。ここからでは見えないが、奥のほうでバチャバチャと水音がする。

なんなんだ。温泉は信条的にダメだとぬかしていた癖に。ま、温泉を嫌いな奴なんて、この世にいるわけないよな。

ここで、いたずら心が湧いた。

アルノーを脅《おど》かしてやろうと、岩場の陰から足音を立てぬよう、近づいていく。

むわっとした蒸気が顔を包み、湯煙の向こうにアルノーの影が見えた。

おーい、と声を掛けようとしたが、ジークハルトは反射的に岩場に身を隠す。とっさに息をとめ、しゃがみこみ、こちらの存在を悟られぬよう、完全に気配を殺した。

そうして隠れておいてから、己の挙動に首を傾げる。

あれ？　なぜ、こんな風に隠れる必要がある？　私はレーヴェ王国の正当な王太子だぞ。なぜ、こそこそしなければならない？

……いや、違う。今、なにか見たのだ。

見てはいけないものを、たしかに見た。そう、一瞬で処理しきれない、変な情報を脳が受け取ったせいだ。

岩場からそっと顔を半分出し、前方に目を凝《こ》らした。湯煙は消えつつあり、座って体を洗うアルノーの横顔が、月光に照らされてよく見える。あちらは、ジークハルトの存在に気づいていないようだった。

アルノーの裸体が目に入った瞬間、危うく声を上げそうになる。

……女っ⁉

二つぞろえの豊満な膨らみが、ぷるんぷるんと弾んでいる。

真っ白な太腿《ふともも》が邪魔をし、黒い茂みの奥まで確認できないが、間違いない。女だ。あの丸みを帯《お》びた艶《なま》めかしい曲線美は、男には出せない。

首から上はアルノーとまったく同じその女は、手のひらを肌に滑《すべ》らせている。

えっ？　まさか、双子の妹がいたとか？

なぜ、こんなところに？　と疑問に思うも、この推測は違うことがすぐ証明された。

彼……じゃない、彼女の右上腕に刀傷が赤く盛り上がっている。あれは一昨日《おととい》、山道で刺客に斬られた生傷だ。また出血しはじめているのか、赤黒い血がこびりついている。ジークハルト自身が止血したから位置もわかった。

ならば、結論はただ一つ。

アルノーは女だったのか。

そこで、思考がぷっつり途絶え、脳内のあらゆる処理が停止する。

視覚だけがしっかりと生きていた。気配を完璧に殺したまま、視線は白い肢体《したい》の曲線を、じわじわとなぞっていく。

ウェストはしゅっとくびれ、尻はツンと上を向き、すごく健康的な肉体美だった。華奢《きゃしゃ》な割に、ぷるりと突き出た乳房はかなりの大きさがある。純白の陶器に、桜色の絵具をさっと引いたような、胸の蕾《つぼみ》がやけにエロティックで、そこから目が離せなかった。

耳の奥で、鼓動がうるさい。

力強すぎる脈動で、触れている湯気《ゆげ》が微《かす》かに揺らぐ。

つやつやした唇と、胸の先端の蕾《つぼみ》は同じ色だった。ドキリとするほど鮮やかで、堪《たま》らなく美味しそうで……

口腔《こうこう》にじわじわ唾《つば》が溜まってくる。

ああ、あれを咥《くわ》えたい。無性に……

ゴクリ、ゴクリ、と何度も唾《つば》を呑み下す。自ずと腹筋がギュッと引き締まり、股間のものに力がみなぎりつつあった。

このまま立ち上がり、物も言わずに奪いたい衝動と、王太子としてのプライドが身のうちで激しくせめぎ合う。

……ああ、白くて、綺麗だ。ものすごく……

抵抗なく、ジークハルトは真実を受けいれた。

言われてみれば、なるほどと腑《ふ》に落ちる。これまで感じてきた違和感が消えてなくなり、すべてがあるべき場所に収まった。

潜在意識で気づいていたのだ。

アルノーは女なのだと。

そうか。よかった。とりあえず、安堵《あんど》を覚えた。

野営で匂いを嗅《か》いだ時も、荷車で抱き合った時も、うなじに口づけしたいと思ったのも、すべて本能が女だと知っていたからだ。

よかった。私はやはりノーマルだった。それにしても、この私が……万事に敏《さと》いこの私が、完全に騙《だま》されるとは。

しかも、どこが幼くて未成熟だよ？　こうして見たら立派な……成長し過ぎているぐらい、大人の女性の肉体じゃないか！

少なくとも、体の凹凸に関しては、彼女は完全に成熟していた。ゆっくり肌を擦る所作も、色っぽい女性のそれだ。

ジークハルトは体を熱くさせながら、あの手のひらになりたいと切に願った。あんな風にすべすべの肌を撫で回してみたい。

ど、ど、どうして、あんなにぷるんぷるんなんだっ……！　けしからんだろっ……！

二つの乳房がそれはもう、罪深いほど大きく、たわわな果実のように、ぷるっぷるに張りつめていた。柔らかそうで、みずみずしくて、先端の蕾《つぼみ》が控え目な大きさなのも、堪《たま》らなくそそられる。

どうしようもないほど股間は硬くなり、今や完全に勃ち上がっていた。丸々として美味しそうな乳房にかぶりつきたい衝動に駆られ、我慢汁が溢れて止まらない。

あの、ちょこんとした蕾《つぼみ》を咥《くわ》え、この舌で転がすことができたなら……

危うく、唇の端から涎《よだれ》が垂れそうになる。それほどまでに淫《みだ》らで、艶《あで》やかすぎる小さな蕾《つぼみ》。この世のものとは思えない、神秘的な光景だった。薄青い月光に照らされ、空から舞い降りてきた天女が、のんびり沐浴《もくよく》しているような……

天女はあまりに美しすぎるゆえ、目にした人間を狂わせるのだ。

そんな神話を遠い昔、どこかで聞いた。

全身に震えが走るほど激しい勃起に、すべてを忘れて色に狂いそうになる。

……く、くそ。それもこれも、女断ちが長いせいもあるんだ……

どうにか理性を保つため、血が出そうなほど唇を噛んだ。

アルノーのあどけない顔と成熟しきった肢体《したい》の、危うい魅力。

ダ、ダメだ……。今の私には、とても危険過ぎる……

ジークハルトはじりじりと後退をはじめた。鼓動は早鐘を打ち、興奮は簡単に鎮《しず》まりそうにない。

見ると、すぐそこに小さ目のコルセットが脱いであった。あれで胸を潰していたのかもしれない。

正体がバレたことを知らせないほうがいい。事情がわかるまで誰にも言わないほうがいい。アルノーにも黙っておこう。

この時、なぜかそう思った。本来なら騙《だま》されたと怒るべきなのに、王太子として糾弾《きゅうだん》すべきなのに、そんな発想は微塵《みじん》も湧かなかった。

気配を消したまま、忍び足で洞窟まで戻る。外套《がいとう》にくるまり、温かい地面に体を横たえ、寝ているフリをした。

頭の中はアルノーのことでいっぱいだ。大きな瞳、可憐な泣き顔、ほっそりした腰と小さな尻、そして、淫《みだ》らすぎる二つの大きな乳房……

まぶたを閉じたものの、驚愕と興奮が渦巻き、頭も体も大忙しだった。

信じられん。剣で私と対等にやり合い、一瞬で六人もの命を葬《ほうむ》った騎士の正体が……まさか、女だったとは。

◇　◇　◇

……眠れない。

ジークハルトはまんじりともせず、洞窟で寝返りを打った。

脈拍が少し速いのが、自分でもわかる。

アルノーはさっき戻ってきて、すぐそこで横になった。素知らぬ顔で寝たふりをしたから、なにも気づいていないはず。

まぶたの裏に、美しいアルノーの肢体《したい》がちらついて離れない。ふっくらして柔らかそうな乳房や、ほころびかけた胸の蕾《つぼみ》が、何度も何度も脳内で再現された。

……これはマズイな。なぜ、こんなことに……

初めてアルノーに会った日のことを思い出す。

剣を交え、戦った。密書を届けるというのは建前で、非常に危険な任務ゆえに実力を試したかったのだ。結果、なかなか腕が立つと感心した。

教会領の森で戦った時も、いい働きを見せてくれた。それが……まさか、女の子だったとは。

雪道での戦いはどうだ？　私を庇《かば》って傷つき、暗闇で六人も屠《ほふ》ったのだ。

あの射抜くような熱い目をしたアルノーが、女の子だったとは。

しかも、没落したとはいえ、ヴィントリンゲン家の元伯爵令嬢だ。貴族の中で、あんなに強くて凛とした令嬢を見たことがあるか？　しかも、あそこまで可愛らしいなんて……

まったく、信じられない。

彼女は決して屈強な騎士ではない。筋肉が適度についてはいるが、丸みを帯《お》びた柔らかさは失っていなかった。細い腕も丸い肩も、あの滑らかな腹筋も……

またしても、うっとりと彼女の裸体を思い描いてしまう。

……待て待て。まったく、なんなんだっ……！

ダメだやめろとどんなに己を戒《いまし》めても、妄想はどんどん勝手に膨らんでいく。

梳《す》いた指にするりと絡まる、黄金の髪。同じ色のぱっちりした瞳と、すがるような眼差し。唇をぎゅっと噛んで姿勢を正し、真剣に取り組もうとする横顔。短剣を振るう時の、しなやかで流麗な動き。

それが脱いだら、あれほどまで色香の漂う、肉感的な肢体《したい》だとは……

凛々《りり》しい精神と淫《みだ》らな肉体のギャップに、堪《たま》らない気持ちにさせられる。

興奮の証はすでに硬くそそり立ち、ドクドクと脈打っていた。それをどうにかしたいが、ここで慰《なぐさ》めるのはさすがに許されない。

そーっと首だけ振り返ると、アルノーは出口のほうを向き、すやすやと寝入っていた。数歩の距離を置き、お互い背を向ける形で横たわっているアルノーの眠りは深そうだ。少しぐらい物音を立てても、恐らく気づかれることはない……

これから、国が大きく動くという時に。それどころじゃないのに……

屈辱と羞恥《しゅうち》に胸を焦《こ》がしながら、ベルトを外して硬くなった己を握り、そろそろと上下に手を滑《すべ》らせた。音を立てないよう注意し、アルノーの動向に神経を尖《とが》らせてする行為の、やましさは尋《じん》常《じょう》じゃない。

うぅ……。なんてことだ。一国の王太子ともあろう自分がこんな……こんな一介の騎士に……

だが、本当にため息が出るような美しさだった。よく熟した食べごろの果実のようで……

月下で見せた可憐な笑顔。礼拝堂で抱きつかれた時、大きな瞳は潤《うる》み、頬を染め、唇はつやつやしていた。まっすぐに気持ちを寄せてきて、私を慕《した》っているのが丸わかりで……

ゾクリ、と刺激が尻から上がってくる。

荷車で夜を明かした時、もし女だと知っていたなら、あのまま口づけをし、服を脱がせ、欲望のままに貪《むさぼ》りたかった。

誰もいない暗い雪の下、力任せに押さえつけ、彼女の中に入ってめちゃくちゃに力尽きるまで……

艶《なま》めかしい肢体《したい》を快感にくねらせ、「殿下……」とあえぐアルノーの唇が、脳裏をよぎった。

右手の動きの速度が上がる。妄想は超えてはいけない一線を超えていた。

「……んくっ！」

溜まりきった熱を思うさま吐き出す。罪悪感と背徳感に苛《さいな》まれながら……

どろりとしたそれは勢いよく飛び散り、洞窟の岩肌を濡らした。

すべて吐ききったら、だいぶ楽になれた気がした。ふーっと深呼吸して汗をぬぐい、アルノーの様子をうかがうと、彼女は寝息を立てている。

まったく、王太子がなんてざまだ。十代の子供じゃあるまいし。このところ緊張の連続だったから、思った以上に疲れていたのかもしれない……

しばらくのち、ようやく頭が冷静になってくる。

しかし、アルノーはどこで入れ替わった？　書類上はたしかに男性だったし、屈強な男性騎士を所望したのだ。忠誠心の高いオーデン騎士団が、王太子をたばかるとは思えない。恐らくアルノーは単独で秘密裏に入れ替わったんだろう。

――父が、その……自殺して、私と双子の妹は身ひとつで放り出されました。

双子の妹がいると言っていた。今の時代、女性騎士も珍しくはないし、オーデン騎士団にも何名かいたはずだ。兄妹そろって騎士団に入ったんだとしたら……

兄になりすまし、妹が来た。……ということなのか？

それで間違いなさそうだ。アルノーは男性名だから本当の名は知らないが、彼女は王太子と騎士団を騙《だま》した。本来なら王太子への不敬罪で厳罰だ。それなりの制裁を与えるべきだろう。

制裁か……。しかし、悪くない働きをしてくれたわけだし、罰するというのもな……

正直、あまり気が乗らなかった。自分が黙ってさえいれば露見《ろけん》することはなさそうだし。

速さと体力がないのは当然だな、女なんだから。だからこそ、あの驚異の柔軟性があるわけだ。女のほうが関節も筋肉も柔らかい。

男の癖に綺麗すぎると、ずっと思っていた。肌は透けるように白く、華奢《きゃしゃ》で腰は細くて……なぜ、今まで気づかなかったのか。

これは、まずいな……。さっきから、ずっと彼女のことを考えている……

他に考えるべきことが山ほどあるのに。今は国が動く、一大事なのに。

ジークハルトはまぶたを閉じる。

だが、現実世界で自由になれないならせめて、想像の世界だけは許して欲しい。没落した伯爵令嬢を相手に夢を見るぐらい、いいだろう？

私はそこでしか、自由になれないのだから。

◇◇◇

翌日は、抜けるような青空だった。

二人は朝早くから出発して山を下り、昼過ぎにはフラーマベルクの町に到着していた。

鍛冶やガラス工芸が盛んな町で、レーヴェ王国内でも有数の観光地だ。大通りには所狭しと露店が並び、世界中から訪れた商人たちや観光客たち、彼ら目当ての呼び込みや芸人たちで大変な賑わいだった。

アリーセもジークハルトもフードを被り、街中の会話に耳を澄ませたが、インゴル公爵暗殺の報はまだ届いていないらしい。町内をつぶさに歩いて回り、インゴルの手の者が潜《ひそ》んでいないことを確かめた。

「今のところ安全なようだな。今日はここに泊まり、四日後にはリウシュタットに帰れるだろう」

ジークハルトの許しを得、アリーセは買い物することにした。鍛冶屋《かじや》に行って短剣の刃を研《と》いでもらい、旅の保存食と水を補充し、擦り切れそうな靴紐を新調し、安売りされていたシャツを買った。

露店の店先にぶら下がった小さな飾りが目に留まり、アリーセはふと足をとめる。

店主はエポルー大陸を渡り歩いている、ジガーナと呼ばれる移動型民族の老婆らしかった。

「それは、炎の神フェーゴールの魔除けだよ」

老婆はアリーセに向かって言う。

たしかに炎をかたどったシルバーに、真紅の鉱石が埋め込まれ、そこに紋様が刻まれていた。

「すごく綺麗ですね……」

アリーセが感心すると、老婆は忌々《いまいま》しそうな顔で言う。

「今はチャリス教なんて新興宗教がのさばっているが、古代人たちは皆、火と土と風と水の神様を崇《あが》めていたんだ。かつてこの辺りはね、炎の神フェーゴールへの信仰心が高かったんだよ。炎の力で栄えていた町だからね」

「炎の神フェーゴール……」

古代人の信仰……心惹かれるなにかがあった。アルノーへのお土産にいいかもしれない。

「ああ。あんた、ノイセンの騎士か」

老婆はアリーセの外套《がいとう》に縫われた紋章を見て言った。

一瞬ドキリとしたが、ここはフランバッハ領。見とがめられることはないはずだ。

「やれやれ、物騒だねぇ。ルートヴィヒ王陛下は穏やかな御方だが、その息子はちと血の気が多いようじゃ。まあ、大きな運命を担った人間は、えてしてそんなもんかもしれんがね。どうやら、あんたも巻き込まれてるみたいだねぇ……」

老婆の意味深な言葉にどぎまぎしてしまい、なにも言えない。自分はたしかに今、王太子殿下とともに行動していたから。

「ちょっと、手を見せてごらん」

老婆に言われるがまま、手のひらを差し出してしまう。

ジガーナの民には神秘的な力があると言われていた。古代では予言をしたり、神託《しんたく》を授かったりしていたのだという。

「ふーむ、なるほどね……。あんたもなかなか数奇な運命をたどるようだ」

老婆はアリーセの手の皺《しわ》をしげしげと眺め、さらに言う。

「あんまり逆らわないことだね。全体を俯瞰《ふかん》すればね、己の役割というものはおのずとあきらかになる。流れに身を任せることが肝要《かんよう》じゃ。あんたがジタバタしても、しなくても、行き着く先は変わらんよ」

「流れに身を任せる……ですか？」

老婆はうなずき、先ほどの魔除けを取り外し、渡してきた。

「これはタダであんたにやろう。その代わり、ジガーナの民に慈悲《じひ》を」

「ええぇっ。ありがとうございます……。けど、慈悲《じひ》って……？」

「我々のことを覚えておいてくれれば、それだけでよい。それがすなわち慈悲《じひ》じゃ。あんたにフェーゴールの加護があらんことを」

わかったようなわからないような気持ちで、アリーセは魔除けを手に店をあとにする。

それから、ジークハルトと落ち合い、今夜泊まる宿を探すことになった。

しかし、宿はどこも満室。二人は足を棒にして探し回り、町はずれにある夜想亭という小さな宿にたどり着いた。

「いやー、うちも満室なんだよねぇ。こんだけ観光客がわんさと押し寄せたらさ、容量オーバーになるわなそりゃ。小さい宿なんだもの」

夜想亭の主人はぶつくさ言っている。

「廊下でも、納屋でも、厩舎《きゅうしゃ》でも、野宿じゃなければなんでもいい。それぐらいの融通《ゆうずう》はきくだろう？」

ジークハルトは是が非でもここに泊まるつもりらしい。たしかに野営するよりは、厩舎《きゅうしゃ》でもいいから屋根のあるところで寝たかった。

「厩舎《きゅうしゃ》とか納屋って……。さすがにお客さんをそんなところに泊めねぇけどさぁ……」

主人は帳簿をめくったり、鍵を数えたり、薄くなった頭をボリボリ掻いたりしたあと、なにか見つけたらしい。

「あ、一部屋だけ空いてるな。これ超狭い部屋でさ、寝台が一つしかないけど、そこでもいいか？

納屋よりかマシやろ」

「そんな部屋があるなら早く言え」

「偉そうに、まったく……。これだからノイセンの騎士は……」

主人は聞こえるように悪口を言い、ついてこいと部屋に案内した。

たぶん、彼がジークハルト王太子殿下だと知ったら、ひっくり返るんだろうなぁ……

そんな日が来ませんようにと主人の平穏を祈りつつ、アリーセもあとに続く。

主人の言葉どおり、部屋は恐ろしく狭かった。寝台を一つ置いたらもう足の踏み場はない。

これでは、着替えも荷物の整理も寝台の上でしなければならなかった。

「ま、厩舎《きゅうしゃ》で寝るよりかは、贅沢《ぜいたく》すぎる部屋だな」

ジークハルトの言葉は本気なのか皮肉なのかわからない。たしかに冷気の這い上る地面や、吹雪の中の荷車や、ゴツゴツした岩場で寝るよりはるかにマシだった。

戦や野営に慣れたジークハルトは、本当に贅沢《ぜいたく》だと思ったのかもしれない。

夜想亭の食堂も、観光客やら商人やら騎士やらが入り乱れ、上を下への大騒ぎだった。

ひさしぶりの温かい食事にアリーセは生き返った心地がする。前回の反省を踏まえ、エールは控えめにしておいた。

「なんだ？　前みたいにガブガブ呑まないのか？」

ニヤニヤするジークハルトに、「結構です」と丁重に断りを入れる。

こうして、とんでもない喧騒《けんそう》に包まれていると安心できた。誰も二人の存在に気づかないし、心おきなく食事ができ、浮かれた楽しい気分になれる。本当は浮かれてる場合じゃないんだけど……

二人で一緒にいられるのもあと少し。インゴル公爵暗殺により、これから国が大きく動く。ノイセンに帰ったら、ジークハルトはふたたび簡単に拝謁《はいえつ》できない雲上人《うんじょうびと》になってしまう。きっと内政だの外交だの、目の回るような忙しさに見舞われるに違いなかった。

たぶん、ジークハルトもそのことをわかっていて、最後の自由を楽しんでいる。温泉の時も、この町でもそうだと思えた。

殿下との旅が終わるんだ……

不謹慎だけど、寂しい気持ちは抑えられず、ちびちびとエールを舐めた。

ふと見ると、ジークハルトは食事の手をとめ、じっとこちらを見つめている。

いつもは冷たい瞳が、今夜はひどく熱っぽい気がして、ドクン、と心臓が鼓動した。

……えっ？　殿下？　なに……？

そんなに穴が空くほど見つめられたら、やりづらい。とたんに自意識過剰に陥《おちい》り、ナイフとフォークの使いかたがわからなくなった。

皿の端に避けられている魚の太い骨を見つめ、徐々に頬が熱くなってくる。

まるで恋人に向けられるような、とろんとした、熱っぽい眼差しだった。恥ずかしいけど怖い気もして、目を合わせられない。

……な、なに？　急にいったい、なんなの……？

ドキドキしたり、ヒヤヒヤしたりしながら、どうにかこうにか食事を終える。

食堂の段差を下りる時、ジークハルトが自然に手を差し伸べ、エスコートしてくれた。

とっさにその手を取ってから、内心ぎょっとする。

……えええっ？　どういうこと？

それは紳士が淑女にするような振る舞いだった。元伯爵令嬢の癖でつい手を取ってしまったけど、今のはあきらかにおかしい。王太子が下級騎士にする行為ではない。

そういえば、殿下は今朝からなにか変だったかも……

早朝から馬を走らせたところ、道中何度も「大丈夫か？」と気遣われ、必要のない休憩を取らされた。フラーマベルクについてからも、馬を引いてくれたり、荷物を持ってくれたり、何度も固辞《こじ》したのに、ジークハルトは頑《かたく》なに譲らなかった。

どういう風の吹き回しなんだろう？　なんだか怖いよ……

理由をあれこれ考えてみたけど、なにも思いつかない。出会った頃はかなりぞんざいに扱われていたのに。

なんなんだろう。私を認めてくださったのかな？　それとも、誰に対してもそんな感じだとか？

そうなのかもしれない。親しくなった騎士のことを丁重に扱ってくださる御方なのかも……

そんなことを考えつつも、二人で連れ立って部屋に戻り、新たな困難にぶつかった。

これって……。やっぱり、二人で一緒に寝るしかないよね……？

寝台を前に立ち尽くしたアリーセは考えた。床は汚すぎて横になれたもんじゃないし、そもそも身を横たえられる空間がない。

ジークハルトは涼しい顔をして寝台に上がり、さっさと服を脱いで裸になった。毛布を少しめくり、ポンポンッと寝台を叩いて言う。

「早く来い。一緒に寝るぞ」

彫像のような裸体が美しすぎて、アリーセは軽くのけぞりながら答えた。

「あ、あの。ですが、殿下とご一緒なんて恐れ多くて……」

すると、ジークハルトは怪訝《けげん》そうに顔をしかめる。

「今さらなにを言ってる？　そなたとはもう何度も寝所《しんじょ》をともにしているではないか」

あれ？　と今度はアリーセが首を傾げる。今、「そなた」って言った？　前までは、キサマ呼びだったような……

「お互い背を向けて寝れば大丈夫だろう。ほら、王太子命令だ。早く来い」

有無《うむ》を言わさぬ、王太子殿下の絶対命令……

まあ、お互いに背を向けて寝るなら、なんとかなるかな？　この間みたいに、暖房代わりになるわけじゃないし……

「承知いたしました。自分は少しあとに寝ますので、お先にどうぞ。お気遣いありがとうございます」

ペコリと頭を下げ、とりあえずそう言った。

今夜ぐらいはコルセットを外したい。ここ数日、ずっとつけっぱなしだったせいで、あばらの辺りがうっ血して痛いのだ。

「そうか？　なら、好きにするがよい。私は先に寝かせてもらうぞ」

ジークハルトはゴロンと横たわり、間もなく寝息を立てはじめた。

その安らかな寝顔を目にし、はーっと脱力してしまう。

アルノーと入れ替わり作戦、無謀かと思ったけど、我ながらここまでよくやった。これで無事にノイセンへ戻れれば、任務の報酬として大金を得て、アルノーに特効薬を買ってあげられる！

ジークハルトと離れるのは寂しいけど、いいこともきっとある。あと少しだから頑張ろう！

コルセットを外し、ひさびさの解放感を堪能したあと、アリーセは毛布に潜《もぐ》り込んだ。

その夜、アリーセは不思議な夢を見た。

すぐ目の前に、憧れのジークハルトがいる。アリーセのブロンドヘアは昔のように長く豊かで、背中に流れ落ちていた。

そこではなぜか、二人は新婚初夜の新郎新婦という設定になっていた。

夢にはいくつか種類がある。

特別なルールが存在し、うまく逆らうことができない夢。

恐ろしいバッドエンドがわかっているのに、流れをとめられない夢。

こちらの都合のいいように、想いを遂《と》げられる夢。

今夜の夢は三つ目らしい。没落した元伯爵令嬢と王太子の組み合わせというのは、立場的に絶対あり得ないけど、夢ではアリということになっていた。

アリーセはジークハルトと一糸まとわぬ姿で抱き合う。

「ジークハルト様……」

うっとり彼を見つめると、優しい眼差しで見返してきた。まるで愛する新妻を見るかのように。

アリーセの胸は喜びでいっぱいになる。やっと実った長年の恋！　アルヘナ草原でその勇姿を拝見してから、ずっと憧れ続けてきた。

やっと……やっと、私の気持ちを受けいれてくださったんだ……

二人は熱い視線で見つめ合う。

「殿下、大好きです。ずっと、お慕《した》いしてました」

一世一代の愛の告白。なぜか、恥もためらいもなくすらすら言葉は出た。夢の中ではすべてが思いのままなのだ。

うれしそうにうなずくジークハルト。それから、二人は甘い口づけを交わした。

感激のあまり涙ぐみそうになる。

……好き。大好きです！

彼は少し体を離し、アリーセの乳房にそっと触れた。その快感にアリーセは身をよじる。

反対側の手も、いつの間にか足の付け根に伸びてきて、指先がするりと秘裂をなぞった。

「あぁ……」

そこにはいまだかつて誰も触れたことがない。未知の快感は恥ずかしかった。

ジークハルトにはすべてを捧げてもいい。そう思って、少し脚を開き彼の指を受けいれる。

これは夢なんだから、少々ハメを外したって大丈夫だろうし……

すると、花芯をまさぐられ、思わず甘い吐息が漏れた。

あ……素敵……

胸の蕾《つぼみ》をいじくる感触が妙に生々しかった。乳房をゆっくりと揉んだかと思えば、先端をいやらしく刺激する。

あれ？　これは夢の中のはずなのに、まるで現実に触られているみたい……

……え？　現実っ⁉


そこで、アリーセはパッと目が覚めた。

見慣れぬ天井。見慣れぬ部屋。一瞬、ここがどこかわからなかった。

これは、夜想亭の天井だ。そうだ。昨晩はフランバッハ領のフラーマベルクに泊まって……

思わずアリーセは絶叫しそうになった。

背中を覆う熱い肌の感触。いつの間にか、肌着の下にジークハルトの手が入り込み、乳房を掴まれている。すでにズボンは脱がされ、脚と脚が絡み合っていた。

もう片方の彼の手は、あろうことか下着をずり下ろし、秘裂をいじくっている！

「……きゃっ！」

腕から逃れようと暴れるも、がっちり捕らえられて逃げられない。

さすが鍛えまくってるだけあって、ものすごい怪力だった。

夢見ていたことの半分が現実だったらしい。秘裂はすでに濡れ、べしょべしょになっていた。

慌てふためくアリーセを無視し、彼の手は容赦《ようしゃ》なく肌を這い回る。

「あっ……あぁ……」

羽毛が掠めるように胸の蕾《つぼみ》を愛撫され、つい体がのけぞってしまう。

さわさわと淡い刺激を送り込まれ、蕾《つぼみ》は果実の種のように硬くなった。

身をよじっても、指先は執拗《しつよう》に蕾《つぼみ》を捕えて離さず、いじくり続ける……

「や……やめて……」

反対の手は秘裂をまさぐり、そろりそろりと割れ目をなぞられた。

指先は花びらを一枚ずつめくり、中の花芯を探っている。その指先のタッチが、たとえようもなく優しく、腰がわななないた。

あ……これ……。ああ……ん。き、気持ちいいよ……

もがけばもがくほど、腕の中にがっしり閉じ込められ、熱い素肌がより密着した。

指先は蜜を絡め取ると、さらにそれを塗りつけるように、ぬるりぬるりと割れ目を行き来する。

そこをそんな風に触れられたのは初めてで、恍惚《こうこつ》となった。胸の蕾《つぼみ》がますます硬く尖《とが》り立つ。

こ、こんなの……。んんっ……。あ……お……おかしくなっちゃう……

花びらの内側にある花芯を剥《む》かれ、中の赤い芽をさわりと擦られ、そこがじんじん響いた。

痛みによく似た刺激のせいで、恥ずかしいぐらい大量の蜜が溢れ出す……

「で、殿下、やめ……あっ……おやめください、あっ……あぁぁ」

もがきながらアリーセは理性をどうにか保とうとした。気持ちよすぎて流されそうで、このまだと非常にまずい。さすがに女性だとバレてしまう。……いや、もうとっくにバレているのかも……

「殿下……」

すると、ジークハルトはむにゃむにゃと意味不明な声を出した。

「うーん……。うぅぅぅん……」

すやすやと規則正しい寝息の音が聞こえる。信じられないことに、彼は寝ているらしかった。

まさか無意識でこの淫《みだ》らな行為に及んでいるとは……

寝てるんじゃ、もうどうしようもないじゃない！　起こすわけにもいかないし……あぅ……

ちゅっ、くちゅ、ぺちょ……狭い室内に水音が微《かす》かに響きはじめた。

指先がコリコリと花芯をこね回し、あまりの気持ちよさにもっとして欲しくて、両腿《りょうもも》を開いてしまう。

霜《しも》がびっしり張りついた真っ白な窓から、まぶしい陽光が差し込んでいた。頬に当たる空気は冷たいのに、触れ合っている肌は驚くほど熱い。

指先が蜜口を探し当て、ぬるっと膣内《なか》に侵入してきた。浅いところで、ぐちゅぐちゅと出し入れが繰り返される。もどかしいような刺激につい、指に合わせて腰がびくびく動いてしまった。

うなじに彼の唇が吸いつき、ベロリ、と舐められる。

ぞくっ、と背中が粟立《あわだ》った。

ぬるぬるした舌は、うなじから頸椎《けいつい》に沿って下がっていく……

「ああぅ……。ダ……メ……やめて……」

ぬるりと舌が這うたび、ぞわぞわっと鳥肌が立つ。

耐え難いんだけど嫌じゃなくて、お腹の奥がじくじく疼《うず》く感じがした。

ほ、ほんとに眠ってるの？　なんか、そんな感じしないんだけどっ……

しかし、相変わらず、すーっ、すーっ、という寝息は聞こえてくる。

この時、内腿《うちもも》になにか骨みたいな、硬いものが挟まっていることに気づいた。

あ、これ……。すごい、硬い。これってまさか……殿下の……？

アリーセにも一応、そういう知識はある。騎士団で所有している馬を繁殖させる時、どういう仕組みか教わった。種付けしている瞬間もしっかりこの目で見た。とはいえ、そういう状態の男性の実物は見たことがなく、馬のものしか見たことがないけど……

内腿《うちもも》に挟まった硬いそれは、そこだけ温度が違った。かなり熱を持ち、肌に吸いつくように、ねとねとしている。顎《あご》を下げ、太腿《ふともも》の間から突き出しているそれを確認した。

「……っ!?」

それは想像よりはるかに巨大だった。先端がつるりと丸い形状で、ぬらぬらした光沢があり、赤く充血しており、骨でも入っているような硬さだ。

ちょっと待てよ、と数日前の記憶が蘇《よみがえ》る。荷車で温め合った時も、股間に骨みたいなものがあったけど、あれもまさか……

硬いそれは、内腿《うちもも》を擦りつけるように、するする前後に動いた。秘裂を掠めるたび、震え上がる心地がする。

シコシコと擦りつける動きがひどく猥褻《わいせつ》で、心臓が爆発しそうなほどドキドキした。

や、やらしいよ……。殿下の……熱くて、すっごく硬くて、めちゃくちゃおっきい……

徐々にそれは角度を変え、挿入しようとしているのか、蜜口に先端があてがわれる。

はっと息を呑んだ。

まさか、こんなに大きくて硬そうなものが入ってくるの？　あっ……ダメだって……。ちょっ……ちょっと！

つるつるした先端が蜜口を、つーっとなぞる。丸い形をした先っぽが意外と柔らかく、触れた部分がジンジン痺《しび》れた。

ちょっと、このままだと大変！　本気で挿《い》れる気なのかも！

丸い先端は焦らすように、つんつんと突っついてくる。

相変わらず、背後からは規則正しい寝息が聞こえてきた。

どうして、こんな時に寝てられるの？　むしろ、半覚醒《はんかくせい》状態ゆえに本能のままに動いてるとか。

かといって、目覚めて女の姿を見られるのもまずいし……

ずちゅり、と先っぽが少し挿入《はい》ってきて、アリーセは声なき悲鳴を上げた。

驚愕と快感で涙ぐみながら、体術の寝技返しを試みる。このままだと奥まで挿《い》れられてしまう！

片腕を水平に伸ばし、彼の腕を掴みながら素早く腰を半回転させた。

……よし、解けた！

両腕の拘束から解放され、寝台から飛び出す。

床に落ちている、丸まった衣類とコルセットを拾い上げ、急いで着替えはじめた。

こ、これは、さすがにバレた？

コルセットを巻きつつ、全身から血の気が引いていく。

さんざんいじくられたせいで、内腿《うちもも》は蜜でべったり濡れていた。

意識がないように見えたのは演技で、実は目が覚めていたとか？　眠りながらあんな風にできるもの？　殿方なら可能なの？　……どうしよう？

ジークハルトが完全に目覚めたら、きっと厳しく処分される。死刑になったらどうしよう？　反逆者は簡単に首を刎《は》ねる王太子だ。もし死刑を免《まぬか》れても、王太子を騙《だま》した不敬罪で投獄される可能性はある。

そしたら……兄は、アルノーはどうなるの？

不安だけがぐるぐる頭を回る。バレたのか。バレてないのか。どっちなのか？　いっそなにもかも事情を話してしまおうか？　もしかしたら、同情してくれるかもしれない。

そこまで考えて独り首を振る。無理だ。今は国の一大事だし、しがない護衛騎士の頼みを聞いてくれるわけがない。ましてや利益のために他人を利用することを、あれだけ嫌悪《けんお》している御方だ。インゴル公爵と同じように斬り捨てられる。それ以前に、性別を偽り騙《だま》したことを許すとは思えない。とてもプライドの高い御方だから。

ああ、どうして男に生まれなかったんだろう？　せめて護衛騎士が男性限定じゃなければ、こんなことにはならなかったのに。

アリーセは意気消沈し、座り込む。

触られたのは嫌じゃなかった。むしろ快感で……体の芯がまだ火照《ほて》ってるけど、余韻《よいん》に浸っていられない。

まさに絶体絶命だ。騎士でいられなくなったら、高価な特効薬は買えない。それどころか最悪、無礼討ちされるかも。

それならそれで仕方ない。私にはこうするしかなかった。他に選択肢はなかったのだ。

アリーセは独り、悲壮な覚悟を決めた。

◇　◇　◇

「夢を見たぞ」

穏やかな朝の食堂。ジークハルトは優雅に果物を切り分けながら、そう言った。

正面に座ったアリーセは緊張し、パンをちぎる手をとめる。食堂にはできたてのスープと、焼けたパンの香ばしい匂いが充満していた。月光亭の食事もよかったけど、ここで作られる朝食も美味しそうだ。

ジークハルトはナイフを置いて自らの手を見つめ、さらに言う。

「いい女を抱く夢だ。やけに生々しかったな。柔らかい感触まで、指先に残っているような……」

アリーセのわきの下を、汗が一筋流れ落ちた。

「実にいい夢だった」

ジークハルトは意味深に微笑んだ。

「そ、そうですか。それはよかったですね……」

どうやら、今朝の一連の出来事はジークハルトにとってただの夢だったらしい。

なら、よかった。たぶん、気づかれてなさそう……

はーっ、と安堵《あんど》のため息とともに椅子から転げ落ちそうになるも、どうにか耐えた。

「しかし、そなたはいつの間に起きた？　寝台を出ていく気配もなかったぞ」

「あ、お、起こさないようにそっと抜け出したんです。早くに目が覚めてしまったものですから」

「ここのところ厳しい行軍続きだったからな。いい加減、溜まるものも溜まる。アルノー、そなたもそうだろう？」

「えーと、そうですね……」

正直、男性の溜まるという感覚がよくわからない。けど、ここは同意したほうがよさそうだ。

「本当にそう思ってるのか？」

ジークハルトの声が急に鋭くなった。

「えっ？」

「そなたにわかるのか、と聞いているんだ」

ギクッとし、顔を上げる。内心を読まれたのかと焦り、言葉を失った。

ジークハルトは、ふっと口角を上げる。よからぬことを企んでいるような、不敵な笑み……

それを見て背筋がヒヤリとした。まさか……女だと……？

「さ、食べ終えたら出発するぞ。三日後にはリウシュタットに着くだろう。やることは山積みだ」

ジークハルトは、さっと表情を切り替えた。

妙にジークハルトが思わせぶりなのが、気になって仕方なかった。今のもまるで、「女のおまえにはわからないだろう」とも取れる言いかただ。

気にしすぎかな？　やましいことがあるから、意味深に聞こえるだけ？　バレてないとは思うんだけど……

内心の動揺を隠しつつ、食事を終えて席を立つ。

それから二人は部屋で旅装を整え、フラーマベルクをあとにした。

予定どおり、三日後の夕方に二人はリウシュタットの町に入った。

城下町のリウシュタットは、リウブルク城をぐるりと取り囲むように広がっている。

城に戻ると付近一帯は大騒ぎになっていた。

おびただしい数の警備兵たち。行き交うたいまつの炎。高官とその関係者、騎士や従者が入り乱れ、騒然としている。恐らく、インゴル公爵暗殺の報が知れ渡ったのだろう。

ジークハルトとアリーセは遠巻きに騒ぎを認め、馬をとめた。

「そなたはここでよい。あの騒ぎに突っ込んでいったら、根掘り葉掘り尋問《じんもん》されややこしくなる」

ジークハルトはフードを脱ぎながら言う。

「しかし、殿下は……」

アリーセがためらうと、ジークハルトはさらに言った。

「私一人のほうが話が早い。そなたは先に警備隊の詰め所に戻ってろ。これは王太子命令だ」

「……はっ。かしこまりました」

アリーセは馬から降り、馬上のジークハルトを見上げる。

「そういえば、礼を言ってなかったな。このたびの件、大儀《たいぎ》であった。そなたの働きのおかげで、このレーヴェ王国に新たな歴史が刻まれたのだ」

思いがけない身に余る言葉に、アリーセはびっくりして恐縮する。

「と、とんでもございません！　私なんて完全な役立たずで……」

「いや、そなたでよかった」

ジークハルトは強調するように繰り返した。

「護衛がそなたで、本当によかった。おかげで私も無事に戻ることができた。報酬はそなたの望むまま、与えよう」

「もったいないお言葉……！　ありがとうございます！」

アリーセが恭《うやうや》しくひざまずくと、ジークハルトはそれを一瞥《いちべつ》し、城門のほうへ去っていく。

命令どおり、アリーセはこっそり裏門に回り、使用人の通路から詰め所へ戻ることにした。

警備隊の詰め所は、ベイリーと呼ばれる城の外壁内にある中庭の、使用人居住区の隣にある。

詰め所の扉を開けると、知っている顔が待ち構えていた。

「イーヴォ！　無事だったんだ……」

赤毛のイーヴォが、むすっとした顔で木の椅子に座っている。ノイセンの紋章があしらわれた外《がい》套《とう》を着ており、どうやらリウブルク城塞《じょうさい》騎士団の人間に戻ったらしかった。

「ああ。ええと……」

言い淀《よど》んだイーヴォを見て、アリーセはまだ名乗っていないことに気づく。

「申し遅れました。私はアルノー。アルノー・ヴィントリンゲンと申します。所属はオーデン騎士団です」

「アルノーというのですか。お疲れ様。殿下もご無事でなによりです。城は大変なことになってますね」

イーヴォは、ジークハルトの帰還をすでに知っているらしい。

詰め所はガランとして、騎士たちは皆、出払っているようだった。

「いつ戻ったんです？　あれから、どうなったんですか？　フォルカーは？」

勢い込んで聞くと、イーヴォはボソボソ説明する。

「昨日の夜、リウシュタットに戻りました。フォルカーも一緒です。あれから我々は東の国境まで逃げ、そこから真北へ進路を取ったんで、そちらよりは早く着きました」

たしかに火山帯を通るよりは早そうだ。こちらは途中の温泉で余計に一泊したたし。

「いい報《しら》せが一つあります。アーベン公の兵がクルムゲンから撤退したそうです。先ほど、伝令がありました」

「アーベンが撤退？　よかった。これで本当に戦は回避できたんですね」

「んー、だといいんですが……。悪い報《しら》せも一つあります」

イーヴォは眉をひそめ、自らの顎《あご》を撫でて声を落とした。

「アドルフの長男……つまり、新しくインゴル公爵となった、アロイス・フォン・エルンポルトのことですが、戦の準備をしているとの情報があります」

「えええっ……」

「弔《とむら》い合戦のつもりなんでしょう。アーベン公の脅威が消えても、インゴル公に不穏な動きがあるので、まだ油断はできませんね」

「そうなんですね……」

「あまり詳しくお話しできませんが、あなたはこの計画に携《たずさ》わった一人なので、一応……」

これから、どうなるんだろう……

とりあえず、ジークハルトから指示があるまで、リウブルク城に待機する予定だった。

報酬を受け取ったら、特効薬を買ってアルノーのところに戻りたいけど、急ぎではないし……

オーデンの町はレーヴェ王国の東の果てにあった。リウシュタットからだと、徒歩で丸一日半ぐらいかかる。

「まあ、今日は騎士の宿舎でゆっくり休んでください。疲れているでしょうから」

イーヴォのねぎらいの言葉に、アリーセは礼を言った。

「それと……。モンクヒェンの礼拝堂でお会いした時も思ったのですが、あなたは、その……」

なにか言いづらいのか、イーヴォは顔をしかめ、拳で自らの口を押さえる。

「どうして、そのような格好をしているんです？　その、なぜ性別を偽り擬態《ぎたい》しているんですか、という意味ですが……」

ひゃーっ、と飛び上がりそうになった。

えっ！　そ、そんな……！　イーヴォは私の正体を見抜いていた……!?

背中からわきから、どっと汗が噴き出す。絶句してしまい、目を見開いたまま硬直した。

すると、イーヴォは少し慌てたように、手のひらをパッと見せて制す。

「いや、別にあなたの正体を暴こうとか、そういうことではありません。警戒しないでください。人にはそれぞれ事情があるでしょうし……」

「あ、き、気づいていたんですか……」

「すみません。実は私、ちょっと人一倍、鋭いところがありまして……。普通の人はわからないと思います。なので、大丈夫だと思います。口外する気もありませんし、興味もありません」

言葉どおり、本当に興味がなさそうだ。ホッと胸を撫で下ろすと、イーヴォはこう忠告した。

「ただ……恐らく、殿下はお気づきになられているかと」

イーヴォの言葉に、ギクッとしてしまう。

「その場合、制裁はかなり厳しいものになると思うのですが、あなたはもちろんわかっていて、それをやっているんですよね？」

この時、アリーセはようやくすべてを悟った。

……とっくに、バレていたんだ。殿下は私が女だってこと、知ってるんだわ……

あんなに鋭いジークハルトが気づかないはずがない。振り返れば、それらしき兆候はあちこちにあった。

うかつだった。どうしよう……

アリーセは長い間、その場を動けなかった。

◇　◇　◇

リウブルク城で迎える、二日目の夜。

アリーセは、王太子から直々に出頭するよう命じられていた。

日が落ちて約束の刻限が近づき、アリーセは城の暗い回廊《かいろう》を一人で渡る。

いつか、こんな日が来るような気がしていた。アルノーの身代わりになると決めた日から……

指示されたとおり、ジークハルトの寝室の前に立つ。城内はすでに寝静まり、シンとしていた。

すると、待っていたかのようにアリーセを呼ぶ声がし、中に入れと命じられる。

この時、静かな予感がさざ波のように押し寄せた。

扉を開けるのをためらう。たぶん、この扉を開けたら……もう引き返せない。

……引き返せない？　どこに？

恐怖と不安。後悔とあきらめ。さまざまな感情が胸中で入り乱れる。

私はこれからどうなるの？　きっと、ひどい罰を受ける。けど、もう逃げられない……

とんでもないことをした自覚はあった。報酬のためアルノーになりすまし、王太子と騎士団を騙《だま》し、国家の存亡が掛かった重大な任務をおとしめたのだ。

——護衛がそなたで、本当によかった。おかげで私も無事に戻ることができた。

ジークハルトにそう言われた時、素直に喜んでしまった。けど、あれは嫌味だったのかもしれない。鈍《にぶ》すぎるから、気づかなかっただけで……

褒められるわけがないのだ。大して役に立っていないし、むしろ足を引っ張ったぐらいなのに。

——おまえはいつも思いつきと衝動だけで、突っ込んでいっては痛い目見ているからな。

かつてアルノーに叱《しか》られた言葉が、今になってひときわ身に染みる。

——僕たちは腐っても、ヴィントリンゲン伯爵家の子孫なのだから、矜持《きょうじ》を失ってはならないよ。

それはわかってる。わかってるけど、私はただアルノーを助けたい一心で……

どんな申し開きも無駄なのはわかっていた。この国において、王族へ不敬を働いた罪は重い。

これからどうなるんだろう？　捕縛か死か。はたまた、それ以上の苦しみか……

……どうしよう。こっそり逃げようか？

でも、どこに？　ここで逃げたらアルノーはどうなるの？　私は流浪《るろう》の人となり、アルノーは病に伏せったまま、昔と同じ貧しい生活に逆戻りするだけ。

結局、逃げたってどうにもならない。

だったら、立ち向かうしかない。家も両親も失い、私にはこれ以上失うものはないんだから。

重苦しい気持ちで、両開きの扉を押し開ける。

中は薄暗く、冷えた空気に足を一歩踏み入れた。

「……鍵を掛けろ」

低く、押し殺した声に命じられ、言われたとおりにする。

ガチャリ。

自ら檻《おり》に入り、鍵を掛けた気分だった。深く息を吸い、背筋を伸ばす。

自分の呼吸音がうるさく聞こえるほど、室内は静寂に包まれていた。窓から差す月光が、ジークハルトの影を浮かび上がらせている。彼は豪奢《ごうしゃ》な寝台で立て膝をつき、その上に片腕をのせていた。

「服を脱げ」

鋭い命令口調。

アリーセは震えながら外套《がいとう》を脱いだ。肌に触れる空気が、冷たい。

「全部脱げ」

ためらって動けないでいると、ジークハルトは容赦《ようしゃ》なく繰り返した。

「全部、脱げ。全部だ」

仕方なく上着もズボンも脱ぎ、ブーツも脱ぎ捨てた。震える手でコルセットを取ると、解放された乳房が、ぷるりとたわむ。下着も脱ぐと、外気にさらされた叢《くさむら》が寒々しく見えた。

長い沈黙が下りる。

この時、疑念がほぼ確信に変わっていた。

……やっぱり、女だと知っていたんだ。いったい、いつから……？

すごく嫌な感じは、じわじわ膨らんでいく。

ジークハルトは微動だにせず、こちらをじっと見つめていた。彼の視線が、肌の上を滑っていくのがわかる。寒さと恐怖で顎《あご》がカチカチ鳴った。

……処刑されるんだろうか。

裸にされ、首を切られるのが処刑の慣《なら》わしだった。

眼前の美麗な王太子が、怒っているのか、呆れているのか、まったく読めない。

アリーセは裸身を微《かす》かに震わせ、死刑囚のような心持ちで黒い影を見つめ続けた。

「こっちへ、来い」

命じられるがまま裸足で寝台に近づく。足の裏に触れたごわごわした絨毯《じゅうたん》も冷たかった。

大きすぎて不格好な胸を手で隠し、もう片方の手で叢《くさむら》を覆い、みじめな情けない気持ちになる。

暗くてよく見えないけど、ジークハルトの大きな影はすぐそこに迫っていた。

「……もっと近くに」

寝台に触れそうなところまで、おずおずと近づく。

すると、やにわに腕を掴まれ、乱暴に引き倒された。

「……っ!?」

仰向けに組み敷かれ、わけもわからず彼を見上げる。彼の引き締まった太腿《ふともも》に、腰を挟まれた。

しゅるり、と衣擦《きぬず》れの音がし、彼の羽織っていたガウンが片側から滑り落ちる。鍛え上げられた裸体が月明かりに照らし出され、首から下げられたネックレスが、キラリと反射した。

お互いの瞳の光をじっと見つめ合い、長い沈黙が続く……

吐く息、吸う息、こめかみを打つ脈の音まで明瞭に聞こえた。

呼吸に合わせ、自分の大きな乳房が上下するのが、視界の下のほうに映る。

強く押さえつけられた両腕が、ひどく熱い。

沈黙を破ったのは、アリーセのほうだった。

「いつから……ご存知だったんですか?」

「……火山の洞窟に泊まった夜だ。温泉でそなたの姿を見た」

静寂にささやきがよく響く。

ああ、やっぱり。あるとしたら、その時しかない……

窓から差し込む月光が、無慈悲《むじひ》な美貌《びぼう》を縁取っている。

こちらを見下ろす冷ややかな視線が、心にグッと深く刺さった。

ささやくようなやり取りは続く。

「何もかもお見通しだったんですね」

「本当の名は？」

「……アリーセ、です」

「双子の妹の話は嘘か」

「全部本当です。兄と……私の立場を入れ替えてお話ししました。兄の身代わりとしてここに来ました」

「そなたはオーデン騎士団の女騎士か？　兄妹で騎士団にいるわけだな？」

「そうです」

「なぜ、騙《だま》した？」

「も、申し訳ございません」

「理由を言え」

「お金が、お金が欲しくて……」

「報酬目当てか。なにに使う？」

黙っていると、彼の握力が強まり、腕に痛みが走った。

「言え」

「……あ、兄の病気の治療のためです。兄に回ってきた任務を私が代わりに引き受け、報酬を得ようとしたのです」

謝罪や言い訳をしたくてもできなかった。少しでも余計なことを話せば、たぶん殺される。

冷たい空気の中、ジークハルトの殺気は、弦《げん》のようにピンと張りつめていた。あの時と同じだ。インゴル公爵の首を刎《は》ねた、エルンポルト城の時と……

「他に誰が知っている？」

さらに尋問《じんもん》は続く。

「誰も。兄だけです」

「オーデンの連中も知らないのか？」

うまく声が出せず、うなずいた。

不意に彼の親指が、ぐっと唇に押し当てられ、戦慄《せんりつ》する。彼の親指は、つるっとしていた。

「そなたのこと、黙っていてやらんでもない。すべて素知らぬフリをし、騎士団にもなにも言わず、そなたをこのままオーデンに帰してもいい」

思いがけない申し出に、驚いて目を見開く。

「どうだ？　黙っていて欲しいか？」

え……？　黙っていてくれる？　そんなことが可能なの？

もしバレたら、オーデン騎士団から除名されるのは必至。けど、黙っていてくれるなら、このまま騎士でいられる！

またとないありがたい話だった。何度も首をブンブン縦に振る。

「そうか。ならば……私のものになれ」

少し掠れた声が、鼓膜を撫でた。

殿下のものに……？

どういう意味なのかよくわからず、ただ黙して見上げることしかできない。

サイドにサラリと流れ落ちている銀髪が、月光と同じ色で綺麗だと思った。

答えろ、とばかりに唇に当てられた親指が外される。

「あ……え……。あの、あの……」

うろたえると、彼は苦悶《くもん》のような悲哀のような、形容しがたい表情をした。

そして、声が絞り出される。

「そなたが、欲しい」

あっ、とここでようやくあることに気づく。

まっすぐに向かってくる、この鋭い感情は殺気だと思っていた。

けど、違う。違うんだ。これは、この感情は……殺気じゃなくて……

「このまま奪うが、いいか？」

……欲望。

返事をする間も与えられず、唇で唇を塞《ふさ》がれた。

◇◇◇

……深い湖の底にいるみたい。

アリーセはおぼろげな意識でそんなことを思っていた。

耳をじっと澄ましてみても、なにも聞こえてこない。

今宵《こよい》の月明かりは弱く、薄暗い視界が青くにじむ。

時折、どちらのものかわからない、荒い息の音が響いた。

ちゅっ、くちゅ……唾液《だえき》が混ざり、舌と舌が絡み合う音。

仄青《ほのあお》い空気は刺すように冷たいのに、重なる素肌は焼けるように熱い。

ジークハルトの鋼鉄のような胸筋が、大きすぎる乳房を押し潰していた。こうしていると、彼の肉体がいかに屈強で硬く、自分がいかにぷよぷよと軟弱か、その落差がよくわかる。

彼の硬く割れた腹筋が、お腹をぬぐう感触が好きだった。

そういえば、騎士になってからずっと、筋骨隆々《きんこつりゅうりゅう》とした肉体に憧れていたっけ。

ああ……。殿下のお体、格好いいな……。腹筋、カチカチに硬い……

口内を彼の舌でいっぱいにしながら、そんなことをぼんやり思う。

薄目を開けると、にじんだ視界に映る、白いまぶたと鼻筋のライン。その非現実的な美しさに、胸がときめいた。長いまつ毛は閉じ合わされ、彼は口づけに没頭している。

これがいわゆる、愛し合う男女の営みなんだと本能的にわかった。かつて伯爵令嬢だった子供の頃、赤ちゃんができる仕組みについて簡単に乳母《うば》が教えてくれたし、大人になってからは騎士団の馬を繁殖させる時に勉強したし、夫婦については兄が渋々教えてくれた。

愛し合う男女はお互いの唇を重ね、結婚したら閨《ねや》をともにする。そこで、夫に導《みちび》かれて妻が新たな命を宿すのだという。

けど、口づけがこんな風に舌と舌まで絡ませる、濃厚なものだとは知らなかったけど……

最初は罰せられると思っていた。裸で組み敷かれ、首の骨を折られるか、あるいはスパッと首を刎《は》ねられるか。しかし、そのあと起きた出来事は予想外だった。

ジークハルトは唇と唇を、ふんわり重ね合わせてきたのだ。

……えっ？

唇が柔らかく接触し、何度かついばまれる。

それは好ましいもので、慰撫《いぶ》するような触れかたに、殺意はないとすぐにわかった。

初めての口づけは、ドキドキするほど優しいものだった。しかも、相手があのジークハルト殿下だなんて……

信じられない思いでいっぱいだった。殺されると脅《おび》えていたのに。

戸惑いもあったけど、憧れの人との口づけに、うれしくて一瞬で舞い上がった。

ついばむだけかと思ったら、いきなり舌が入ってきて、びっくりする。けど、濡れた舌はとろりと温かく、口内を甘くくすぐられ、じきにポーッと夢心地になった。

……あぁ。殿下、すごく優しい……

舌先がそろそろと顎《あご》を這い、気持ちのこもった舌遣いに、胸がきゅんとする。彼が身のうちに渦巻く激情を抑え、舌先に優しさを集中させているのが伝わってきた。それにリラックスさせられ、安心させられるのだ。

慣れないながらも舌で応《こた》えると、彼の舌の動きが大胆になってきた。

「んん……んふっ……。はっ、はぁっ……」

息苦しくなり、唇と唇の隙間から空気を吸う。

少し顔を背けても、彼の舌はすぐ追いすがり、口内にねじ込まれ、引き戻された。

とろけるような甘い口づけに、脳髄《のうずい》までじぃーんと痺《しび》れる。懸命に舌をもつれさせ、ひたすら無心で口づけを味わった。

あぁ……。すっごい……ド、ドキドキして……心臓、壊れそう……

唇が離れ、まぶたを開けると、青い瞳が慈《いつく》しむようにのぞき込んでいる。

「アリーセ。いい名だな……」

色っぽい美声が、鼓膜をくすぐる。

「私は強い女が好きだ。それに、そなたは可愛い。可愛くて可愛くて、もう堪《たま》らないのだ……」

思いがけぬ告白に、頬がカッと熱くなる。「可愛い」という言葉が、うれしすぎて……

「私はずっと、そなたを好いていたのだ。アリーセ……」

のぞき込まれてそう告げられ、恥ずかしさと幸福感で胸がいっぱいになる。

私も大大大好きです！　ずっと殿下に憧れて、けど雲の上のかたで、密かにお慕《した》いしてました！

という思いは言葉にできず、唇が微《かす》かに震えただけだ。

すると、彼の大きな手が、乳房をむにゅっとわし掴みにした。豊かな膨らみを楽しむように、円を描きながら揉みはじめる……。

あ……そ、そこはダメッ……！

「あ、やっ……」

少し抵抗すると、彼は訝《いぶか》しそうな顔をした。

「ん？　どうした？　嫌なのか？」

「あ、あの……そこ、不格好ですから……。私、恥ずかしくて……」

「不格好？　そんなことはない。とても綺麗だ……」

冷えた指先で、先端の蕾《つぼみ》を愛撫され、くすぐったかった。

「け、けど、大きすぎて……変だから」

モジモジ恥じらうと、彼はそこを揉みしだきながら言う。

「そんなことはない。私は大きいほうが好きだ。そなたのここは、すごく綺麗だ。女神のように美しく、私を狂わせる……」

指先が蕾《つぼみ》を掠め、羽毛のように触れるか触れないかの刺激に、ふるふると体が震えた。

かと思うと、強くつままれ、その緩急つけた動きに、たちまち蕾《つぼみ》は石のように硬くなる。

……ん。く、くすぐったいけど、気持ちいいよぉっ……

触られるのは嫌なはずなのに、ジークハルトにそうされると、痺《しび》れるような快感に襲われた。胸の蕾《つぼみ》からお腹に向かって、快感がチリチリ流れていき、自分の中の雌の部分がゆっくりと目覚めていく……

彼は唇を耳元に寄せてきて、ささやいた。

「そなたの裸体を温泉で見た時、あまりの美しさに心奪われた。欲しくて欲しくて、もう忍耐の限界を超えたのだ。その時、そなたにしようと心に決めた」

耳たぶを甘噛みされ、舌が耳の中に入り込んでくる。くすぐったいけど心地よくて声が漏れた。

「私はそなたのここが好きだ。大きさも形も、小さく控えめな蕾《つぼみ》も、なにもかも。許されるなら、私が食べてしまいたい……」

乳房をいじくられながら、息を呑む。生まれて初めて、この大きな胸でよかったと思えた。

彼の唇は下がっていって、チュウッと首に吸いつき、うなじがぞくっとする。

熱い舌は首の筋に沿って、下へ下へと這っていく……

「首も、綺麗だ。細くて、白くて……。そなたの首は繊細だな」

舌がぬるぬると、鎖骨《さこつ》の形を確かめている。その間も乳房の蕾《つぼみ》はいじくられ、垂れ落ちる銀髪が肌をくすぐり、それが余計に興奮を煽《あお》った。

ふわり、と堪《たま》らなくいい香りが鼻孔《びこう》を包み、酩酊がより深まる。

高貴な香りと、男性の肉体から分泌された、体臭が混ざったようないい匂い……

これって……。荷車で抱き合った時に、嗅《か》いだ香り……

野性的な雄の香りに、官能が刺激され、お腹の芯が熱くなり、うずうずする感じがした。

もう、なにも考えられない。

「すっかり騙《だま》されている私を見て、楽しかったか？」

美しい唇が、意地悪くささやいた。

「そ、そんなことは……。あぅっ……」

硬く勃った蕾《つぼみ》を、温かく濡れたものが包み込む。

う、うわっ、なに？　これ……

顎《あご》を下げて見ると、ぱくりと胸の先端を咥《くわ》えている美麗な顔がある。

その口腔《こうこう》の中で繰り広げられる舌の動きは、あまりに淫《みだ》らだった。

やぁ……。すっごい……やらしい……

濡れた舌が、乳頭をねっとりと転がす。巧みにつつき、こねくり回した。

あぅ……。くすぐった、あっ……

心地よさに恍惚《こうこつ》としてしまい、蕾《つぼみ》をますます尖《とが》らせる。

こうして蕾《つぼみ》を攻められていると、いやらしい気分が高まった。

彼が口を離し、はぁっと息を吐くと、生温かい空気がかかる。

「鈍感で無能だと嘲笑《あざわら》ってたんだろう？」

「そ……そんな風に、思って、ません」

彼はゆっくりと二つの蕾《つぼみ》を交互に舐めしゃぶった。本当にそこが好きらしく、彼の強い興奮が伝染してくる。

同時に、彼の腕が下肢へ伸び、長い指がそっと秘裂に触れた。

ぴくんっ、と腰が反ってしまう。

そこはもう、恥ずかしいほど潤っていた。指先はぬるぬるたゆたい、花芽を探っている。

うわ……嫌だ……。きもちいい……

蕾《つぼみ》を強く吸われながら、小さな花芽をそろりと撫でられ、腰がビクンと跳ねた。

「すごく、濡れてる」

花芽をこりこり擦る、指先の小刻みな動き。いやらしくて、気持ちよくて、蜜が溢れてくる……

「あっ、や、嫌っ……。あんっ」

敏感すぎる花芽は、刺激に慣れておらず、じんじんと疼《うず》いた。

彼は夢中で蕾《つぼみ》を舌先でつつき、吸い上げては舐める。普段あれほどクールな彼がすごくガツガツしていて、それがいやらしいのに、妙なうれしさがあった。自分の中の雌の部分が満たされるような……

く……こ、このままだと、ほんとに食べられちゃいそう……

やがて彼は下のほうへ移動すると、アリーセの太腿《ふともも》を押し広げた。慌てて脚を閉じようとすると、強い力でより大胆に広げられてしまう。

冷徹な双眸《そうぼう》が、じっと秘裂を見下ろした。

そこはもうひどく濡れ、蜜が尻のほうまで流れ落ちている。

「み、見ないでください……お願い……」

彼は美しいまぶたを伏せ、鼻先を秘裂に近づけた。剥《む》かれた花芽に息がかかり、腰がおののく。

「すごく可愛いな。小さくて、ピンク色で……」

彼は鼻から息を吸い込み、うっとりと続けた。

「香りも好きだ……。すごく欲情する」

次にされることが予想できてしまい、脅《おび》える。

「どうか、おやめください。そこだけは……」

懇願《こんがん》を彼は無視し、長い舌を突き出すと、割れ目をぺろりと舐め上げた。

「あっ……で、殿下。ダメっ！　そこは……汚い……あああっ」

舌は秘裂を割り、容赦《ようしゃ》なく蠢《うごめ》く。花びらは舌先で蹂躙《じゅうりん》され、花芽が攻め立てられた。

ゾクゾクッと刺激が腰で弾け、我知らず嬌声《きょうせい》を上げてしまう。

花芽をちゅうちゅう吸われ、舌先でそこを執拗《しつよう》に擦られた。

未知の快感が、背筋を這い上っていく。同時にどんどん深まっていく、飢餓感《きがかん》……

「お、おやめくださっ……。もうっ……ああ、もう」

ぬぷり、と舌が蜜壺に深々と挿し込まれた。

快感で四肢《しし》が、ひくひく痙攣《けいれん》する。

ずるずる、びちゃっ、と長い舌が濡れ襞《ひだ》を縦横無尽《じゅうおうむじん》に這った。興奮した彼の息が叢《くさむら》を震わせる。

とめどなく蜜が垂れ落ちると、彼は唇をすぼめ、それをすすり上げた。

「ああ、美味だ。味も、好きだ」

少し上ずった声は、いやらしく響く。

ま、まさか、王太子殿下にこんなことをされるなんて……

青く淀《よど》んだ闇に響く水音。二人の息づかい。絶え間なく背中を走る甘い痺《しび》れ。

媚肉がひくつき、彼の舌を締《し》めてしまう。舌は長くて奥のほうまで届き、にゅるにゅる蠢《うごめ》いた。

……あ……す、好きな人に、こんなところを舐められたら……もう……

ずるり、と舌が引き抜かれ、喘《あえ》ぎ声が漏れ出た。

長い銀髪の隙間から、青い瞳がじっと秘裂に見入っている。

「ここがほら、もう……こんなに開いてきた。淫《みだ》らにぱっくり割れて、誘ってる」

「ち、違います……きゃっ！」

今度は、長い指が挿入《はい》ってきた。指が粘膜を擦りながら、ズポズポと抜き差しされる。

どうしても我慢できず、動きに合わせて腰を振ってしまった。

指が二本に増やされ、蜜壺を押し広げるように擦られる。

痺《しび》れるような心地よさに、下のほうからなにかがせり上がってくる……

「あっ……ダメっ。……怖い」

未知の予感に恐怖する。指が膣内をいやらしく擦り回り、同時に舌で花芽をつつかれた。

腰がガクガク揺れ、白い快感が四肢《しし》を貫く。

ああぅっ……！

初めての絶頂体験だった。

視界は真っ白になり、全身が甘く痺《しび》れ、快感が血液のようにすみずみまで行き渡る……

下腹部が引き絞るように、痙攣《けいれん》した。

朦朧《もうろう》とした意識で、抱きしめられたのがわかる。さらりとした素肌が触れ合い、唇が重ねられた。

うっとりしたまま応《こた》えると、彼の舌は少し酸っぱい味がする。

熱く昂《たかぶ》ったものが、蜜口に当たるのがわかった。先端のつるりとした丸みに、ドキドキする。

まだ意識は遠くを漂っていて、ぼんやり見上げると、刺すような熱い眼差しに出会った。

……この御方は、なんて格好いいんだろう。こうしていると、見惚れてしまって……

「そなたは、私のものだ」

低い声もゾクゾクするほど素敵だった。

「殿下……」

「悪いが、時間がない。戦が迫っている。私が死ぬ前に、子種を残しておきたい。そなたが、私の子を産むのだ」

私が殿下のお子を……？　今、たしかにそう言った？　それとも、私の聞き間違い……？

「アリーセ、痛いのは最初だけだ。そなたなら我慢できるだろう。いや、私のために耐えて欲しい」

小さくうなずくと、静かな声が命じた。

「生涯の記憶に、私を刻《きざ》め」

その刹那《せつな》。

いつもはガラスみたいな瞳に、炎が燃え上がった。

熱く太いものがずぶずぶと挿入《はい》ってくる。思わず身を固くした。

あ……ダメッ‼

「力を、抜け」

「ダ、ダメ……」

巨大な雄棒は、ぐいぐいと狭い膣襞《ちつひだ》を割り広げていく。

容赦《ようしゃ》なく侵入してきて、痛みと抵抗があるところまで到達した。

「あ、ま、待って……」

「もう、待てない」

次の瞬間、一気に最奥《さいおう》まで貫かれた。ずんっと深い痛みが、下腹部を切り裂く。

目を見開き、声なき悲鳴を上げた。

ジークハルトが顔をしかめ、小さく喘《あえ》ぐ。

……こ、これが、罰？

息を吸ったまま、時が止まる。

熱くて硬いものは狭い蜜壺内で膨張し、ぎちぎち広げようとしていた。

痛みで涙がにじんで溢れ、目尻を伝う。

……これが、罰なの？

痛くて苦しくて、ひどい圧迫感に耐えながら、アリーセは呼吸することしかできなかった。

◇　◇　◇
「大丈夫か？」

慈《いつく》しむような瞳のジークハルトが心配そうに問い、親指で涙をぬぐってくれる。

お腹の中が彼の怒張《どちょう》でいっぱいになり、きつくてアリーセは声が出せなかった。

けど、鋭い痛みは徐々にジンジンした疼痛《とうつう》に変わり、遠のきつつある。

「……痛むか？」

小さくうなずくと、彼の指がいたわるように頬を撫でてくれた。

痛まないように気遣ってくれているのか、彼はじっと動きをとめている。

彼の雄棒は非常に硬く、大きく、そして熱かった。こうして、下腹部の奥深くに収めていると、そのことがよくわかる。自分の女性器がどこにあるのか、初めてちゃんと把握《はあく》できた。

あ……。殿下の、すごくあったかい……

お腹の中で雄棒が、ドクン、ドクン、と力強く脈打つのを感じる。

雄としての彼の興奮が生々しく伝わってきて、めちゃくちゃ胸がドキドキした。

膣の粘膜と雄棒が次第に馴染んできて、異物感がゆるゆると消えていく……

「痛いのは今だけだ。これ以降は、痛みはまったくなくなる」

彼はそう説明し、指先でアリーセの臍《へそ》の下を、つつつと縦になぞる。

「安心しろ、無理はさせない。今夜は破瓜《はか》だけだ。……私とこうするのは、嫌か？」

不安そうな声に、ぶんぶんと首を横に振ってみせた。

嫌じゃない。痛かったけど、全然嫌じゃなかった。むしろ、試練を越えた充実感さえある。

これで私、とうとう大人の女性になれたんだ……。しかも、相手があの殿下だなんて……

今夜のことは一生の思い出にしようと心に誓う。女騎士なんて結婚も出産もできず、野盗に慰みものにされ、どこぞで戦死するものだと覚悟していた。それが、思いがけずこんなことになるなんて……

きっと、これは罰じゃない。ご褒美《ほうび》なんだ。

不思議な感じがした。女としての深い悦《よろこ》びと、切り裂くような痛みとの対比が、まるで人生そのものみたいだ。大きな不幸があった時、思いがけず見出《みいだ》す幸福みたいな。

「だいぶ、馴染んできたようだな。よいか？　抜くぞ」

ゆっくり雄棒が引いていく時、媚肉と擦れてひりひりし、「あうっ」と声が漏れる。

ずちゅり、と雄棒が抜かれ、蜜が飛び散った。

それがいなくなったとたん、寂しい虚しさに襲われる。

痛くても熱くてもいいから、ずっと膣内にいて欲しかった。

「結構出血しているな。大丈夫か？」

彼が自らの怒張《どちょう》をぬぐうと、布に鮮血がついた。見ると、寝台の敷布にも血がついている。

「……大丈夫です。痛かったのは瞬間だけで、あとは全然……」

一緒に閨《ねや》の中にいると、いつもより親近感が増し、思わず質問していた。

「あの……。これで、終わりなのですか？　その、私はもう殿下のお子を宿したのでしょうか？」

すると彼は、見たことがないほど柔らかく微笑んだ。

「可愛いアリーセ、まだ子種をつけていない。今夜は破瓜《はか》だけにしよう」

恋人にするような甘い声に、ますますドキドキしてしまう。

「あ、は、はい。わかりました。ありがとうございます」

「これを、そなたの膣内に挿入し、子種をつけるのだ。どうだ。怖いか？」

彼は自らの怒張《どちょう》を手で握ってみせた。

人間の男性のものを間近で見るのは初めてで、思わずじっくり見てしまう。

月明かりに照らされたそれは、濡れてぬらぬら光り、天を貫く勢いで勃ち上がり、すごく太くて長くて、巨大で迫力があった。

なんか……すごく素敵。雄々しくて、たくましくて、殿下らしい。私、好きかも……

ジークハルトのものなら、なんでも美しく気高く見えてしまう。髪も瞳も手も足も、硬く勃ち上がった雄棒でさえも。

「……す、好きです。私……」

はにかみながらそう告白する。好きだなんて無礼な発言だけど、閨《ねや》の中でなら素直に言えた。

「アリーセ。子種をつけるところを、見たいか？」

「えっ？」

彼はアリーセの胴体をまたぎ、自らの雄棒をアリーセの乳房の間に挟み込んだ。

先端がちょうどアリーセの顎《あご》のすぐ下にきて、それはピタピタと粘り気があり、熱かった。

「殿下、いったいなにを……？」

「私がどうしてもこうしたいのだ。許してくれるか？　アリーセ」

「え……。もちろんです。殿下がそうされたいのでしたら……」

「そなたのここで果てたいのだ。果てさせてくれ……」

言うや否《いな》や、彼は二つの乳房を掴み、中央にぐっと寄せた。

大きな乳房の膨らみが、むにゅっと、雄棒をまんべんなく包み込む。

なにが起きるのかドキドキしていると、彼は乳房を押さえながら、腰を前後に動かしはじめた。

あ……。な、なに？　こ、これって……。あ、あっ、えっ、きゃっ……

しゅるり、ぬるり、と雄棒が行きつ戻りつ、乳房の谷間を滑り抜ける。

雄棒の粘膜と皮膚に摩擦が生じ、そこがやけに熱くなった。

ぽよん、とした白い膨らみの間から、ひょこひょこと赤い先端が見え隠れする。

腰の動きはだんだん速まり、雄棒を素肌に擦りつける様は、ひどく猥褻《わいせつ》だった。

「くっ……あっ、あぁ、ずっと、ずっと、こうしたかった……」

苦悶《くもん》なのか快感なのか、彼は美貌《びぼう》をゆがませ、汗だくで擦りつけてくる。

擦りながら胸の蕾《つぼみ》をつままれ、ふたたびそこは硬くなった。

あん……き、気持ちイイけど……熱くて……。あっ……殿下……

先端から透明な液が漏れ出し、それが潤滑油みたいになる。にゅるり、ぬるり、と粘つきながら擦りつけられ、堪《たま》らない気持ちにさせられた。

……い、いやっ……。な、なんか、すごくやらしいよぉ……

とてつもなく淫《みだ》らなことをされている気がするのに、なにも抵抗できない。二つの乳房をいいように揉み回され、けど、それが快感で嫌じゃなくて……

ガクガクと腰を激しく前後させ、彼は上ずった声で言った。

「……も、もうっ……だ、出すぞっ……んくっ！」

だ、出す？　なにを？

考える間もなく、彼は少し身をよじり、ブルブルッと腰をわななかせた。

すると、先端から、びゅわーっと勢いよく白いものがほとばしる。

あっ……。う、嘘……なにこれ……。これが……？

その白い汁は、びゅるるっとアリーセの顎《あご》を叩き、びちゃっと顔にかかった。

唇の間から入ってきたそれは苦く、生臭い雄の香りがする。

彼は眉をひそめ、ふるふると四肢《しし》を震わせながら、精を放ち続けた。

噴水のようにとめどなく吐き出され、見ているだけでドキドキする。

い、勢いがすごい……。けど、なんか……嫌じゃない、かも……

たっぷりと肌に掛けられ、それを塗りつけられ、自分の体が彼に所有された気持ちになる。

淫靡《いんび》で背徳的な心地よさがあった。彼のものになった、という感覚が……

「かっ……。んくっ……。ふっ、ふぅっ……」

吐精の快感に悶《もだ》えるジークハルトは、たとえようもなく美しかった。しかめられた美貌《びぼう》も、唇から漏れる吐息も、顔を背けてされる流し目も、ため息が出るほど色っぽい……

わ……殿下……。すっごい、綺麗……

我を忘れ、見惚れてしまった。やはり、神話の軍神の生まれ変わりのような、神々しさがある。汗まみれの彼は肩で息をし、最後の一滴まで吐き尽くした。熱い精は、とろとろと肌を滑りながら落ちていく。

「すまぬ……。アリーセ」

彼は小さくつぶやき、つと指先を伸ばし、尖《とが》った蕾《つぼみ》に精液をそっと塗りつけた。

その謝罪とは裏腹な行為に、息もできないほどドキドキする。

「殿下……。ずっとお慕《した》いしておりました……」

どうしても伝えたかった言葉を、ようやく絞り出す。

サラリと銀髪が頬に下りてきて、深い口づけをされた。

◇　◇　◇

それから、アリーセは少しウトウトしてしまったらしい。

ぱちっと目を覚ますと、ジークハルトのたくましい胸に抱かれていた。

……？　あっ、そうだ！　私、殿下の寝室に行って、殺されるかと思ったら、違って……

これまでの記憶が一気に蘇《よみがえ》り、全部夢だったのかも、と自信がなくなる。けど、貫かれた時の痛みの余韻《よいん》と、まだ乾いていない秘裂の残滓《ざんし》は、すべて現実であることを物語っていた。

頭の先まですっぽり彼の腕の中にいるので、外の様子がまったくわからない。辺りはまだ薄暗く、たぶん夜は明けていないらしかった。

お互い生まれたままの姿で、こうして彼にくっついていると、ホカホカ暖かくて居心地がいい。肌に触れる上質な敷布は滑らかで、上品ないい香りがした。

「アリーセ、目が覚めたのか？」

よしよしと頭を撫でられる。ジークハルトの声はとても優しい。

「あ、す、すみません。眠ってしまったみたいで……」

恐縮してもぞもぞすると、なだめるように背中を撫でられた。

「よいのだ。ゆっくり休むといい。アリーセ、閨《ねや》の中ではそなたと私は、ただの男と女。関係は対等なのだ。だから、そんなにかしこまらなくてよい」

「た、対等……ですか？」

急にそんなことを言われても、どうしていいかわからない。アリーセの中でジークハルトは、いかなる時もレーヴェ王国の王太子だったから。

彼は、ふふっと笑った。

「いきなり言われても、そのようには振る舞えぬか？」

「す、すみません……」

もう一度、頭を優しく撫でられる。飼い猫にでもなった気分だった。

たしかに、閨《ねや》の中のジークハルトは、かつて見たことがないほど優しい。愛おしそうに丁寧に扱ってくれ、素直に甘えられた。しかも、「可愛い」だの「綺麗だ」だの連呼され、それが心からの賛辞に聞こえ、自分が特別な女性に生まれ変わった気がする。

なんだか、不思議な魔法みたい……

鼻先を硬い胸筋に押しつけつつ、そんなことを思った。耳のすぐそばで、彼の鼓動が力強く打ち、それが幸せな気持ちを増幅させる。

殿下、大好きです。ジークハルト殿下……好き……

アリーセは恋する乙女になり、ときめいていた。いつもはむさくるしい騎士団の連中とともに、男顔負けで剣を振るっているのに、ジークハルトの前では非力な女性になれる。

そのことが、すごく幸せに思えた。

「……もう痛みは治まったか？」

「あ、はい。大丈夫です。そんなに痛くなかったし……」

斬りつけられた時の刀傷や、落馬した時の骨折に比べたら、どうってことない。

こうして二人きりでいるとまるで本物の夫婦か恋人みたいだ。たしかに先刻、「そなたが、私の子を産むのだ」と言われたけど、疑問や不安は数え上げたらキリがなかった。

関係は対等という言葉に甘え、質問してみる。

「あの、あの……先ほどおっしゃってた、戦っていうのは？」

アリーセの背中を撫でていた手をピタリととめ、ジークハルトは答えた。

「インゴル公爵の息子のアロイスが、ふたたびクルムゲンに兵を集めている。父の仇《かたき》を討つつもりなんだろう。インゴル単体ではたかが知れているが、こぜり合いは避けられない」

仇討《あだう》ち……。そういえば、詰め所でイーヴォがそんなことを言っていたっけ……。

「西の、アーベン公の動きはどうなんでしょうか？　クルムゲンから兵を退いたそうですが」

「うん。今のところ静観するつもりらしい。アーベン公爵のように狡猾《こうかつ》な男は、利用価値のない戦には関わってこない。アドルフには弱みを握られ、渋々同盟を結んでいたが、アドルフ亡き今、息子のアロイスには見向きもしないはずだ」

「けど、戦は回避できないのですね……」

ジークハルトははるか遠くを睨《にら》むように、目を細める。その眼光の鋭さだけ、普段の王太子に戻っていた。

「それでも、インゴル・アーベン連合軍とやり合うよりましだ。連合軍を相手にしたら、我が領地はあっという間に占領され、父ルートヴィヒは討たれてしまう。そうなれば、フランバッハ公も他の公爵たちも黙ってはいまい。機に乗じ、コラガム人やヴァリス人も攻め入ってくる。王国はふたたび戦乱の世に逆戻りしてしまう。それだけは避けなければならないのだ。絶対に」

「殿下……」

「インゴル単体ならば、我がノイセンの兵力のほうが勝っている。それでも犠牲は避けられないが、仇討《あだ》ちならば他の公爵たちも黙殺するだろう」

「そういうことなんですね……」

こうしている間も、ジークハルトを取り巻く状況は刻一刻と動いている。

自分にできることはなにかないかと、アリーセはもどかしさに襲われた。

「いろいろと事情があってな、私にはもう時間がないのだ。本来ならば、そなたを正統な儀式をもって迎え入れるべきだが、少々強引な手を使うしかなかった」

そこまで、私のことを考えてくださってるんだ……

ジークハルトは思った以上に、はるか未来を見据えて行動しているらしい。

「あと三日なんだ」

ジークハルトは静かに繰り返した。

「高官たちに許しをもらえた猶予は、三日しかない。三日ののち、私は戦の準備を整え剣を取り、軍を率いてクルムゲンに打って出る。戦は長引くかもしれない。万が一、私にもしものことがあったら、そなたにあとを頼みたいのだ。世継ぎを産み、父王陛下を支えて欲しい」

衝撃的な言葉に、頭をガーンと殴られたみたいになった。

……殿下が近々、戦死するかもしれない？

……あとのことを、私に頼むですって⁉

さーっと血の気が引いていき、絶句していると、ジークハルトは小さく笑った。

「そんなに深刻にならんでよい。私はもちろん戻ってくるつもりだ。万が一の、少ない可能性の話だよ。ただ……これまでほったらかしていた、世継ぎの問題を解決しようと思った。そなたなら、腕っぷしも強い、肝《きも》っ玉も据わっている。決断力、行動力は私のお墨付きだ。ヴィントリンゲン伯爵の娘ならば、貴族社会にも詳しいだろう」

「で、ですが、今の私は一介の女騎士に過ぎません。そのような重責《じゅうせき》はとても……」

「いや、違うな。はっきり言おう。そなたに惚れたのだ。私がそなたを好きで、好きで堪《たま》らない。どうしようもなく、惚れてしまったんだ」

心臓が、ドクンッ、と跳ねる。

ジークハルトの眼差しは、どこまでも真剣だった。

「そなたが好きだ。子を生《な》すなら、そなたとがいい。そなたでなければ嫌なんだ。どうしても、そなたに私の子を産んで欲しいのだ」

彼の人差し指が、すっと頬を撫でる。

「こんな気持ちになったのは、そなたが初めてなんだ。アリーセ……」

真剣な想いを口にするジークハルトは、すごく潔くて、格好よかった。

王太子という立場上、滅多《めった》なことは軽々しく口にできないはず。己の感情や私欲を殺し、個というものを犠牲にするのが王族だと思っていた。

けど、ジークハルトは違う。立場や肩書を重々理解した上でそれさえも凌駕《りょうが》し、まっすぐに自分の愛情を生かそうとしている。それがワガママには見えなくて、むしろ人としての強さだと思った。

深く心を打たれ、言葉を忘れてしまう。

「……嫌なのか？」

小さく首を横に振った。

閨《ねや》の中のジークハルトは、いつも少し弱気だった。

自分しか知らない、こういう弱い一面も、ますます愛おしく感じられる。

同時に、無力すぎる自分が哀しかった。こんなに美しく、気高く、高潔《こうけつ》な王太子殿下に心を寄せられているのに、自分にそんな資格があるとは到底思えない。

自分は特に美しくもない。強くもなく、賢くもない。いつも童顔だとからかわれ、女性的な魅力も薄く、胸が大きくて体型も不格好ときている。

けど、そんな卑屈《ひくつ》さを口にできなかった。「私なんてダメですから」と言えば、そんな自分を好いている彼も侮辱《ぶじょく》することになる。それだけは絶対に嫌だった。

だから、不安を吐露《とろ》したくなる衝動を、哀しい気持ちで抑える。

滑らかに隆起した胸筋にそっと手のひらを当て、頬を寄せた。ドキドキしながら、思いを告白する。

「……わ、私も、殿下をお慕《した》いしております。私は殿下のすべてが大好きです。きらびやかな御髪《おぐし》も、美しいお顔立ちも、肌も指先も眼差しもお声も、すべてが本当に完璧で……あ、あ、憧れてしまいます……」

「なんだ？　容姿だけか？」

意地悪く口角を上げる彼に、顔を上げて訴えた。

「違います！　容姿だけではありません。もちろん、容姿も素晴らしいですが……。お考えも生き様も、その強さも勇敢なところも、なにもかも尊敬しております。私はこんな風に、いいだの悪いだの、偉そうに評価できる立場ではありませんが……」

「よいのだ。さっきも言ったろう？　閨《ねや》の中ではそなたと私はただの男と女。存分に甘えるがよい」

「殿下……」

ぎゅっと抱きしめられ、二人の肌と肌がよりぴったりと密着する。

本当に夢みたいだった。ほんの数日前まで、寒冷地で野営したり、臭い下水に飛び込んだり、刺客たちと命のやり取りをしたり、まともとは言えない生活だったのに。それが今は、こんなに豪奢《ごうしゃ》な寝台で、憧れの王太子殿下に寵愛《ちょうあい》を受けている。

まさかこんな展開になるなんて、いったい誰が予想できただろう？

……あっ。これは殿下の……。熱い……うわ……

ちょうど内腿《うちもも》のところに硬く怒張《どちょう》したものが当たっている。先ほど果てたばかりなのに、それは完全に復活し、力がみなぎっていた。

それをそっと太腿《ふともも》で挟み込むと、彼は堪《こら》えかねたように小さくうめき声を漏らす。

「アリーセ……。もう一度、よいか？」

掠れた声で懇願《こんがん》され、アリーセはコクンとうなずいた。

◇　◇　◇

「殿下！　お願いですから、お、おやめください。そこだけは、あっ……ダメッ……！」

アリーセは寝台で仰向けになり、ジタバタとのたうち回る。

しかし、ジークハルトの手により、両腿《りょうもも》はしっかりと押さえつけられた。

彼の手に力がこもり、太腿《ふともも》はより大きく開かれ、ひらりと秘裂の花びらが開く……

「嫌だと言うが、こんなに蜜がこぼれているではないか。ほら……」

濡れた舌が、ぬるりと割れ目を舐め上げる。腰がぞくぞくっとして、悲鳴を上げそうになった。

アリーセにはお構いなしで、ジークハルトは舌先を秘裂に挿し入れ、蜜口に沿って這わせはじめる。

「あっ……あぁんっ……。やぁっ……」

尖《とが》った舌先で、チロチロッ、と花芽をつつかれ、堪《こら》えきれず腰が跳ねた。

あああんっ……!!　もおおおっ……く、くすぐったくて、我慢できないっ……

とろとろり、媚肉から次々と蜜が染み出し、それが雫《しずく》となって下へ垂れていく。

とうに日は昇り、窓からはうららかな陽光が差し込んでいた。それが、仰向けで大胆に股を開いたアリーセと、秘裂に鼻先を埋めるジークハルトの痴態《ちたい》を、明るく照らし出している。

「そなたは本当に綺麗だ。ほら、こんなに花びらが開いて……私の小さな花。可愛らしい花……」

まるで親猫が生まれたての子猫にするみたく、慈愛のこもった舐めかたに、意識が遠のく……

……あ。殿下……。舌が……す、すっごい優しい……。あぁ……好き……

屈強な体つきに反し、口づけやこれをする時、彼は驚くほど繊細で情緒豊かだった。

「アリーセ、可愛い。好きだ。大好きだよ……」

愛おしさのような温かいものが、舌先から細く送り込まれてくる。それを感じ取ると、肉体が悦《よろこ》びに満ち、花芽は大きくほころび、蜜はしとどに溢れ出した。

ああ、気持ち……よくて……。もう、あなたにすべてを捧げたい。命がなくなったっていい……

「ここはまだ、私しか知らぬ。純粋無垢《むく》な美しい花だ……」

ぴちゃ、ぺちょっ、と舐める音が遠くで響く。そこは唾液《だえき》と蜜にまみれ、花びらはふにゃふにゃにふやけ、ぐちゃぐちゃに溶け落ちそうだった。

指先が、クリクリッと硬い花芽をこね回し、大きなうねりのようなものがせり上がってくる。

「あ、あぁっ……。んんっ、で、殿下っ……！　そこぉ、やめっ……あぅっ……」

こねられるたびにジンジンした快感が弾け、どんどん張りつめていき、のっぴきならなくなった。

「アリーセ。遠慮はするな。好きなように達するがいい。さあ……」

んんんっ……。やっ……やだっ……。すごい、やらしいよぉっ……

尖《とが》った小さな花芽を、指先がクリッと押しつぶした。

「……んんんっ!!」

股関節が、ぎゅーっと緊張し、腰はガクガクッとわななく。

せり上がったなにかが、ぶわっと大きく弾け、絶頂に達した。

ああぁ……。あ、な、なにこれ……すご……

ふーっと意識が遠のき、さざ波のように股関節からゆるゆると力が抜けていく……

ああ……気持ちいい……。けど、こ、こんなの……は、恥ずかしいよぉ……

こんな、発情した獣みたいに、性器の快感に震える痴態《ちたい》を見られたくなかった。

「達するとこんな風になるのだな。ほら、洪水みたいに溢れてくる……」

秘裂についた蜜を、れろり、と舌先が丹念にすくい取っていく……

達したはずなのに満たされず、物足りなさは消えなかった。なにかそれ以上を求め、媚肉がひくつき、飢えにも似たものが下腹部に閃《ひらめ》く。

それは、うまく言葉にならないもので、もどかしかった。

ジークハルトが膝立ちになると、すらりとそそり勃ったものが目に映る。

アリーセは自然に湧いてきた唾《つば》を、こくん、と呑み込んだ。

それは長く、太く、巨大で、頑強《がんきょう》な肉体にそぐわしい、雄々しさと力強さがあった。それがどう使われるのかを、すでにアリーセは知っている。

矢じりのように膨らんだ先端から、つつーっと透明な液が垂れるのが見え、鼓動が速まった。

あれを、私のあそこに、きっと……

「アリーセ、今度は痛くないから大丈夫だ。ゆっくりするから、嫌だったら言うんだぞ？」

幼い子をあやすように言われ、素直にうなずく。

つるりとした先端が花びらに触れ、不安よりも期待のほうが高まる。もしかしたら、これが足りない感じを満たしてくれるのかも……

ずぷり、と先端が蜜口から潜《もぐ》り込んできた。

硬い雄棒が、ずぶずぶ……と狭い膣道を割り拡げ、挿入《はい》ってくる。

媚肉を擦られる、とろけるような痺《しび》れに、アリーセの喉が小さく鳴った。

痛くない、というジークハルトの言葉どおり、蜜壺はすんなり巨大な雄棒を呑み込んだ。

……あ、でも……んんっ。すごく、お、おっきい……

「……んくっ。きっついな……」

ジークハルトはうつむいて眉をひそめ、それでも腰を進めてくる。

根元まですっぽり収まると、巨根がみちみちと蜜壺を押し拡げ、窮屈《きゅうくつ》な感じがした。

ああ……。殿下の、あったかぁい……。好き……

奥のほうをグリリッと抉《えぐ》られ、そこにピリッと刺激が弾け、「あぁん」と嬌声《きょうせい》が出てしまう。

「……動くが、よいか？」

切羽詰《せっぱつ》まったような、掠れた声。

小さくうなずくと、彼は続けて言った。

「ゆっくりするから、痛かったら言うんだぞ」

丁寧に気遣ってくれるのがうれしく、ますます好きな気持ちが大きくなる。

恐る恐る、といった様子で、ゆっくり彼は動きはじめた。寄せては返す波のように、腰を引いては突き出し、腰を引いては突き出しを繰り返す……

硬い雄棒が前後しながら、にゅるにゅると媚肉に擦れ、だんだん滑らかになっていく……

あっ、あ、あれ……。な、なんか、きもち、いいかも……？

ゆりかごのように揺らされながら、とても気持ちよくて恍惚《こうこつ》となった。ゴリゴリした異物感は完全に消え、生温かい蜜が潤滑油になり、雄棒と媚肉がとろとろに馴染んでいく……

あん、あっ、あぅっ、殿下、すごい優しい……。んっ、優しく突いてくれてる……

「……大丈夫か？」

声もすごく優しくて、鼓膜までとろけそうだった。

「はい。き、気持ち……よくて……」

「ん……」

彼が上体を前に倒すと、銀髪がサラッと頬に触れたと思ったら、唇を唇で柔らかく塞《ふさ》がれた。

そっと舌先を絡め取られ、ゆっくりと貫かれながらさされる、砂糖よりも甘い口づけ……

「……んふ……」

耳の裏がじんわり熱くなり、意識がふーっと遠のいた。

あまりの心地よさに、下腹部の芯がつぅーんと痺《しび》れ、前後に動く雄棒をキュウッと締《し》めつけてしまう。

「……ん！　くはっ……!?」

驚いたように彼はピタッと動きをとめた。

とたんに奥のほうが虚しくなり、媚肉がますます硬いものに絡みついていく……

「あ、あぁ……すごい……。こんなに締《し》めつけてきて……アリーセッ……」

なにかを強く堪《こら》えているのか、彼の息が荒くなり、声は上ずっている。

ご、ごめんなさいっ。けど、動いてくれないと、勝手に締《し》めつけちゃうよ……

焦りながら内心詫びるも、自分の性器までコントロールできない。ダメだ、やめなきゃ、と思えば思うほど、まるで雄棒にすがりつくように、蜜壺はきゅっとすぼまった。

「ごめんなさい。殿下、痛いですか……？」

こわごわ聞くと、額《ひたい》に汗した彼は首を横に振る。

「まったく痛くない。むしろ、そなたにこのように絞られるのが、堪《たま》らなく気持ちよいのだ……。むちゃくちゃに突きまくりたくなるのを、我慢している……」

むちゃくちゃに突きまくる……

それはとても甘美《かんび》な響きだった。

もっと深く奥まで、もっと激しく突いて欲しい……そんなはしたない欲望が密かに芽吹《めぶ》く。

そしたら、もっと気持ちよくなって、もっともっと、いやらしく……

「ん？　どうした？　アリーセ……」

ほっそりした指が、唇に触れる。何度も吸われたせいで、そこは少し腫れぼったくなっていた。

「……てください。もっともっと……」

聞き取れなかったらしく、彼は「え？」と目を見開く。

「あの、もっと、強くしてください。もっと激しくして……」

小さな声で哀願《あいがん》すると、彼の美しい顔がさっと紅潮《こうちょう》した。

それを目にし、なにかとんでもないことを言ったのかと、こちらまで恥ずかしくなる。

「よいのか？　よいのか、アリーセ。そなたの許しがあるなら、私はそうしたいが……」

言いながら、すでに彼は抽送《ちゅうそう》をはじめていた。

さっきより速く、さっきより強く、雄棒は繰り返し奥まで滑り込んでくる。

あっ、あっ、あぁっ、いいっ、そこっ……

掻き混ぜ棒みたいに、蜜壺の奥をグチュグチュと掻き回され、腰のうちがじぃいんと甘く痺《しび》れた。

彼の両手が両方の腰骨をやんわりと掴み、引き寄せるようにしながら、何度も腰を叩きつける。

ズゥンッ、と快感の衝撃とともに、なにかか一気にせり上がった。

ああぅっ……。ふ、深いよっ……。そこぉっ……

ズン、ズン、ズンと雄棒は容赦《ようしゃ》なく乱れ突き、快感はどんどんせり上がり、張りつめる……

「アッ、アリーセッ……すまぬ。私はっ、そなたとずっとこうしたかったのだっ……。アリーセ、可愛いアリーセッ……！」

彼は息を乱しながら汗を飛び散らし、腰をいやらしく振り続ける。

いつもは冷静沈着で高潔《こうけつ》な王太子が、まるで発情期の野犬の如く息を荒くして性交している様は、とてつもなくいやらしかった。

あっ、あっ、あぅっ、でもっ、きもち、よくて……きちゃうっ。なんか、きちゃうよっ……

激しく前後する腰の動きがひどく淫《みだ》らで、けど、息もできないほどドキドキする……

猛《たけ》りきった雄棒が、甘い火花を散らしながら媚肉を引きずり、矢じりが最奥《さいおう》を抉《えぐ》った。

「……っ⁉」

張りつめたものが、パアンッと弾け、意識が白く飛ぶ。

うわわっ……すごい……

腰骨を掴んでいる指に力が入り、さらに彼のほうへ引き寄せられ、矢じりがグニャッと内臓を押し上げる心地がした。

あっ、と思った瞬間。

びゅるるるるっ、と熱いものがお腹の奥で勢いよく噴き出す。

「……んくっ……」

ジークハルトは秀麗《しゅうれい》な眉をひそめ、小さくうめきながら、どんどん精を吐き出した。

筋肉のすじが美しく浮き出し、たくましい胸筋の間を、汗の雫《しずく》がいくつも滑り下ちていく……

あぁ……。すごい……素敵……。気持ちよくて、あったかい……。殿下……

うっとりと白い愉悦《ゆえつ》の波をたゆたいながら、どんどん注《そそ》ぎ込まれる精の温かさを感じていた。

蜜壺が満ちていくとともに、自分は女なんだな、動物なんだなと実感し、本能の部分まで満たされていく……

精がたっぷり吐き出され、長い吐精の時間がようやく終わると、ジークハルトはすまなそうにつぶやく。

「すまん。溜まっていた上に、そなたとできたことがうれしくて、それで……」

はにかんだようにモジモジする彼が、普通の男性のように思え、愛おしさがぐっと高まった。

「殿下。あの……あの……」

大好きです。

という部分は、声にならなかった。けど、ちゃんと伝わったらしく、彼は不意をつかれたように頬を赤らめる。

次に小声でささやかれた言葉は、過激なものだった。

「これより三日間、そなたが孕《はら》むまで何度でもする。朝から晩まで、力の限りそなたを愛し続けるから、そのつもりで」

そのあとされた深い口づけは情熱的で、胸が熱くなった。

◇　◇　◇

ジークハルトは激しい興奮に打ち震えていた。

アルノーもといアリーセの膣内は熱く、狭く、よく濡れ、きゅうきゅう締《し》めつけてくる。

初めて挿《い》れた時の硬さは消え、媚肉は柔らかく雄棒を呑み込んでいた。

やっと……やっとだ。どれほどまでこの瞬間を待ちわびたことか。ようやくこれで私のものになった……！

すでに日は高く昇り、丸いアーチ型の掃き出し窓から、午後の日差しがさんさんと降り注いでいる。それは、寝台の上で濃厚にまぐわう、二人の肢体《したい》を明るく照らし出していた。白い敷布は乱れて波打ち、あちこちに飛び散った体液の跡が、激しすぎる交合を物語っている。

仰向けに寝そべったアリーセは、右手でジークハルトの手を握り、左手は敷布をぎゅっと掴んでいた。短く切られたブロンドの毛先はピンピン撥《は》ね、ダークゴールドの瞳は涙で潤《うる》み、まぶたはうっとりと半分閉じられている。何度も吸われた唇は朱色が差し、ふっくらと艶《つや》めいて見えた。

ああ、可愛い……可愛すぎる。可愛くてもう、堪《たま》らない……。彼女はなぜ、こんなにも可愛いんだ？　私は妙な術でもかけられているのか……

たとえるなら、月夜に美しく咲いた、一輪の小さな花だ。血塗られた手では決して触れることの許されない、可憐で清純な花みたいだ。

その花を力任せに手折《たお》り、強い握力でぐしゃぐしゃに握りつぶす……そんな背徳的なイメージに、ジークハルトは囚われていた。仄暗く、冷たい空気の中、破瓜《はか》を果たした感触が、ありありとこの肉体に刻まれている。可愛くて、純真無垢《むく》だった少女が今、まさに自分の手によって、艶《あで》やかな大人の女に生まれ変わった。

とはいえ、首から下はお世辞にも「可愛い」とは言いがたい。一点のシミもない、新雪のような肌はほんのり桃色に上気し、汗がきらきらと輝いている。芸術的なデコルテの下には、度肝を抜くような肉感的な乳房が、ぷるんぷるんとたわわに実っていた。

大きすぎはしない。だが、大小で言えばかなり大きく、ぷるっぷるに張りつめ、先端の蕾《つぼみ》はちょこんと控えめで、エロティックな色と形をしていた。それを目にした雄は、めちゃくちゃに欲情し、したくてしたくておかしくなってしまうほど、魔性の魅力がある。

憑《つ》かれたように五本指を伸ばし、両手でみずみずしい乳房を掴んだ。いやらしく揉みしだくと、弾力のあるそれは、ぷるん、ぷるん、と元気よく手を弾《はじ》き返す。先ほどたっぷりしゃぶった蕾《つぼみ》は、石のように硬く尖《とが》り、コリッ、と手のひらをくすぐった。

うわっ……。こ、これは……何度やっても堪《たま》らない……

ふわふわした乳房と、コリコリした蕾《つぼみ》の差異が、ひどく情欲を煽《あお》るのだ。もみもみと柔らかさを味わうと、ますます雄棒に硬く力がみなぎる。

「……あっ」

驚いたように、アリーセが腰をぴくっとさせた。

「どうした？」

優しく問うと、アリーセはおずおずと言う。

「あ……なんか、膣内で大きくなったみたいで。殿下の……」

恥ずかしそうに頬を染める彼女が、身悶《みもだ》えするほど可愛らしく、自ずと腰が前後に動きはじめた。

雄棒が媚肉を掻き分け引きずられ、ズボズボと抜き挿しが繰り返される……

ギシッ、ギィッ、と寝台がリズミカルに軋《きし》む音に合わせ、己の息が切れる音が響いた。

んくっ、こっ、これはっ、いい……。す、すごい……いいっ……

ぷるんぷるんの乳房を揉み回しながら、ぬるぬるの媚肉に雄棒を滑《すべ》らせるのは、たとえようもない愉悦《ゆえつ》だった。理性は吹っ飛び、無心に快感を追い求め、発情した野犬の如く腰を振りたくる……

「あっ……あっ、んっ、んっ、いいっ……んんっ……」

そこが感じるのか、奥のほうを狙って突くと、彼女は喉を引きつらせた。

絡み合った二人の肢体《したい》は、律動に合わせて揺れている。彼女は身を差し出すように頭上へ両腕を振り上げ、両足を大胆に開き、気持ちよさそうに身をくねらせた。

あまりに扇情的な巨乳に比べ、腰は驚くほどほっそりしている。騎士として鍛えているだけあって、健康的な腹筋のすじが縦にすーっと下り、その下にある臍《へそ》が前後に行き来していた。

臍《へそ》の下に触れると、薄い皮膚をとおした下で、己の雄棒がむちゃくちゃに暴れ回っている。無駄な肉のついていない薄いお腹は、雄棒の形に沿い、うっすらと隆起していた。

華奢《きゃしゃ》な腰も腹も綺麗だ……。これは、私のものが浮いて……

腰の動きに合わせ、薄いお腹から突き出ている小さな突起が、いやらしく上下に動く。それを目で追っていると、どうしようもなく興奮が高まった。

「あっ、あぅっ、あぁっ、き、きもち、いい……」

彼女は恍惚《こうこつ》とした表情であえぐ。その、幼子がするような親指の爪を噛む仕草がいじらしく、胸がきゅんとした。

とろりとよく濡れた媚肉が、雄棒にまとわりつき、淫《みだ》らに締《し》め上げてくる……

う、うわっ……。こ、これはっ……堪《たま》らない……

その、涎《よだれ》が垂れるほどの気持ちよさに、腰が抜けそうだった。

んっ、くっ、と……とろとろで、あぁ、もう、とろけそうだ……

大きな乳房を寄せ、下から思いきりたくし上げると、苺のように膨らんだ蕾《つぼみ》がそそり勃つ。矢も盾も堪《たま》らず、顎《あご》を下げて舌を突き出し、その薄桃色の小さな果実にむしゃぶりついた。ちゅうちゅうと吸い上げ、舌でコロコロ転がすのに没頭する。それは熟した苺のように甘く、とろけるような媚肉の柔らかさもあいまって、射精感がじわりとせり上がってくる。

ああ……。アリーセ、好きだっ……

胸の蕾《つぼみ》を交互にしゃぶりながら、腰の筋肉に力を入れ、突きまくった。雄棒を根元まで潜《もぐ》り込ませ、蜜壺の奥のほうに先端を擦りつける。彼女は、そこを突かれるのにめっぽう弱く、すぐに達するのがわかったし、自分もそこを突くのが一番気持ちよかった。

先端がそこを抉《えぐ》るたび、にゅるりとした摩擦が生じ、尻から腰へ痺《しび》れるような快感が走る。ぐちゃっ、ぶちゃ、と小刻みに水音が響いた。

あっ、うっ、くぅっ、こ、こんなの、すぐに、達してしまいそうだっ……

彼女は目尻から涙を流し、子猫のような声で訴えた。

「……で、殿下っ……。も、もう……イッちゃうっ……」

震える艶《つや》やかな唇にしゃぶりつく。ほころんだ胸の蕾《つぼみ》も、美しく咲く秘裂の花も、唇も腿もどこもかしこも柔らかく、貪欲に食《は》まずにはいられなかった。

彼女はためらいもなく唇を開き、舌を口腔《こうこう》内へ迎え入れてくれる。

生温かい唾液《だえき》が混ざり合い、舌と舌が濃厚に絡み合った。媚肉はぐちゃぐちゃにとろけ、激情に任せて雄棒が膣内を暴れ回る。

とろとろの粘膜が溶け合っていき、二人を隔《へだ》てる境界線が消え、一つになった錯覚に陥《おちい》った。

二人の舌で口腔《こうこう》をいっぱいにさせ、彼女はうめく。微《かす》かに身を震わせ、絶頂に達したのがわかった。

舌を引き抜き、最深部を押し上げるようにして腰をしゃくった、その刹那《せつな》。

彼女がとろんとした目で、乱れた息の合間にささやいた。

「でんか……。好き……」

すごく可愛らしくて愛おしく、ドキン、と胸が高鳴る。

射精感がさざ波のように押し寄せた。

……あっ。

と思った時にはすでに、びゅるるるっ、と精がほとばしり出ていた。

う……あ……ああ……

熱いものがどんどん尿道を通り抜け、びゅーっ、びゅーっ、と勢いよく放たれていく。

強烈な快感に打たれ、腰から全身がじぃぃんと痺《しび》れ、意識が飛びそうになった。

あ……あ……アリーセ、可愛い……。なんて可愛いんだ……

ぎゅっと抱きしめ、ゾクゾクと腰を震わせながら、精をたっぷりと注《そそ》ぎ込む。

さっきも出したはずなのに、あり得ないほど大量の精が、どんどん吐き出されていく……

くっ……。精が……止まらぬ……

「……んんっ。いっぱい、出てる……好き……」

彼女は気持ちよさそうに、夢見心地でつぶやいた。

潤《うる》んだ瞳はこちらを見つめ、静かに呼吸しながら、子種をすべて受けいれてくれる。

私も好きだ、アリーセ……。心臓がドキドキして……壊れそうだ……

最後の一滴まで吐き尽くしても、彼女を求める衝動が止まらない。

それは狂気に近いような、熱く黒々した情動だった。

もっと抱き合って、もっともっとまぐわって、彼女と二人きりで淫行の限りを尽くしたい……

女性を相手にこんな気持ちになったのは初めてだ。

そして、これが最後であろうこともわかっていた。

たぶん、世継ぎを作るというのは、口実でしかない。

私はアリーセと二人きりになりたかった。私の気持ちを伝え、どう思うか知りたかった。そして、腕の中に閉じ込めて我がものにし、好きなだけ愛《め》でたかった。

是が非でも、アリーセを抱きたかったのだ。

まるで色狂いのように、心から堪《たま》らなく、どうしようもないほどに……

◇　◇　◇

時に優しく、時に激しく、アリーセはジークハルトの情熱を一身に受け続けた。

嫌な感じはまったくない。ドキドキしたり、たまに驚いたりしたけど、あるべき軌道に自分が乗っているような、深いところで満たされる感覚があった。

豪雨でできた濁流《だくりゅう》が、やがて大海に流れ込むように、ジークハルトの激しい情熱に身を委《ゆだ》ねれば、きっと正しいところにたどりつける……そんな確信があるのだ。

——流れに身を任せることが肝要《かんよう》じゃ。あんたがジタバタしても、しなくても、行き着く先は変わらんよ。

フラーマベルクで出会ったジガーナの老婆の台詞《せりふ》は、このことを暗示していたんだろうか？

抱き合っているうちに、彼のことを深く知っていく。彼の体温や心音、瞳のきらめきや息遣い、うねる筋肉質な肉体や、刹那《せつな》に変わる表情が、たくさんの情報を伝えてきた。

冷淡なようで情熱家だったり、豪胆《ごうたん》に見えて繊細だったり、鋭すぎる感受性を守るために高く築かれた心の壁も、少年みたいに無垢《むく》な一面があることも、すべてを受けとめるうちにわかってくる。

よくよく考えれば当たり前だった。彼はレーヴェ王国の王太子である前に、一人の人間なのだから。立場や肩書という硬い殻で覆われてはいるけど、内側には生身の男性がいる。

注《そそ》がれる彼の眼差しは慈《いつく》しみに溢れ、アリーセと呼ぶ声色には優しさがあったから、どんなに荒々しく突かれても、どんなに淫《みだ》らな格好をさせられても、悦《よろこ》んで受けいれられた。

進行している事態は異常だったかもしれない。

けど、なにも不安はなかったのだ。

嵐のような情交の果てに、アリーセはようやく眠りについた。たくましいジークハルトの胸に抱かれ、あやすように背中を撫でられ、心地よい疲労を覚えながら……

「そなたが好きだ。アリーセ……」

最後にそうささやかれたのを、夢うつつに聞く。

それは温かく、幸せで満ち足りた、深い眠りだった。外の社会ではインゴル公爵暗殺、さらにノイセンとインゴルの戦争という不穏な報《しら》せばかりなのに、閨《ねや》の中の二人は不思議なほど安らいでいた。

いつか、外界と折り合いをつけなきゃいけないのはわかっていた。けど、今はその時ではない。

ぐっすり眠って目を覚ますと、鈍《にぶ》い筋肉痛はあったものの、気分爽快で元気いっぱいだった。

かなり長く眠っていたらしく、すでに日は落ち、窓の外は暗闇に閉ざされている。

それから、ジークハルトに許されて、城の浴場に入った。侍女たちに甲斐甲斐しく世話を焼かれ、髪の毛先から足の爪先《つまさき》までピカピカに磨き上げられる。異国の石鹸や、上質な香油も使わせてもらい、まるで貴婦人の如く体中からいい香りが漂った。

そういえば、ヴィントリンゲンの家にいた時は、私も香油を使っていたっけ……

そんなことを考えながら、鏡に映った己の裸体を目にし、ぎょっとした。

そこには見たことのない、艶《なま》めかしい肢体《したい》の女性が、目を丸くしている。

……やだ。これって、私の体……？

肌がつやつやに光り、乳房はより丸くふっくらと張りつめ、先端の蕾《つぼみ》は大きくなって朱色が濃くなり、やけに「大人の女のカラダ」という感じがした。

以前は自分の体が大嫌いだったけど、今なら好きになれる気がする。ジークハルトが時間を掛け、一つ一つのパーツを愛撫し、「綺麗だ」「可愛い」「好きだ」と絶賛してくれたから。

憧れの殿下が好きなものなら、私も好きになれそう……

今のアリーセは、彼を好きな気持ちでいっぱいだった。

高級そうなネグリジェを着せられ、ふたたび王太子の寝室に戻ると、小さなテーブルに美味しそうな焼き菓子やフルーツが盛られている。焼きたての甘く香ばしい匂いに、空腹だったアリーセのお腹が小さく鳴った。

そのあと、ジークハルトの膝の上で食事をする……という信じられない事態に陥《おちい》る。

「王太子権限で完全に人払いはした。我々を邪魔するものは、なにもない。二人きりの短い蜜月を楽しもう」

アリーセを膝に抱え、裸体に布を巻きつけた姿のジークハルトはそう言った。

……短い蜜月。

胸のうちに暗い影がよぎる。そう、二人の時間には刻限がある。忙しいジークハルトに許された時間は、たったの三日。つまりあと二日しかない。

しかも、そのあと彼は戦地に赴《おもむ》き、命を落とすかもしれない。

「暗い顔をするな、アリーセ。せっかくの二人の時間が、台無しになるだろう？」

ジークハルトはうしろからささやいた。アリーセは背中を抱かれる形で彼の膝に座っている。

「大丈夫だ。私は、強い。そなたも知っているだろう？」

それは知ってる。けど、戦になれば……

「そなたのおかげで、私はもっと強くなれる。そなたを守るためなら正直、一万の兵を相手にしても負ける気がしない」

「殿下……」

彼の唇が、耳輪に触れた。

「今を慈《いつく》しもう。今という瞬間を精いっぱい感じよう、アリーセ。私はずっとそうして生きてきたし、これからもそうするつもりだ」

今を精いっぱい慈《いつく》しむ……

そうするのは難しいけど、彼らしいなと思った。いつも迷いがなく、姿勢を正して前を向いている彼はきっと、たくさんの哲学を持っているんだ。

……今を精いっぱい慈《いつく》しむ。

彼の大きな手を取り、その長い指に口づけした。

手のひらを頰に当てると、柔らかくて、温かい。

「心配は尽きませんが、今という時間を大切にします。せっかく殿下がくださった時間だから……」

「アリーセ……」

うしろから唇を求められ、振り向いて口づけに応じた。

こうしてジークハルトの膝の上に抱えられ、髪やら耳やらうなじやらに口づけされていると、ここは夢の世界で、そこで自分が飼い猫になった気分になる。

それから、見るからに美味しそうな焼き菓子を、お腹いっぱい食べさせてもらった。サクサクした食感の生地に、蜂蜜と砂糖がふんだんに使われ、どれもこれも頬っぺたが落ちそうだ。

「さあ、アリーセ……」

ジークハルトは、一切れのパイの先端を、口元まで持ってきてくれる。

それに、パクリと噛みつき、なんだか親鳥からエサを与えられるヒナの気分だった。王太子に食べさせてもらうなんて恐縮してしまうし、なにより恥ずかしい……

「あ、あの……。自分で食べられますから。申し訳ないですし……」

「よいのだ。私がどうしてもこうしたい。そなたに世話を焼くのが好きなんだ」

「殿下は、私のことを赤ちゃんみたいに扱われます」

「……赤ちゃん？　これはまた意外なことを言う」

彼はおかしそうにクスリと笑い、パイを皿に戻した。

すると、ネグリジェの襟から大きな手が滑り込んできて、左の乳房をやんわり掴んだ。

「あっ……」

冷えた指先が、頂きの蕾《つぼみ》を、そろりと愛撫した。

すでにたっぷり愛《め》でられたそこは少しひりつき、ひどく敏感になっている。

くりくり、こり……いやらしい指遣いが、先ほどの淫《みだ》らな性交を想起させ、たちまち蕾《つぼみ》は硬く尖《とが》った。

「……あぁ……」

「そなたは赤ん坊ではない。美しい大人の女だ、アリーセ。私を堕落《だらく》させ、おかしくさせる……」

色っぽい声でささやかれ、うなじがゾクリと粟立《あわだ》つ。

蕾《つぼみ》をそっとつままれ、胸の先端から下腹部まで、じぃーんと甘い痺《しび》れが伝った。

官能的な気分が高まり、ゆるゆると肉体が開いていく……

……あっ。

蜜口がぷわっと開き、どろりと生温かい液が流れ出た。先ほど大量に呑み込んだジークハルトの精と、アリーセの蜜が混ざり合ったものだ。それはどんどん流れ出し、ネグリジェに染みていく。

「アリーセ。そなたは、本当に可愛い。可愛くて、好きだ。大好きだ」

そうささやかれ、ぬるり、と濡れた舌が耳の裏を這う。

ゾクゾクッ、と腰の下まで鳥肌が立った。

ぴちゃ、ぺちょ……舌は耳輪に沿って這い、耳の中に入ってくる。

ぬるぬるしたものに左耳を蹂躙《じゅうりん》され、彼の息遣いが遠のいたり、近づいたりした。

「……んんっ」

胸の蕾《つぼみ》を愛《め》でられながら耳をねっとりしゃぶられ、小さな震えが止まらない。蜜口はますます開き、膣襞《ちつひだ》から新たな蜜が分泌され、密かにネグリジェはびしょびしょに濡れていく……

あぅ……。ま、また、やらしい気分になっちゃう……

うっとりするような、幻想的な時間だった。そこでは身分や立場は消え失せ、丸裸になった二人きりの世界がある。社会からも時間からも切り離され、甘い恍惚《こうこつ》と白い愉悦《ゆえつ》しかない桃源郷《とうげんきょう》……

一歩間違えれば、グロテスクな姦淫《かんいん》に落ちる危険を孕《はら》んでいた。しかし、彼の持つ「大好き」「可愛い」という少年みたいに純粋な愛情が、アリーセを安全なところに繋ぎとめてくれる。

だから、安心してすべてを委《ゆだ》ね、彼の優しさに甘えられた。

やにわに彼は、皿にあった一粒のブドウをつまむと、口を開けて舌に載せた。そして、それを「さあ」という風に、舌で差し出す。

えっ……。食べろということ……？

いいんですか？　と目で問うと、彼は舌を出したまま、小さくうなずいた。

ピンク色の舌の上でそれは、エメラルドみたいに輝いている。

顔を寄せて唇を開けると、彼の舌とともにそれがつるり、と口内に押し込まれた。

……あ。甘酸っぱい……

つるつるした粒を追いかけ、舌と舌が濃厚に絡まり合い、ふんだんに分泌された唾液《だえき》も混ざり合う。唾液《だえき》だけゴクリと呑み下すと、甘い果汁の味がした。ブドウの粒は残り続け、二人の口腔《こうこう》内を行ったり来たりする……

小さな粒がこちらの舌をつーっと滑り、彼の舌に乗り移った。今度は、とろりとした唾液《だえき》とともに戻ってきて、それが振り子のように繰り返される。

口づけはだんだんと淫《みだ》らなものに変わり、ブドウを追っているのかなんなのか、わからなくなってきた。

舌を貪《むさぼ》られながら、彼の腕に寄り掛かるように倒れる。

温かさと心地よさに恍惚《こうこつ》としてまぶたを閉じると、唇の端から唾液《だえき》が垂れ落ちた。

彼の腰に巻かれた布がはだけ、剥《む》き出しになった雄棒がお尻に当たる。それは硬く、ギチギチに巨大化し、挿入を待ちきれないかのように、先端が濡れていた。

これ、殿下のが……当たって……。あ……硬くて、熱くて、すっごいドキドキする……

それをお尻で感じながら、ひどく胸が高鳴った。蜜口は開ききり、とめどない蜜を湛《たた》え、準備は完全にできている。もう間もなく、この雄棒を迎え入れ、奥深く貫かれる甘美《かんび》な瞬間が訪れる……

ジークハルトは信じられないほど精力絶倫で、旺盛《おうせい》な性欲はとどまるところを知らなかった。いつもアリーセを思いやり、強すぎる性欲を抑え、優しく手加減してくれる。

私も、もっと殿下といやらしいことしたい。時間がないならなおさら、もっと激しく、もっと強く、壊されてもいいのに……

身のうちで密かに芽生える、背徳の種。

快楽の鞭《むち》でめちゃくちゃに打ち据えられるのを、期待している自分に気づき、そんな自分が嫌いじゃなかった。

◇　◇　◇

ジークハルトに乞われるまま、アリーセは寝台の上で獣のように四つん這いになった。

お尻を高く突き出し、ぐいっと背筋を反らせ、雌猫のようなポーズを取る。

恥ずかしさもあるけど、それよりも快感のほうが勝った。ジークハルトに命じられ、淫《みだ》らな格好をさせられる時、奇妙な快感が伴う。ひどく罪深い、背徳の悦《よろこ》びのような……

膝立ちになったジークハルトは雄棒を構え、つるりとした先端で蜜口をまさぐる。

そこはすでに精と蜜が混じったもので、ぐっしょり濡れそぼっていた。

両方の尻肉をむぎゅっと掴まれ、心臓がドキン、と胸を打つ。

……あ。くる。

いきり立った雄棒が、ずぶりと挿入《はい》ってきて、息が止まった。

ずぶぶぶっ、と一気に根元まで挿し込まれる。媚肉を擦りながら広げられ、摩擦でひりひりっと刺激が弾け、腰がつぅーんと甘く痺《しび》れた。

あ……お、おっきい……。うしろから挿《い》れられるの、すっごく気持ちいい……

深々と挿し込まれた雄棒が、容赦《ようしゃ》なく抽送《ちゅうそう》をしはじめる。お尻に股間を叩きつけるように、腰はいやらしく前後した。

巨大な雄棒が引いていくと、媚肉が引きずられ、快感の火花が散る。

すぐに、また雄棒が滑り込んできて、最奥《さいおう》をズゥンと突き上げる。

ズンズン、と深部を抉《えぐ》られる心地よさに、壊れた人形のようにへたり込み、敷布に頬を押しつけた。

「はぁっ、はっ、はっ、はぁっ、はっ……」

荒い息遣いと、彼の太腿《ふともも》がお尻を叩く、パンパンという音が、寝室に響く……

片目を薄っすら開けると、寝台のすぐ横の姿見に、獣のようにまぐわう二人が映っていた。

白く丸い尻の谷間に、猛々しい雄棒が水平に深々と突き立てられている。

前後する腰の動きに合わせ、その抜き身の赤い部分が見え隠れした。

それは繰り返し、谷間に吸い込まれていき、そこからビチャ、ブチャッと飛沫《しぶき》が散っている。

「あっ、あぁっ……あぁぁ、あっ……」

よがり声が、喉の奥から出てしまう。喉も声帯も揺さぶられ、細切れになった。

うしろから、つっ、突っ込まれるの、めちゃくちゃ気持ちいいよぉっ……

「く、うっ、アリーセ……。んっ、ああ、いい、すごくいい、アリーセ……。好きだっ……」

腰をいやらしく使う彼の声が、興奮で上ずる。

腰骨を掴まれ、引き寄せながら叩きつけられ、ぐりっと深いところを抉《えぐ》られた。

あまりの深さに思わず、「んふっ」と、うめいてしまう。

ふっ、深っ……。深い……けど、気持ちいい……あぁ、あっ、あんっ……

ガクガクッ、ガクガクッ、視界が前後に揺れる。

ひと突きされるたび、快感がぐうっとせり上がった。

あ、あっ、あっ、あと少しで……。もっと強く、もっと深く、もっと擦りつけてっ……

ジリジリしたもどかしさに支配され、敷布をぎゅっと握り潰し、上半身を支える。

貪欲に快感を追い求め、媚びるように背筋を反らし、お尻を彼のほうに高く捧げた。

彼の腰の動きと一緒に、自然とお尻も振ってしまう。

あっあっ、いっいぃっ、おかしく、なっちゃうっ……

ぶちゃぶちゃっ、ぐちゅぐちょっ、雄棒はリズミカルに蜜を掻き出していく……

急激にせり上がったものが、限界まで張りつめる。

「んんんっ……！」

お腹の奥で快感が、パァンッと弾けた。

あまりの気持ちよさに、一瞬、意識が遠のく……

あああ……。すっごく素敵……。おかしくなりそう……

ぼんやり白い波を漂っていると、彼が動きをとめてくれるのがわかった。

もう何度達したか、数えきれない。たくさん性交しすぎて、体中の粘膜が鋭敏になり、達しやすくなっている。

そんな自分の変化が喜ばしかった。彼が自分に夢中になり、溺愛されている証拠のようで……

しばらくして、腰の動きが再開された。

ふやけた媚肉が雄棒に絡みついていき、擦れ合いながらとろとろに溶け、境目がなくなっていく……

あはぁ……。お腹が……とろけちゃう。気持ちいいよぉ……

ふと見ると、姿見にはお尻を振ってよがる自分の痴態《ちたい》が映っていた。

膨らんだ乳房は床に向かって垂れ、律動に合わせ、ぶるんぶるんと大きく揺れている。

うっとりした顔で股を開き、自ら進んで雄棒を迎え入れるその姿は、淫乱な雌そのものだった。

けど、それは見たことがないほど色っぽくて、綺麗で……

まるで、自分が自分じゃないみたいで、すごくドキドキする。

うしろで躍動するジークハルトは、本当に神話の軍神みたいに美しかった。快感を堪《こら》えているのか、あえぐように唇が少し開かれ、秀麗《しゅうれい》な眉はひそめられている。うしろで束ねられた銀髪は背中まで下り、こめかみから垂れたおくれ毛がゆらゆら揺れていた。上がった顎《あご》の下には、男らしい喉仏が尖《とが》り出ている。発達した筋肉は腰骨に乗り上げ、隆起した大腿筋をバネのように使い、うねり回すように、腰は前後していた。

偉大な軍神に調伏《ちょうぶく》させられている、白い雌猫。たとえるなら、そんな構図に見える。

その時、ジークハルトが少し首を傾げ、色っぽい流し目でこちらを見た。サラリ、と一筋の銀髪が鎖骨《さこつ》を滑り下ちる。

いや、正確には彼は鏡を見たのだ。二人の視線は、鏡の中でしっかりと交差する。

……あっ、嫌だ……。見られちゃった……

密かに盗み見していたのが、見透《みす》かされてしまい、猛烈に恥ずかしかった。

うしろから繰り返し穿《うが》たれながら、顔も体も燃えるように熱くなる。

すると、鏡の中の美しいジークハルトは、ゆっくりと口角を上げた。

……ひどく妖艶《ようえん》に。まるで淫魔《いんま》のように。

あっ、あっ、あ、あぁっ、嫌っ……

鏡に映るジークハルトはまるで別人だった。いつもの紳士的な気遣いや、凛々《りり》しい精悍《せいかん》さは消え失せ、劣情を露《あら》わにした眼差しは、アリーセの肢体《したい》を舐め回している。

青い瞳には情欲の炎がゆらめき、アリーセを犯して食い尽くそうとする獰猛《どうもう》さが伝わってきた。

うしろから貫かれながら、淫《みだ》らな視線にも犯され、ゾクゾクッと産毛《うぶげ》が逆立つ。

それが、恐ろしくて。同時に、途方もない快感で……

この時、はっきり悟った。これが彼の本性なんだと。いつもの、よしよし撫でながら抱いてくれる優しい彼は、仮の姿に過ぎない。

この、獰猛《どうもう》で淫《みだ》らな目をした雄が、彼の本性なんだ。

鏡をとおして見つめ合いながら、腰の速度が上がっていく。

パンパンパンッ……怒涛《どとう》のように叩きつけられる、強靭《きょうじん》な腰。

雄棒は激しく媚肉を擦り回し、みぞおちのすぐ下の最深部をグリグリッと抉《えぐ》る。

「あっ、あっ、あぁっ、いいっ、ダメッ、あぅぐっ……！」

乳房を大きく揺らしながら、あえぎ声が出てしまう。

乱れれば乱れるほど、絡みつく視線は熱を帯《お》び、彼が昂《たかぶ》っていくのがわかった。

全身の筋肉を酷使し、彼は解放に向かって躍動する。激しく息を乱し、汗を飛ばし、無我夢中で雄棒を擦りつける……

あっ、あっ、んっ、も、もっ、もぅっ、イッちゃうよっ……

蜜壺が収縮し、暴れ回る彼自身を、媚肉がきゅぅっと締《し》めつけた。

すると、ジークハルトは苦しげに天を振り仰いだ。汗の雫《しずく》が飛び、乱れた銀髪が宙を舞う。

その刹那《せつな》。

尻の筋肉がぎゅっと引き締まるのが見え、どぼぼぼっ、と膣内で熱いものが噴き出した。

「あぅっ……」

ジークハルトは、腰をふるふるとわななかせ、熱い精をどんどん吐き出していく。

……あぁっ……すごっ……。これ、殿下の……あったかい……

熱が勢いよくお腹の奥に当たるのを感じながら、静かに絶頂が訪れた。

大好きな男性に精を放たれるのは、うっとりするような恍惚境《こうこつきょう》だった。どんどん放たれる精でお腹が満ちていくと同時に、心まで満たされていく……

すごくドキドキして、温かくてうれしくて、もっともっと好きになった。

「あぁ……。す、好きだ……。アリーセッ……」

彼にそうつぶやかれ、胸がきゅんとする。

めちゃくちゃドキドキする……。うしろからされるの、すごく好きかも……

腕や肩から力が抜けていき、お尻は彼に捧げたまま、上半身だけ崩れ落ちた。

断続的に射精はまだ続いている。

んん……すごい……。殿下、格好よかったな……

甘く優しい彼も好きだけど、粗野《そや》で野獣みたいな彼も素敵だった。乱暴に扱われるほど、それが淫靡《いんび》な悦《よろこ》びを与えてくれる。

しかも、彼が野獣と化すのはきっとアリーセの前だけなのだ。そのことがなぜかわかった。

絶頂の余韻《よいん》に浸りながら、少しだけ不思議に思う。

なぜだろう？　なぜ、彼は自分の前ではこんなに変わるんだろう？

……私の中のいったいなにが、彼をそんな風にさせるの？

◇　◇　◇

「やっぱり。夜想亭のあの時、起きてらっしゃったんですね？」

アリーセは、ついとがめるような口調になってしまう。

「……すまん。けど、あの時は仕方なかったんだ……」

ジークハルトは叱《しか》られた子供のようにしょんぼりしている。彼はアリーセの乳房の谷間に鼻先を押しつけていた。

彼曰く、そうするのが一番好きなんだそうで、胸の谷間には男性の夢が詰まっているらしい。なにを言ってるのかよくわからなかったけど、特に嫌ではないし、彼がそうしたいならと抵抗しなかった。

彼の吐く息で、谷間の肌がしっとり潤う。彼は従順な犬のように、谷間に鼻先を突っ込んでじっとしていた。

「どうしても我慢できなかった。少しだけでいい、そなたといやらしいことをしたかったのだ」

と、彼の弁解は続く。

「ほんのちょっとだけ、この乳房をほんのひと揉みだけ……それだけ果たしたら、やめようと思っていた」

そう言いながら、柔らかさを味わうように、両手で乳房をぷにぷにと挟んでいる。

「けど、ひと揉みだけじゃなかったですよね？」

「……すまん」

彼は反省してます、といった様子で小声になる。

「その、揉んでいるうちに止まらなくなってしまったのだ。脱がしてもまったく起きないし、あそこを触ってもまだ寝てるし、これはいけるのではと思ってしまい……」

「いけるのでは、じゃないでしょう？」

「そんなに怒るな。申し訳ないと言ってるだろう？」

「けど、あんなところで王太子殿下が、そんな……」

「安心しろ。あのような乱暴狼藉《ろうぜき》を働くのはそなたが相手の時だけだ」

偉そうに宣言されても、喜んでいいのかどうか、よくわからない。

「それで、触ってみたらびしょびしょに濡れているし、そなたは可愛い声で啼《な》きはじめるし、どうしようもなくなってしまったんだ」

「そんな、まるで私のせいみたいに……」

「あの時も、実に可愛かったなぁ……」

彼は乳房の蕾《つぼみ》をクリクリともてあそび、うっとりした様子で振り返る。

「あそこに指を入れたら、もうぐちゃぐちゃになっていて、きゅっと私の指を締《し》めつけたんだ。もう、堪《たま》らなくなってしまった。そのあと、そなたが我が腕から逃れた時、もう絶望しかなかった。あんな深い絶望は、長い人生でこの一度きりだろう……」

「そんなおおげさな」

あきれるやら、おかしいやらで、笑ってしまう。それに、乳房をいじりながら言われても、あまり説得力がなかった。

殿下って、やたら胸がお好きだよね。それとも、殿方って皆そういうものなのかな……？

こうして彼を胸に抱いていると、ちょっと可愛いなと思ってしまう。いつもは傲然《ごうぜん》と家臣に命令を下し、容赦《ようしゃ》なく敵の首を刎《は》ねる豪傑《ごうけつ》なのに。

うしろ頭をそっと撫でると、きらびやかな銀髪は驚くほど柔らかく、すべすべしていた。まるで絹糸のように指先に絡まり、サラリと滑り落ちる。

時の流れとは非情なもので、楽しければ楽しい時間ほど、あっという間に過ぎ去ってしまう。二人で愛し合ったり、恋人のように食事をしたり、一緒にお風呂に入ったりしているうちに、とうとう約束の三日目になってしまった。

「……夜になったな」

ジークハルトがポツリとつぶやいた。

窓の外は闇に閉ざされ、城内の静寂が際立つ。この三日間、必要な時に侍女が顔を見せただけで、二人の世界が邪魔されることはなかった。城の高官たちは王太子との約束を守ってくれたらしい。

それはすなわち、こちらも約束を果たさねばならないということ。四日目の朝にジークハルトは剣を取り、兵を率いて戦地クルムゲンに赴《おもむ》き、アリーセはオーデンに戻らなければならなかった。

「そなたに、これを預けよう」

ジークハルトは身を起こし、首から下げたネックレスを外し、アリーセに手渡す。

「これって……」

それは小さな指輪だった。

よく見ると、狼《おおかみ》らしき古代の神をかたどった純金製で、ずしりと重みがある。

「大地の神、シファーだよ。母のマルガレーテが私にくれた形見だ」

「亡き王妃様の……」

ルートヴィヒ王の正妃マルガレーテはジークハルトの実母であり、絶世の美女と誉《ほま》れ高い王妃で、もう二十年以上も前に亡くなった。ジークハルトが五歳の時で、アリーセはまだ生まれていない。

ジークハルトの類まれな美しさは、マルガレーテの血を引いているからともいえた。ジークハルトは幼い頃、マルガレーテの生き写しだとよく言われていたらしい。

「おおお。そなたの指にぴったりの寸法だな。まるでそこに収まるべくして、私に引き継がれたみたいだ」

「このようなもの、恐れ多すぎて私にはとても頂けません……」

恐縮して指輪を外そうとすると、ジークハルトはそれを押しとどめた。

「どうしてもそなたに持っていて欲しい。婚前に指輪をするのが嫌なら、こうして首に掛けておけばよい」

「いえ、そういう問題では……」

「そなたに持っていて欲しいのだ」

ジークハルトは真剣な目で、指輪ごとぎゅっと手を握った。

「私がいない間、これを見て私を想って欲しい。もし私に万が一のことがあったら……これを渡せるのは、今しかないのだ」

殿下に万が一のことがあったら……

想像するだけで涙腺が熱くなり、込み上げてくる。

すると、ジークハルトがぎょっとした様子で言った。

「だ、大丈夫だ。私はちゃんと帰ってくる。万が一の、億が一の、たとえばの話をしているだけだ。ほら、泣くな。真に受けるな……」

優しく抱きしめられ、よしよしとあやされ、少し安心して鼻をすする。

「きっとその指輪はそなたを守ってくれるだろう。……受け取ってくれるな?」

一抹《いちまつ》の不安と、深い喜びを胸に、小さくうなずく。

亡き王妃の形見という、彼がもっとも大事にしているものを預けられるのはうれしかった。すごく大切に思われているのがわかるから……

今も、自信があるわけじゃない。自分なんて自分なんてと、卑屈《ひくつ》さに負けそうになる。

……けど。

指輪をした薬指をぎゅっと握りしめる。それは少し重く、しっくりとはまり、二人を繋ぎとめてくれる気がした。

彼を好きな気持ちだけは誰にも負けない。王太子という重責《じゅうせき》を担う彼を、若く野心に燃えた一人の男性を、誰よりも応援したかった。

だから、自信のなさからくる不安で、彼の足を引っ張りたくない。

私も胸を張り、顎《あご》を上げ、まっすぐ前を向いて生きていきたい。あなたみたいに凛として、たった独りで生命を燃やし尽くすような、一瞬の閃《ひらめ》きみたいに……

そう思って胸が苦しく、切なくなり、想いを込めて見つめた。

「アリーセ。待っていてくれ」

こちらを見下ろす瞳は切ないほど青く澄んで、思いやりに溢れている。

そのあと、重ね合わせた唇が優しくて、泣きそうになった。

◇　◇　◇

「こうして見ると、容姿端麗な男性騎士みたいだな。多少、あどけなさはあるが……」

ジークハルトは腕組みをし、騎士の正装に着替えたアリーセをつくづく眺める。

「お恥ずかしい限りです。申し訳ございません……」

彼を騙《だま》していた手前、アリーセは堂々と振る舞えなかった。

約束の三日間が終わり、翌日の早朝。白々と夜が明けはじめ、遠くで鳥がさえずり、そこら中に春の息吹を感じる。

アリーセは先に騎士の宿舎に戻り、報酬を受け取ってから、薬を買いにいく予定だった。いっぽうジークハルトはこのあと、高官たちとの軍事会議がある。

ここで二人はいったん別れ、それぞれのすべきことをしなければならない。

アリーセはふたたびコルセットを巻き、騎士アルノーに戻ったが、左手の薬指には小さな金の指輪が輝いていた。

「やはり、そなたには中性的な魅力がある。姿を目にした男も女も一瞬で虜《とりこ》にしてしまう、魔性の魅力だな」

ジークハルトにしみじみと言われ、照れくさい心地になる。

「そ、そうですか？　そんな風に言われたのは初めてで……」

つと、彼の親指がおとがいを引っ掛け、上を向かされた。

すぐそこで切れ長の双眸《そうぼう》が、うっとりとこちらに見入っている。

それはまさに恋する男性の表情そのもので、何度見てもドキドキが止まらなかった。

彼にこんな顔をさせる自分が、本当に美しい淫魔《いんま》にでも化けた錯覚に陥《おちい》って……

精緻《せいち》な細面《ほそおもて》が斜めに傾き、スルッと一筋の銀髪が滑り下り、端整な唇が近づいてきた。

うららかな光に包まれ、熱く交わした口づけは、三日間の記憶を蘇《よみがえ》らせる。この肉体にありありと刻まれた、淫《みだ》らで激しい情交を生々しく、色鮮やかに……

……あぁ……

蜜壺を抉《えぐ》り回すように暴れる、硬く、巨大な雄棒。獣の交尾のように卑猥《ひわい》に犯され、何度も執《しつ》拗《よう》に膣内で射精された。逃れようとしても、猛《たけ》りきった雄棒は追いすがり、狙いすまして奥まで挿入《はい》ってくる。愛されているのか、貪《むさぼ》られているのか、わからなくなり、恥ずかしい格好で数えきれないほど絶頂を与えられた。

――好きだ。アリーセ。

汗と体液にまみれながら、どうにか肺に空気を入れる。彼の唇からこぼれるささやきだけが、アリーセを現世《うつしよ》にかろうじて繋ぎとめてくれた。

堪《こら》えきれずに彼が精を放つ瞬間、ぐっとこめられた握力で、肩やお尻に薄っすら痣《あざ》ができた。お腹や二の腕や太腿《ふともも》など、柔らかいところを集中的に吸い上げられ、肌のあちこちに朱色の痣《あざ》が散っている。乳房の蕾《つぼみ》や秘裂の花芽は、しつこくしゃぶられたせいで粘膜が荒れてひりひりし、布が少し触れるだけで飛び上がるほどの刺激になった。

たっぷり放たれた精を湛《たた》え、蜜壺は常にぐちゃっとし、下腹部がたぷたぷする感じがする。いまだに、硬い雄棒が深々と収まっている幻覚がよぎり、膣内で勢いよく精が噴き出し、子宮口を叩く射圧の感触がまざまざと蘇《よみがえ》った。

わ、私、すごくいやらしい体になってしまった……？

気怠《けだる》い疲労感が嫌いじゃなくて、彼の手によって作り変えられたこの体が、以前よりも愛おしかった。

「ああ……。アリーセ……」

口づけの合間に、彼があえぐように声を漏らす。

いつの間にか、お別れの口づけがひどく官能的なものに変わっていた。

息もできないほど濃厚に舌がもつれ、腰に置かれた手にぐっと抱きしめられ、硬く怒張《どちょう》したものがお腹に当たる。

あ、硬い……。すごい……また、大きくなってる……

若く、血気盛んなジークハルトは、旺盛《おうせい》すぎる性欲を持てあましていた。一度果てても、少し休憩したら復活し、より力強く雄々しく勃ち上がる。そうして、一滴も漏らさずアリーセに注《そそ》ぎ込もうとするのだ。まるで、生き急いでいるみたいに……

最終日の昨晩は、二人してぐっすり眠ったから、とっくに回復したらしい。

彼の手は早業《はやわざ》でアリーセのズボンを下ろし、気づくと下着までずり下ろされていた。

「あ、あのっ……ちょ、ちょっと……」

「頼む、アリーセ。後生《ごしょう》だから、今一度だけ……」

声は弱々しい癖に、指はもう秘裂をまさぐっている。

「あぅぅっ……」

「ほら、もう、こんなに濡れている……」

彼はうれしそうに、ぐちゅぐちゅと音を立ててみせた。

だ、だって、すっごい敏感になってるから触られただけで、もうっ……

着衣して立ったまま、ズボンだけ膝まで下ろされた状態で、指を挿《い》れられるのはヒヤヒヤした。ここは寝室に繋がっている、英雄の間と呼ばれる王太子の私室で、いつ誰が入ってくるかもわからない。

「ダ、ダメです……殿下……」

洪水のように蜜をしたたらせ、花芽をきゅっとつまれながら訴えても、説得力はなかった。

ああんっ……き、気持ちいい……

「さあ、うしろを向き、そこのテーブルに手をついて。すぐに終わらせるから……」

そう命じられ、立ったままテーブルに両手をつき、お尻を彼のほうに差し出す。

いけないとわかっているのに、えもいわれぬ悦《よろこ》びを感じた。そうすることによって、自分が淫乱な雌になったようで……

ふにっと先端が蜜口に当たり、アリーセの身のうちでうしろ暗い背徳の炎が燃えた。

う……わ……。うしろから、挿《は》入《い》ってくるっ……

極太の異物がじわじわせり上がり、ヒリヒリした膣粘膜を擦られ、摩擦面が熱く痺《しび》れた。

んっ、か、硬くて……おっきいよ……。あぁぅ……

蜜壺はとうとう根元までそれを呑み込み、最深部をグリッとほじくられ、四肢《しし》がおののく。

おもむろに彼は、腰を前後に動かしはじめた。

鋼鉄のような雄棒が、媚肉を擦りながら、鋭く前後に滑る。

雄棒が引かれるとともに、びちゃっ、と蜜が掻き出された。

「んんっ、あっ、あっ、んっ、あぁっ！」

アリーセの高い嬌声《きょうせい》が響く。

ズンズン、ズンズン、と水平に深く突っ込んでくる。それは、繰り返し繰り返し最深部を穿《うが》ち、容赦《ようしゃ》なくアリーセを追い込んでいった。

「う、うしろから挿《い》れられるの、好きだろ？　アリーセ……」

いやらしく腰を使いながら、彼は奥の敏感なところを攻めてくる。

隆起した大腿筋が、お尻の肉を勢いよく叩く。押し殺したような荒い息と、パンパンッという鋭い打撃音に、抗《あらが》いがたく官能的な気分が高まった。

あっ、や、やっ、嫌だっ。殿下、やらしい……。す、すっごい、いやらしいよっ……

鍛え抜かれた腰は、素早く前後に律動し、雄棒の先端を的確に何度も擦りつけてくる。そこは堪《たま》らなく気持ちいいのに、許しがたいほど猥褻《わいせつ》で、野卑《やひ》な獣の性交そのものみたいだ。

きつく巻かれたコルセットが苦しい。いやらしく貫かれながら、コルセットの下で胸の蕾《つぼみ》は尖《とが》り立ち、膨張した乳房は解放を求めていた。そこは、愛撫されたくて仕方ないのに、硬いコルセットに阻《はば》まれ、焦《じ》れるようなもどかしさが募《つの》る。

「あぁ……堪《たま》らない……。男装したそなたとこうしていると、まるで男としているみたいだ……んっ、くっ」

この時、倒錯した彼の性癖を理解し、カアッと燃えるように体が熱くなった。

同時に、暴れ回るものを締《し》めつけてしまい、彼が喜悦《きえつ》の声を上げる。

こみ上げる射精感をやり過ごすように、彼は少し動きを止めた。

「……すごく、興奮する。アリーセ……好きだ」

生温かい息が耳の裏にかかり、ゾクッと鳥肌が立つ。低く発せられた美声は、目眩《めまい》がするほど色っぽくて……

壁に掛けられた丸い鏡に、性交に耽《ふけ》る二人の痴態《ちたい》が映っていた。遠目で見ると、それはたしかに王太子とオーデンの騎士が、男同士で淫行に耽《ふけ》っているように見える。ズボンをずり下ろし、お尻を使った倒錯的で罪深いその光景は、無性に興奮を煽《あお》った。

「……馬車で過ごした夜、そなたにすごく欲情した。男でもいい。裸にして思うさま犯してやりたかった。うしろから突き入れて、もうむちゃくちゃに……」

低くささやかれ、冷えた指が、そろりと後孔を撫でる……

たとえようもない甘美《かんび》な刺激に、ただ四肢《しし》を震わせるしかできない。

「洞窟で過ごした夜、そなたが女とわかって安堵《あんど》した。あの夜もどうしようもなく昂《たかぶ》って、一人で自分を慰《なぐさ》めたのだ。そなたの目を盗んで、こっそり手で……」

「あ……。や、やめてくださいっ……」

そんなこと、言わなくていいです。言わないで！　すっごい、恥ずかしいからっ……

「あの夜も本当はこうしたかった。夜想亭の時もそうだ。我慢できなくて……。無理にでも挿《い》れてしまえばよかった……」

ささやかれる衝撃的な秘密に、めちゃくちゃドキドキした。

「アリーセ、好きだ……」

ぬちゅり、と結合部が小さく鳴る。

根元まで深々と埋まっている雄棒が、ずるりっと奥のほうを擦りつけた。止まっていると見せかけ、それとわからぬように。二人にしか感知できない、微《かす》かな動き……

ゾクゾクゾクッ、と肌が粟立《あわだ》ち、息が止まる。

「そなたとこうすることができて、うれしい。アリーセ、待っていてくれ」

彼の両手に腰をしっかり掴まれ、ふたたび抽送《ちゅうそう》は激しさを増す。

あっ、あっ、あぁっ、んっ……あぁ、き、気持ちいいよぉ……。おかしく、なっちゃうっ……

ひりついて敏感になった膣粘膜を、ぐりりっと淫《みだ》らに擦られ、背中の産毛《うぶげ》がぞわわっと逆立つ。

蜜はとめどなく溢れ、膣内はぐちゃぐちゃになり、そこを鋼鉄の槍《やり》が縦横無尽《じゅうおうむじん》に滑り回った。

んんっ、と、とろけちゃうっ……。あ、あっ、あぁっ、ん、とろけちゃうよっ……

ぶちゃぶちゃ、とうしろから突きまくられながら、密かに絶頂を迎えた。

わなわなと腰が小刻みに震え、唇の端から涎《よだれ》が滑り落ちる……

あ……い……イッちゃった……

力が抜け、上体がテーブルに倒れ伏した。置かれていた小さな燭台に肩が当たり、それは床に落ちて転がる。

たぎりきった鋼鉄の槍《やり》が、勢いよく膣奥に突き刺さり、内臓まで押し上げられる心地がした。

苦悶《くもん》に美貌《びぼう》を歪め、彼は「んくっ」とあえぎながら、ビクビクッと腰を激しく痙攣《けいれん》させる。

びゅびゅーっ、と膣内で勢いよく精が射出され、思わず息を呑んだ。

……あ。こんなに、いっぱい……。熱い……

びゅーっ、びゅーっ、とそれは間断《かんだん》なく放たれ、子宮が温かく満ちていく。

白い愉悦《ゆえつ》の波を漂いながら、射精の圧をうっとりと感じていた。

「あ、アリーセ……。射精が、止まらない……」

困ったような、恥ずかしそうな声が可愛らしく、胸がきゅんとする。

温かく注《そそ》がれる熱も、あえぎ声混じりの吐息も、そっとお尻を撫でる指先も、なにもかも愛おしく感じた。

アリーセの背中に優しく体を重ね、ジークハルトは耳元でささやいた。

「とんでもなく興奮した……。美男子の姿をしたそなたを犯すのが、私は好きなのだ……」

変態的な告白に、羞恥《しゅうち》のあまりふたたび体が熱くなる。

そ、そんな恥ずかしいことは、言わなくていいですっ……

そうとがめたいのに、口がうまく回らず、「あぁ……」としか声が出せなかった。

「アリーセ、待っていてくれ。すべてが終わったら、毎晩のように愛し合おう」

その言葉がまるで、これから起きる暗い結末の予兆のような気がして、不安が胸をよぎる。

左手の薬指にはめた指輪が、窓からの日差しを反射してキラリと光った。

◇　◇　◇

それから五日後、ジークハルトは六千の兵を率いて出陣した。

いっぽう、アリーセは報酬を受け取ったものの、まだ城の宿舎でぐずぐずしていた。オーデンに戻るべきなのはわかっていたけど、アルノーはそこまで重症ではないし、ジークハルトのほうが心配でいても立ってもいられず、城を離れられなかった。

彼との最後の瞬間が悔やまれる。もっと別れを惜しみ、心からの気持ちを伝えればよかった。英雄の間で愛しあったあと、時間が足りず、ドタバタと別れてしまったのだ。

アルノー、ごめん。あと少しだけ、ワガママを許して……

心の中で詫びつつ、リウシュタットの薬局でしっかりと特効薬は買い、オーデンに帰る準備だけは整えておいた。

ジークハルトたちが出兵したあと、城には二千ほどの騎士が残り、北のヴァリス人や東のコラガム人たちの侵入を警戒しつつ、防衛に当たっている。

夕闇が迫る頃、アリーセはこっそり宿舎を抜け出し、忍び足で城の厩舎《きゅうしゃ》にやってきた。馬を一頭拝借し、闇に紛れてジークハルトの軍を追うつもりだった。

殿下をひと目だけ……。もうひと目、見ることができたら、それであきらめるから……

あぶみに足を掛け、ひらりと飛び乗ろうとした、その時。

「どちらへ行かれるつもりですか？」

突然、声を掛けられ、飛び上がるほど驚いた。

振り向くと、長身の男が厩舎《きゅうしゃ》の壁にもたれている。夕日に照らされ、男の髪は燃えるように赤く見えた。

「……イーヴォ。どうしてここに？」

そう問うと、イーヴォは冷淡に答えた。

「あなたを見張るように言われているからですよ。殿下に」

「殿下に……？」

不穏な感じがし、眉をひそめてしまう。

「正確には護衛を命じられてる、と言うべきかな。あなたになにかあったら大変なので、殿下が不在の間、あなたの傍にいてあなたを守れと。ま、これは建前の話ですが」

「建前……？　どういうこと？」

含みを持たせるイーヴォの言葉がすんなり理解できない。

「イーヴォ、あなたはいったい……？」

「この際、私の肩書なんてどうでもいいでしょう。私は殿下の手であり足であり、影のようなものです」

イーヴォは両腕を組み、行く手に立ち塞《ふさ》がって続けた。

「それで、今からどちらへ？　城の馬を勝手に使って？」

「あっ。あの、その、ぇぇーと……」

「まさか、単騎で殿下の軍を追うつもりじゃないでしょうね？」

鋭く図星を指され、言葉を失う。

「行かせるわけにはいきませんね。あなたも腐っても騎士団の一員なら、おとなしくオーデンに戻りなさい。お兄さんも待っているんでしょう？」

「兄は大丈夫です。ごめんなさい、そこをどいてください。行かせてください、お願いします。どうしても、最後にひと目だけ、殿下のお顔を拝見したいんです」

「ダメです」

「なにもしません。遠くからひと目見るだけです。それだけ果たしたら、すぐに帰りますから」

すると、イーヴォはあきれたように鼻から息を吐いた。

「アルノー、私からあなたに言いたいことがあります。これは忠告ではありません。警告です」

「警告……？」

ただならぬイーヴォの物言いに、心の中で身構えてしまう。

「あなたは、殿下の振る舞いをどう捉《とら》えたんです？　まさか、本気で殿下があなたを愛し、生涯を誓ったとでも？　もし、本気でそう思ってるのなら、少々頭がお花畑すぎると申しておきましょう」

「えっ……？」

ドキン、と鼓動が大きく打つ。

イーヴォは容赦《ようしゃ》なくペラペラと続けた。

「経験の少ないあなたが勘違いするのは仕方ないことですが、レーヴェ王国の王太子にとって、没落した元伯爵令嬢の下級騎士など、虫ケラ未満の存在ですよ。あなたも騎士ならば、しっかり現実を見たほうがいい。あなたはいわゆる、性欲のはけ口にされただけです。まあ、あの御方の悪い癖だ……」

嫌な感じが胸に広がり、冷や汗がじわりとにじみ出た。

……ま、まさか……そんな……

「あなたも本当は薄々気づいていたんでしょう？　冷静に考えればわかることです。なぜ、自分が王太子と釣り合うなどと信じたんですか？」

心臓がゴトゴトと嫌な音を立てて乱れる。見ないようにしよう、触れないようにしよう、としていたことを、目の前に突きつけられた気分だった。

「おかしいとは思いませんか？　婚約の約束もないのに手ゴメにされ、なんの保障も与えられず、故郷に帰れと捨て置かれたんですよ？」

……やめて。それ以上、言わないで。お願い……

しかし、イーヴォはズケズケと冷酷非道に言い放った。

「誰も教えてくれないなら、私が言って差し上げましょう。あなたは娼婦のように、夜の相手をさせられただけです。あなたを手に入れて殿下は満足したでしょうし、もう用済みです」

どんどん体から力が抜けていき、足元から崩れ落ちそうになった。

けど、どうにかその場に踏みとどまる。伯爵家の娘として生まれ、家が没落して放り出され、兄とともに数多《あまた》の死線をくぐってきた経験が、アリーセをかろうじて立たせていた。

「しかし、殿下もむごい御方だ。わざわざ、無垢《むく》な女騎士を相手にせずとも、そういうことに長けた相手が大勢いただろうに……。だから、詰め所で言ったでしょう？　制裁はかなり厳しいものになると。しかし、心まで粉々にするとは……」

それ以上、言葉が続かないといった様子で、イーヴォは同情に満ちた目をした。

……制裁？　制裁ですって？　あの時間が全部、私への制裁だったというの……？

頭から血の気が失せていき、たぶん顔面蒼白になっている。制裁という単語が頭をぐるぐる回り、声も出せなかった。

「まあ、あなたもいい思いをしたんでしょうし、男女の色事はお互い様なのかもしれませんがね」

――アリーセ、待っていてくれ。

あの言葉が、真摯《しんし》な眼差しが、すべて偽りだったというの？

「あなたを護衛しろというのは建前で、こういう場合はつまり、後処理をしろという意味なんですよ。もちろん、殿下は慈悲《じひ》深いかたですから、城のほうからいくらか援助もさせて頂きます。あなたもお兄さんがご病気で、物入りでしょうし」

そう言って、イーヴォは革の袋を差し出す。それは見るからに金貨がぎっしり詰まっていた。

革の袋を親の仇《かたき》みたいに睨《にら》みながら、声を絞り出す。

「だったら、とめないでください。騙《だま》されようが、娼婦扱いだろうが、別に構いません。たったひと目、遠くから殿下を拝見したら、すぐに消えますから」

「なりません。殿下の邪魔はさせません。あなたはもう用済みなのです」

「お金は要りません。そこ、どいてください」

「ダメです！」

「どいてっ！」

そこで、軽く掴み合いになる。馬に乗ろうとするアリーセと、それを阻《はば》もうとするイーヴォ。

イーヴォを突き飛ばそうとしたら腕を掴まれ、左手をちょうど彼の目の前に差し出す形になる。

すると、彼がはっと息を呑み、薬指に光る指輪を凝視した。

「これは……。まさか……。あなた、これを殿下から盗んだんですか？」

あまりのひどい言われように、つい声が荒くなる。

「ぬ、盗んだっ？　とんでもない！　どこまで侮辱《ぶじょく》すれば気がすむんですか！　これは頂いたものです。殿下が私に預けてくださいました」

「まさか……。嘘を吐くな！」

「本当です！　たしかに任務の報酬目当てで身分を偽りましたが、そこまでお金に汚いわけではありません！　これ以上、私を愚弄《ぐろう》するつもりなら、決闘を申し込みますよ」

「なっ……。ちょっと、落ち着いてください。すみません、盗んだは言いすぎましたが……」

イーヴォはパッと体を離し、考え込むように眉根を寄せた。

アリーセは魂まで冷えきった心地で、一番考えたくない可能性を口にする。

「あなたの言葉を借りれば、これは後処理の……つまり、手切れ金なのかもしれません。殿下なりに、束の間の夜伽《よとぎ》を務めた私に、慈悲《じひ》をかけてくださったのかも」

そんな風に思いたくはない。思いたくはないけど……

ぎゅっ、と指輪をした左手を握りしめる。

けど、本当の、本当の、本当のところは、心の奥でずっと小さな違和感があった。素肌を抱きしめながら、この先本当に大丈夫なのかな？　と常に不安はあったのだ。

ジークハルトを信じていないわけじゃない。彼の言葉はたぶん、その時は真実だったと思う。眼差しは真剣だったし、声音に偽りはなかった。

けど、私たちが思っている以上に、身分や立場というのは私たちを脅《おびや》かす。与えられた役割やしなければならないことが、抗《あらが》えない大きな力となり、個人の感情を圧殺するのだ。それは、ヴィントリンゲン家が没落した時から、感じてきたことだった。

こういうことは今に始まったことじゃない。いつだって、唇を噛み、心を殺し、息を潜《ひそ》め、社会に押し潰されそうになりながら、暗闇の中を生き抜いてきた。

そんなひどい人生の中で、ジークハルトと過ごした三日間は、楽しくてまぶしくて、太陽のように輝いていたのだ。

それが現実へ落とし込めなかったとしても、ほんのひと時、夢のような幸せを味わえただけでもう充分だった。あの瞬間だけは真実で、自分は美しい女性に生まれ変わり、王太子の寵愛《ちょうあい》を一身に受け、幸せな蜜月を過ごしたのだ。

誰かがそれを偽と言おうが、真と言おうが、関係ない。赤の他人が、「それは成功だ」だの「それは失敗だ」だの決めつけようが、興味なんてなかった。

それよりも、その瞬間に自分が感じた、感動を大切にしたい。その小さな灯りだけを胸に、これからの人生を生きていきたかった。たとえ、どんなに理不尽な目に遭おうとも。

「そこを、どいてください」

強い意志を込め、きっぱり告げた。

イーヴォは呑まれたように、しばらくこちらを見つめたあと、横に退いて道を開ける。

「……その指輪は手切れ金などではありませんよ。絶対に」

ボソッと言うのが聞こえ、思わず「え？」と振り返る。

「あなたの本当の名は、なんとおっしゃるのですか？」

先ほどとは打って変わり、イーヴォは恭《うやうや》しい態度でそう問うた。

「……ア、アリーセ。アリーセ・ヴィントリンゲンです」

正直に答えると、イーヴォはうなずいてこう言った。

「クルムゲンまで行かれるのですね？　ならば、私も同行させて頂きます」

◇　◇　◇

クルムゲンはリウシュタットの町からはるか南西、ちょうどインゴル公領との境にある。

モンクヒェンへ行く時と同様、街道沿いにケムエルツの町を通りすぎて南下し、月光亭のあったオーバーフェルトの手前を西へ抜けると、クルムゲンに着く。馬を飛ばせば約一日、早朝に出発して深夜には着く計算だ。

アリーセとイーヴォは日没前に城門を出て、一晩中馬を駆り、不眠不休で街道を駆け続けた。

アリーセはジークハルトを見届けたら、すぐオーデンに取って返すつもりだから、身軽に動きたい。二人に増えるとどうしても機動力が下がるから、正直、一人がよかったんだけど……

「殿下より、あなたの護衛任務をたまわったのですから、絶対に同行します」

イーヴォは頑として聞かず、仕方なく同行を許すほかなかった。

この時の衝動を、どう説明したらいいかわからない。とにかく一刻も早く、ジークハルトの下に飛んでいかねばと、憑《つ》かれたように馬を走らせた。

クルムゲンに行ったところで、できることはなにもない。安全な場所でジークハルトの帰還を待ったほうがいい。わざわざ自ら危険な戦地に赴《おもむ》き、言葉を交わすどころか、こちらの存在を知らせることもかなわないのに、遠くからひと目見るだけなんて狂気の沙汰だと自分でも思った。

危険だし、迷惑だし、邪魔になる。意味もない、理由もない、やめたほうがいい。

すべて重々承知していた。不思議なことにどこまでも冷静だったし、思考は完全に明晰《めいせき》だった。

どうしても、どうしても、ジークハルトをひと目見たい。突然、天から降って湧いた啓示《けいじ》のようにそれはアリーセの中で閃《ひらめ》き、抗《あらが》いようのない力でアリーセを動かした。

もしかしたら、自分自身の気持ちを納得させたかっただけかもしれない。

ひと目、彼の姿を見ることで、本当はつけられない折り合いを、つけようともがいていたのかもしれない。

……殿下。あなたをもう一度だけ、ひと目見ることができたら、私はそれで……

アリーセは疾風《しっぷう》のように馬を飛ばし、イーヴォはそれにぴたりとついてくる。

翌日の昼前には、クルムゲンに展開した重騎兵たちの姿が見えてきた。

そこはなだらかな丘陵に囲まれた平地で、六千の重騎兵たちはそれぞれ配置につき、数キロメートル距離を置いた向こうに、インゴル公軍の青い軍旗がはためいている。平原ははるか遠くまでインゴル公軍の軽騎兵たちで埋め尽くされ、あちらのほうが圧倒的に兵力が上なのは一目瞭然だった。

すぐそこが小高い丘になっており、その頂点に白銀の甲冑《かっちゅう》をまとったノイセンの騎士が一人、立っている。ひと目で司令官とわかるその人は、ひときわ立派な黒馬にまたがり、威風堂々《いふうどうどう》たる王者の風格があった。

……ジークハルト殿下！

アリーセの鼓動が、跳ねる。

「これ以上、近づくのは危険です！　ひと目見るだけという約束ですよ？」

イーヴォに引き留められ、アリーセは渋々木立に身を隠した。

馬は数キロ手前に繋いでおき、二人は徒歩でここまで来て、ノイセンの兵士たちから少し距離を取っている。木立のあるところは高台になっており、兵士たちに気づかれることなく平原全体を見渡せた。

ノイセン軍には緊張が張りつめ、今や遅しと号令を待っている。ボソボソという低い話し声や、カチャカチャと甲冑《かっちゅう》が触れ合う音が聞こえてくる。

アリーセは息を潜《ひそ》め、ジークハルトを見つめた。一本に束ねた銀髪がさらりと揺れ、アイスブルーの瞳は前方の敵軍を見据え、その端整な横顔には決意と覚悟のようなものが満ちている。

……殿下。

ジークハルトは振り返ると、長剣をすらりと抜き、それを天高く掲げた。

刀身が太陽を反射し、ギラリと輝く。

「我々は、これからインゴル公領に攻め入り、アロイス・フォン・エルンポルトの首を獲る」

ジークハルトの力強い声が、朗々《ろうろう》と響き渡った。

「心あるものは、我が声を聞けっ！」

もぞもぞしていたノイセンの兵士たちは、一斉にピタリと口を閉ざす。

「我々の進む道は誰も通ったことのない、ひどく危険な茨《いばら》の道だ。同盟も援軍もない、誰にも理解されない、たった独りの戦いだ。あらゆる攻撃、あらゆる批判の矢が、我々目がけて飛んでくるだろう。なにより、恐怖する己自身が最大の敵となるであろう」

アリーセは息を詰め、ジークハルトの声に耳を澄ませた。

「なぜか？　それは我々が、人間の生死を扱っているからだ。そして我々が挑戦者だからだ！」

ジークハルトはノイセン軍をぐるりと見渡して言う。

「忘れるな。我々は時代の最先端を走っている。太古より、新しいことに挑む者は苛烈《かれつ》な攻撃を受けてきた。愚《おろ》か者、恥さらしと嘲笑《ちょうしょう》され、処刑されてきた。だが、それこそが先駆者たちに与えられた宿命だ。挑戦者が受けるべき試練だ。我々は、刃をこの身に一つ受けるたび、強くなっていくであろう」

ジークハルトはまっすぐな瞳で、兵士たちに呼びかけた。

「よいか。我々全体が一つの大きな力だ。お互いが作用しあい、一つの大きな激流となる。それこそが立ち塞《ふさ》がる大岩を砕き、新たな時代への道を作るのだ！　だから、ともに強くあろう。ともに挑戦者でありつづけよう。君たちの能力は、君たちが思っているよりずっと深く、果てしない。どんな攻撃にさらされても、どんな刃や憎悪《ぞうお》を受けても、自分を信じろ。姿は見えなくとも、声は聞こえずとも、私がいる。私の魂は常に君たちとともにある」

その場は水を打ったように静まり返る。

ノイセンの兵士たちは皆、心を奪われたように聞き入っていた。

レーヴェ王国の統一。その悲願に向かって兵たちの心が一つになっていく。

「正直でありつづけよう。我々が心の底から求めているものに。それこそがあらゆる災厄《さいやく》を払う、ただ一つの力だと、我は信ずる！」

全軍から大きな鬨《とき》の声が上がった。

兵士たちは武器を高く掲げ、ジークハルトに向かって叫んでいる。一瞬で士気は高まり、戦の狂熱の渦が巻き起こった。

騎士の端くれであるアリーセにも兵士たちの興奮が伝わり、ドキドキが止まらない。憧れの人の勇姿を細大漏《さいだいも》らさずこの目に焼きつけておきたかった。

「まず、私が先陣を切る。この道なき道の果てになにがあるのか、ともに走ってゆき、この目で確かめよう。志あるものは、我に続け！　新たな時代をこの手で切り拓くのだ！」

うおおおぉぉぉっ！

割れんばかりの鬨《とき》の声が轟《とどろ》き、それは大海嘯《だいかいしょう》のように、空気を震わせながら平原を渡っていく。

ジークハルトの目は吊り上がり、その眼光は刃よりも鋭く、まさに軍神の形相で号令を轟《とどろ》かせた。

「信じろ！　この戦、必ず勝てる！　突撃っっ!!」

垂直に掲げられた長剣が、さっと前方へ向くと同時に、ジークハルトの黒馬が大地を蹴る。

うわあああおおおおぉぉっ!!

この辺一帯の大地が鳴動《めいどう》し、兵士たちの波がうねり、もうもうと砂煙が巻き上がった。

閃光《せんこう》の如く駆けゆく白銀の騎士を先頭に、怒涛《どとう》のように重騎兵たちが敵陣になだれ込んでいく。

こうして、ジークハルト率いるノイセン公軍と、アロイス率いるインゴル公軍は、クルムゲンで激突した。

ノイセン公軍の重騎兵は六千。対するインゴル公の軍は、軽騎兵がおよそ一万。

のちにクルムゲンの戦いと呼ばれるそれは、戦力が拮抗《きっこう》して両軍一歩も退かず、二日間にわたる激戦となった。

◇　◇　◇

「アリーセ、もっとゆっくりしてくればよかったのに。せっかくリウシュタットまで出たんだろ」

あっけらかんと言い放つ兄のアルノーを前に、アリーセは拍子《ひょうし》抜けしてしまった。

今、アリーセの目の前にいるのは、双子の兄のアルノーその人である。病気療養中であるはずの彼は、アリーセが出かける前より元気そうで驚くべき回復を見せていた。

ここはオーデン騎士団の宿舎。アリーセは特効薬を携《たずさ》え、帰宅したばかりだった。

病気で少し痩せたけど、アルノーはアリーセより体がひと回り大きく、こうして病で伏せっていても精悍《せいかん》な男性という印象を受ける。

「王太子の使者を名乗る人が医者と薬を寄越してくれたんだ。なぜかはわからないんだけど……」

アルノーは首をひねりながら、そう説明した。

「騎士団経由で殿下まで話が行って、慈悲《じひ》を掛けてくださったのかな？　断る理由もないから、ありがたく受診したんだ。そしたら、薬のおかげでこのとおり、元気になった」

にっこり微笑んだアルノーは肌ツヤもよく、快方に向かっているようだ。

……王太子の使者を名乗る人……

王太子、という単語を耳にするだけで、アリーセの胸は切なく締《し》めつけられた。

「やっぱり、流行り病というのは薬がなにより大切なんだなぁ。現代の医学に感謝だよ」

なにも知らないアルノーは、のほほんと一人うなずいている。

「ひさしぶりに起きたらさ、町中がレーヴェ王国統一の報《しら》せでもちきりだよ。殿下はクルムゲンで獅子奮迅《ししふんじん》の大活躍をされたそうだね。僕も見たかったなぁ！」

……レーヴェ王国の統一。

クルムゲンでジークハルトの姿を見届け、アリーセが徒歩でオーデンに向かっている間、ノイセン軍勝利の報が国中を駆け巡った。インゴル公爵は降服し、インゴル公領はノイセン公の支配下に置かれ、これで国内の反乱因子はすべて消えたことになる。

ここに、ルートヴィヒ王陛下を頂点とする、レーヴェ王国の統一が成し遂《と》げられた。

「とうとう殿下は悲願を達成されたね！　僕はあの人なら、いつかやると思ってたよ。ここだけの話さ、ルートヴィヒ王陛下は病に倒れて長いし、実質の国王みたいなものだしね」

アルノーは声を潜《ひそ》め、いたずらっぽくフフッと笑う。

「これでようやく平和な世になったんだね。ゲオルクもさ、喜んでたよ。オーデンの人たちもなんだかお祝いムードみたいだ」

ゲオルクとはオーデンの老修道院長だ。まだ幼かった二人を引き取り、騎士団に入れる年齢になるまで面倒を見てくれた。

「チャリス教会はきっと、殿下のことをますます高く評価するだろうね。殿下は教会ともうまくやっているし、やはり王たる資質のある御方だよ。インゴル公爵とは格が違う」

アルノーはまぶしそうに窓の外に目を遣《や》り、振り返ってさらに言う。

「それで、アリーセ。男の振りをしての任務はうまくいったんだね？　そんなにぎっしり金貨の詰まった袋を持ってるってことはさ……」

アリーセはうなずき、寝台の脇にある粗末な椅子に座る。

「うん。うまくいったの。実はリウブルクでいろいろあって、兄さんにも話さなきゃって思ってたんだけど……」

それから、アリーセはアルノーにこれまでのことを話した。

アリーセにとってアルノーは唯一の肉親であり、なんでもわかり合える、分身のような存在だ。少々真面目すぎるのが玉に瑕《きず》だけど、そんな兄のことを頼りにし、心の支えにしていた。

話は非常に長いものになった。

その時の自分の思いや感情を、正確に伝えようとすればするほど、何度もつっかえてしまう。そのたびにアルノーにうながされ、励まされて話を進めていった。

南に高く昇っていた太陽がやがて沈み、気づくととっぷりと日は暮れている。

すべてを話し終えると、アルノーはしんみりした様子でポツリと言った。

「……そうか。殿下はアリーセに話を聞いて、僕を助けてくださったんだね。その……ちょっと、びっくりしたよ。まさか、アリーセがってね。僕は男女のそういうことはうといんだけど」

アルノーは同情深い目をする。

「イーヴォとかいう人の言うことを鵜呑《うの》みにする必要はないよ。第三者が勝手になにを言おうが、アリーセがその時に感じたことが真実だと思うな。自分自身の感情をなにより優先して守るべきだ。

そういうのは、誰も助けてくれない。たった一人で守るしかないんだ」

「……うん。けど、自分に自信がなくて……」

「ヴィントリンゲン家は愚《おろ》かな父と戦乱のせいで、あんなことになってしまったけど、元々は由緒《ゆいしょ》ある家柄で、古くから領主を務めてきたんだ。決して卑《いや》しい血筋ではないんだよ」

「うん。それはそうだって、知ってはいるんだけど……」

――なぜ、自分が王太子と釣り合うなどと信じたんですか？

イーヴォの言葉が胸に重く圧し掛かった。かつてどれほどの地位にいたとしても、すべては過去の栄光にすぎない。一介の下級騎士と情を交わしたことが明るみに出れば、ジークハルトの華々しい功績に傷をつけそうで、それが怖かった。

自分の存在は彼の人生の妨げにしかならない。

「アリーセは、殿下のことを愛しているの？」

アルノーはこちらを見上げ、気遣わしげな顔をした。

……愛しているかどうか……

「愛っていうのが、どういうものかわからないんだけど、ずっと憧れていた人だし……。けど、後悔はしていないの。結末がどうであれ、あの一緒に過ごした三日間は、私にとってかけがえのない宝物だから」

「……そっか」

「クルムゲンで遠くからあの人を見たの。勇ましくて、まっすぐで、本当に格好よくて、心が震えた。国を背負い、国のためにその身を捧げてらした。血の気が多いだとか野蛮だとか、批判されることも多いけど、私はずっと心からお慕《した》いしてる。王太子としても感謝しているし、一騎士としても尊敬しているし、その、男性としても……好きなの……」

「愛してるんだね？」

そう口にするのは恐れ多い気がし、黙ってこっくりうなずく。

すると、アルノーは腕を伸ばし、そっと抱きしめてくれた。小さな頃、泣き虫だったアリーセにそうしてくれたのと同じように。

「……哀しいの。好きになればなるほど、哀しくなるの……」

冷静に言ったつもりが、震える涙声になる。アルノーはなだめるように背中を撫でてくれた。

「アリーセ、今夜はゆっくり休むといい。なにも考えずに眠ったら、きっと新しい朝が来るから。……ね？」

込み上げそうになる涙を堪《こら》え、アリーセはうなずく。

ひさしぶりに嗅《か》いだ兄の香りは、昔と変わらずお日さまの匂いがした。

それから数日後、回復したアルノーがアリーセと入れ替わり、オーデン騎士団へ報告を済ませた。かたやアリーセは、アルノーの代わりにベッドへ潜《もぐ》り込み、「まだ体調がすぐれない」と報告し、しばらく休暇を取ることにした。

これでなにもかも元どおり、というわけだ。

アルノーはさっそく現場に復帰して忙しく働きはじめた。クルムゲンの戦いのあと、負傷兵たちがぞくぞくと引き上げてきたので、隣町の病院まで応援に行っている。

内乱が頻発《ひんぱつ》していたレーヴェ王国はジークハルトのおかげで戦の心配がなくなり、国民たちの間にホッとした空気が流れ、町は活気づきはじめた。うるさい検問が取り払われ、各領地へ自由に行き来できるようになり、商売がしやすくなったと皆、口々に語っている。

大きな軍功のあったノイセンの騎士には、特別に領地の加増《かぞう》や役替えがあるらしい、と噂が流れていた。近々、勲章を授与する大規模な式典があるのだと。

あれから、ノイセン公ジークハルトが盟主となり、アーベン公爵やフランバッハ公爵をはじめとする、レーヴェ王国内の領主たちの間で和平条約が結ばれた。ルートヴィヒをレーヴェ国王として認め、相互の領地を絶対不可侵とし、国民の幸せと国の繁栄のために努め、戦争と武器を放棄することを神の名において誓約する。

ここにようやく、名実ともにレーヴェ王国の統一が成し遂《と》げられた。

そんな国の推移をアリーセは穏やかな気持ちで見守っていた。たぶんジークハルトは、内政に外交に大忙しなんだろうなと気に掛けながら。

——アリーセ、待っていてくれ。すべてが終わったら……

左手の薬指には今も約束の指輪が光っている。精巧な狼《おおかみ》の細工が施されたそれはずしりと重く、大切な人の面影を思い出させた。

彼を信じていないわけじゃない。あの時くれた言葉はすべて真実で、きっと今も約束を守ろうとしてくれている。そのことに、疑念の余地はなかった。

けど、感情だけではどうにもならないことが、この世にはある。

それぐらいアリーセも重々わかっていた。ジークハルトがなにもしてくれないからって、ひどい嘘吐きだ裏切られたと、嘆き悲しむ気には到底なれない。むしろ、普通の人には経験できない、夢のような非日常の時間を過ごせてよかったとさえ思っている。

彼を愛する気持ちと、応援したい気持ちと、言いようのない寂しさだけが、あとに残された。

……私、このまま一生独身で、殿下の思い出だけで生きていくのかも。おばさんになっても、おばあちゃんになっても、オーデン騎士団に残ってそう……

そんなことを考えながら買ってきた食材を抱え、夕闇迫るオーデンのあぜ道をトボトボ歩く。

騎士団の宿舎は近く開催される叙勲《じょくん》式の話題でもちきりだった。戦争で活躍した騎士たちは、城から声が掛かるのを今や遅しと待っている。階級が上がれば報酬も上がるし、爵位や領地を与えられる可能性もあった。

アリーセは戦に参加しなかったので、そんな騒ぎを尻目にのんびり休暇を満喫している。

遠くで「おーい」と声がして、そちらに目を凝《こ》らすと、帰宅したらしいアルノーが宿舎の前でぶんぶん手を振っていた。

「今さっきリウブルク城から使いの人が来たんだ。おまえが不在だったから、僕が代わりに受けたんだけど……」

息を切らしたアルノーにそう報告され、ドクン、と鼓動が胸を打つ。

……リウブルク城？

「おまえ宛てに手紙だってさ。わざわざ使者が届けに来たんだ。ほら」

見ると、リウブルク家の赤い聖杯と獅子《しし》をかたどった封蝋《ふうろう》で閉じられている。

開けてみると、短い一文とジークハルトの署名だけがあった。

「んーどれどれ？　三日後に迎えに来るって？　まさか、これって……」

横からのぞき込んできたアルノーが、小さく息を呑む。

殿下が私を迎えに来る……⁉

ドキン、と心臓が高鳴った。

歓喜で舞い上がりそうになると同時に、いやいやそんなわけないといさめる気持ちが、身のうちでせめぎ合った。

目を白黒させるアリーセを尻目に、アルノーは訳知り顔でニヤニヤしている。

「僕はそんなことだろうと思っていたよ。殿下はきっと我々が思いもよらないような、深い考えがおありなんだ。きっと」

それからアリーセは、生きた心地のしない日々を過ごすことになる。

アルノーだけが上機嫌で、アリーセからもらったお土産の魔除けの飾りを、自室の窓辺に飾っていた。

そして、約束の三日後。

仰々《ぎょうぎょう》しい行列とともに、豪奢《ごうしゃ》な四輪馬車が現れた。リウブルク家の紋章があしらわれたそれは、宿舎の入り口に横づけされる。

騎士の正装に着替えて待機していたアリーセは、緊張しすぎて喉がカラカラだった。もちろん、今日は男装はしていない。

同じく騎士の上衣を着て、髪までとかしつけたアルノーはワクワクした顔をしていた。

着飾った使者は恭《うやうや》しく書状を取り出し、アリーセの所属とフルネームを読み上げた。レーヴェ王国の平和に寄与した軍功を称え、勲章を授与するから、登城《とじょう》して式典に参加するようにと。

「え？　く、勲章ですか……？　この私が？」

まったく予想していなかった展開に、アリーセは目を丸くする。

使者はそんなアリーセの頭の先から爪先《つまさき》まで、疑わしそうに眺めまわした。

「あなたは間違いなく、アリーセ・ヴィントリンゲン殿ですね？」

使者にそう確認され、アリーセはうなずく。

「よく似ている双子のお兄さんではない？」

「あ、兄ならあそこにいます……」

指さした方向には、野次馬のように成り行きを見守っている、アルノーの姿がある。

すると、使者は二人を交互に見比べ、納得した様子でうなずいた。

「失礼いたしました。よく似ているので、くれぐれも間違えないようにと、きつく申しつけられておりましたので。さあ、こちらへどうぞ」

なにがなんだかわからないけど、アリーセは馬車に乗り込み、騎士団の宿舎をあとにする。

それから五日後、叙勲式《じょくん》はリウシュタット大聖堂で盛大に執り行われた。

ルートヴィヒ王陛下、ジークハルト王太子殿下をはじめ、チャリス教会の最高位聖職者であるイェレミアス教皇も臨席し、各領地の諸公も勢ぞろいしている。もしかしたら叙勲式《じょくん》とは建前で、本当はリウブルク家の絶対的な王権を知らしめるために、催《もよお》されたのかもしれないと思えた。

見ると、式典には騎士のフォルカーも受勲者として参列している。どうやら前インゴル公爵、アドルフ・フォン・エルンポルト粛清《しゅくせい》計画に携《たずさ》わった騎士たちが、特別に選ばれているらしかった。勝てば官軍とはよく言ったもので、暗殺という道理に背いた所業も、戦に勝てば歴史的偉業として称えられる。

大聖堂の天井ははるか高く、尖頭《しょうとう》アーチや鮮やかな高窓や支柱は、最高峰の宗教芸術として名高かった。場の空気はピリッと緊張し、非常に荘厳な雰囲気の中、一段高いところにジークハルトが立っている。金糸と銀糸で見事な刺繍《ししゅう》が施された、ローブのような王衣をまとい、美しく編み込まれた銀髪の頭上には王冠が輝いていた。

そのうしろに座すルートヴィヒ王は、病が重いのかげっそり痩せて顔色が悪く、そこにいるのがやっとといった様子だ。イェレミアス教皇も司教たちも、臣下《しんか》も騎士たちも皆、ジークハルトを実質的な王と認め、そちらへ頭《こうべ》を垂れていた。

高窓から一筋の光が王太子の立つところに下り、まるで後光が差すかの如く神々しい。精巧なガラス細工のような美貌《びぼう》は無表情で、本当に神が乗り移ったみたいに、非人間的な存在感を放っていた。

そこに立っているのは、アリーセの知るジークハルトではない。

これからレーヴェ王国を背負って立つ、次期国王だった。

そこに個人の感情はなく、人間らしさもなく、あるのは社会的な役割だけだ。

アリーセが授与される番になり、ジークハルトの前に出てひざまずく。

ほんの刹那《せつな》、彼の眼球が微《かす》かに動き、二人の視線が交差した。

その一瞬だけ、彼自身の感情が剥《む》き出しになった気がして、ひどくドキドキする。今の二人のやり取りが、周りの人にバレていやしないかと心配になって……

「アリーセ・ヴィントリンゲン」

進行にのっとり、ジークハルトが宝剣を掲げて名を呼ぶと、聖堂内に大きく反響した。

アリーセは頭を下げたまま「はいっ」と返事をする。

「レーヴェ王国平定のために働き、平和にもっとも寄与した功績を称え、王国名誉騎士に任命する」

……えっ？　王国名誉騎士？

そんな話は聞いていない。聞き間違いかと思い、思わず顔を上げそうになった。

聖堂内の騎士や司教たちが、ざわっと色めき立つ。他の受勲者たちやフォルカーでさえも、勲章を授与されただけなのに。

すると、ジークハルトは周囲に言い聞かせるように続けた。

「そなたは女性の身でありながら、自ら進んで王太子護衛の任務に就き、身を挺《てい》して王太子の命を守った。自ら負傷しながらも、勇敢に戦って多くの敵を討ち取った。ルートヴィヒ王陛下、およびイェレミアス教皇の許しを得、特別に王国名誉騎士の称号を与える。今後も王国内の女性騎士の手本となり、後進の育成に励むがよい」

王陛下と教皇の……

どうやら、聞き間違いではないらしい。たしかに進んで護衛はしたし怪我もしたけれど、貴族の爵位に相当する称号は、自分にはもったいなかった。

聖堂の参列者たちは、なるほどと納得した様子でふたたび静寂が訪れる。

しきたりのとおり、アリーセはひざまずいたまま一礼し、宝剣を頂戴した。

「アリーセ、立ちなさい」

ジークハルトに命じられ、そのとおり起立する。

突然、彼に手を取られ、壇上に引き上げられた。

へっ……？

びっくりしすぎてなにも反応できなかった。イェレミアス教皇がぎょっとした様子でこちらを見たのが、視界の隅に映る。

ジークハルトはゆっくりと聖堂内を見回したあと、大きな声ではっきり告げた。

「私、ジークハルト・フォン・リウブルクは、アリーセ・ヴィントリンゲンと正式に婚約したことを、ここに発表する！」

◇　◇　◇

『王太子殿下、女性王国名誉騎士との婚約を発表』という報《しら》せは、またたく間に国中を駆け巡った。

あとから聞いたところによると、アリーセがアルノーと入れ替わって任務についた件はとっくにオーデン騎士団の上層部に知られており、アリーセは王太子命令で休暇を取っていることになっていた。いつの間にか、ジークハルトが裏で手を回したらしい。

公《おおやけ》には、入れ替わった事実はなかったことにされ、最初からアリーセ本人が採用され、護衛任務に当たったことになっていた。

なにも聞かされていなかったアリーセにとっては、まさに驚天動地《きょうてんどうち》の大事件で、ひたすら呆然とするしかない。

……こ、この私が王国名誉騎士？　しかも、殿下と婚約ですって……⁉

びっくりしている間に、叙勲《じょくん》式はつつがなく終わり、アリーセの身柄はリウブルク城内にある豪華な貴賓《きひん》室に移された。そこへ、鼻息を荒くした侍女たちが群がってきたかと思うと、あれよあれよという間に入浴させられ、半日掛けて体中ピカピカに磨き抜かれ、目がチカチカするきらびやかなドレスを着せられていた。

天蓋《てんがい》付きの豪奢《ごうしゃ》な寝台で眠り、翌朝、目が覚めると朝食が用意されていた。食べ終えると、ふたたびわらわらと侍女たちがやってきて、短い髪もふさわしい形に整えられ、豪華な宝石がちりばめられたアクセサリーで飾り立てられた。

今宵《こよい》、貴族たちを王城に集め、王太子殿下の婚約を祝う宴が催《もよお》されるのだという。

アリーセは右も左もわからぬ間に、晩餐《ばんさん》会の会場へ案内されていく。

長い回廊《かいろう》の突き当たりに長身の背中が見え、ドキリとしてアリーセは足をとめた。

一本に結った銀髪を背中に垂らし、優雅な礼装に身を包んだジークハルトは、目の覚めるような凛々《りり》しさだった。

近づいていくと、ジークハルトはこちらを振り返り、うれしそうににっこり微笑む。

その笑顔を目にしただけで、心臓は早鐘を打った。まるでお伽噺《とぎばなし》から飛び出してきた、アリーセだけの王子様みたいだ。いや、本当に王子様なんだけど……

ジークハルトはまぶしいものでも見るように、目を細める。

「……元気そうだな」

これが、彼の第一声だった。

ほんの一月《ひとつき》ほどのことなのに、もう何年も会っていなかった気がする。

「殿下。……驚きました」

儀礼の挨拶も吹っ飛び、率直な感想が口をついて出た。

ジークハルトは、プッと噴き出し、肩を震わせて「くくっ……」と笑いはじめる。

「……いや、面白かった。笑いを堪《こら》えるのに必死だったぞ！　そなた、罠《わな》にかかった子ダヌキみたいな顔してたな？　目をまん丸にして、口をあんぐり開けて……」

ジークハルトは口を押さえ、目に涙を浮かべて笑い転げている。

二人きりの時の人懐っこい彼に戻っていて、アリーセは内心安堵《あんど》した。

「けど、大丈夫なんですか？　王国名誉騎士ですとか、突然の婚約発表ですとか。急なことで私も驚きましたが、それ以上に城の高官たちは……」

王国名誉騎士もさることながら婚約というのは国家の一大事だ。時間を掛けてそれなりの準備が要るし、王陛下をはじめとする貴族たち、および教皇や司教たちへの根回しも必要なはずだ。

「全然大丈夫じゃないな。式典が終わったあと、批難ごうごうの大嵐だった。一部の者に話してはいたんだが、高官たちにこってりしぼられてな……」

そうだろうな、とアリーセは気の毒に思った。かといって、アリーセを王太子妃として迎えるにはそれしか方法がなかったんだろう。

王太子妃として城に迎えるには、貴族の地位が必要。

そのために、王国名誉騎士の称号、すなわち貴族に相当する地位をアリーセに与え、その直後に婚約を発表した。

こういうことなんだろうけど、やりかたがかなり強引に見える。貴族や高官たちの反感を買うのはあきらかだった。

「まあ、我ながら強引な手だとは思う。だが、一つ言わせてくれ。こっちはクルムゲンでインゴルの大軍を破り、和平条約まで漕ぎつけたんだ。それぐらいのワガママ、許してくれないとな」

ジークハルトは平然と言い放つ。

「ですが、私は心配です。ますます殿下が反感を買われたらと思うと。それに、王陛下がなんておっしゃるか……」

「父王は快諾してくれたよ。そもそも、ヴィントリンゲン家は伯爵の血筋であろう？　そなたの父のことがなければ、私と婚約したところでおかしくはない身分だった。しかも、そなたは今となっては王国唯一の名誉騎士様だ。なんの不都合がある？」

「で、ですが……」

「案ずるな。案じたところでどうしようもないだろう？　それとも、周りの批難が怖いからって、そなたは王国名誉騎士を辞《じ》し、婚約をも破棄するというのか？」

「そっ、そんなことは絶対にあり得ませんが……」

「私だって怖いのだ。しかし、こうするより他ない。なぜなら、私はそなた以外と結婚する気など、毛頭ないからな」

ジークハルトは不敵にふふんと笑い、挑発するように言った。

「初めて会った時の、騎士の間を思い出せよ。懐《ふところ》から短剣を抜き、私に斬りかかってきただろう？　あの時の気概はどうした？　卑劣にも私の背後を取り、首を狙ってきただろうが」

「あっ。そ、それは……」

顔から首までカーッと熱くなる。

あの時は、功を焦りすぎ、勝つために必死だった。あそこで背後を取れなければ、叩き返されていただろうから。

今考えると、無礼というか、未熟というか、気負いすぎというか……。刃を向けずとも説得するとか、妥協を提案するとか、他にやりかたはあったのに。恥ずかしくて申し訳なくて、言葉もない。

「そなただって、わかっているだろう？　綺麗事だけじゃ、生きていけないことを。我をとおし、泥を被ってこそ人生だぞ」

豪胆《ごうたん》に言い放つジークハルトに、心配をとおりこして笑いそうになった。

この御方はやはり、破天荒《はてんこう》というか、型破りな人だなぁ……

「我らが一緒になるには、強引な手を使って辻褄《つじつま》を合わせるしかない。それに伴う弊害《へいがい》や痛みは、二人で分かち合おう。アリーセ」

アリーセは一歩前に踏み出し、差し出された大きな手を取り、「はい」と返事をする。

ジークハルトが誇らしくて、大好きで、うれしくて、すごく幸せな気分だった。

「あと、イーヴォのことなんだが……」

言いにくそうにジークハルトは顔をしかめ、アリーセは「え？」と見上げる。

「実は、私の幼なじみなんだが、その……正妃として本気で迎えるつもりなら、婚姻前に手を出すとは何事かと、こってり絞られてだな……」

そうだ。イーヴォもアリーセの存在を快《こころよ》く思っていなかった一人だっけ。

「しかし、あの時は仕方なかったのだ。戦の直前で非常事態だったし、もし私に万が一のことがあったら……と考えたら、作法に則《のっと》っている時間がなくてだな……」

あれこれ言い訳を並べるジークハルトが、気の毒に思えてしまう。

「そうですね。本来ならあってはならないことですが、今回だけは例外的に仕方ないかと。私も同意の上でしたし……」

「うん。そうだな……」

ジークハルトは恥ずかしそうに鼻の頭を掻き、ボソボソと付け加えた。

「それにあの時、そなたと結ばれずに戦死したら……と思うと、死んでも死にきれなかった。どうなってもいいから、どうしても思いを遂《と》げたかったのだ」

真剣に言われれば言われるほど、恥ずかしさが募《つの》った。

きっと今、顔だけじゃなくて全身赤くなっている気がする。

もうこの話を終わらせたくて、そっと彼の腕を取った。

「もう、よいのです。過ぎたことですから……」

すると、ジークハルトは顎《あご》を下げ、耳元でそっと言った。

「そのドレス、とても似合っている。髪が短い女性というのはこれほどまで美しいものなのだな」

こうして婚約披露晩餐会《ひろうばんさんかい》は、リウブルク城の詩人の間と呼ばれる大広間で、盛大に催《もよお》された。

和平条約締結後というのもあり、貴族たちの間からきな臭い空気も消え、城内はお祝いムード一色に包まれている。

叙勲式《じょくん》では凛々《りり》しい騎士の正装だったアリーセが、華やかなドレスで登場した時は、好意的な賛辞が多く寄せられた。勇敢に戦って王太子を守った女性王国名誉騎士という前触れもあり、「ただの貴族令嬢とは違う」と一目置いてくれたらしい。

そういった宴の進行を、アリーセは幸せな気持ちで見守った。もちろんすごく緊張したし、背筋から力は抜けなかったけど、自分が婚約者にふさわしいかどうかより、王国の貴族たちと一緒に平和を祝いたかったし、素晴らしい宴を開いてくれた人々に感謝を伝えたかった。

晩餐会《ばんさん》には礼装を着たアルノーの姿もあり、アリーセをあっと驚かせた。

あのあと、城から使者がやってきて、親族代表として招かれたのだという。

「婚約おめでとう、アリーセ。剣の腕を鍛えた甲斐があったね！」

幼少の頃より、剣技に打ち込むアリーセを、「女らしくしろ」とたしなめてきた兄は、ここで初めてアリーセの努力を認めたらしい。

会場にはイーヴォの姿もあった。目が合うなり、土下座する勢いで頭を下げられる。

「アリーセ様。数々のご無礼、どうぞお許しください！　大変申し訳ございませんでした！」

イーヴォの蒼白な顔を目にし、アリーセは首を横に振る。

「あなたの言ったことは殿下を思ってのことですし、まったく気にする必要はありません。それよりもクルムゲンへの往復に同行して頂き、ありがとうございました」

「同行したのは任務だからです。あの時の非礼を深く反省しております。私が無知蒙昧《むちもうまい》だったゆえ、アリーセ様をおとしめる発言をしてしまい、もうお詫びの申し上げようもございません……」

律儀に何度も頭を下げるイーヴォに、アリーセは苦笑するしかない。

正直、イーヴォに対し、怒りや恨みはまったくなかった。

「話を聞いて一瞬、イーヴォを斬り殺そうかと思ったぞ」

冗談なのか本気なのかわからない口調で、ジークハルトが割って入ってくる。

「私がアリーセと婚約するために、あっちこっち根回しして東奔西走《とうほんせいそう》してたっていうのに、全部叩き壊すようなことをやってくれたわけだからな」

ジークハルトの恨みがましい視線に、イーヴォは「申し訳ございません」と小さくなる。

とはいえ、幼なじみだという二人の間には失態さえも笑いに変える、気安さがあった。

「そなたの気持ちが離れてしまえば、すべての努力は水泡《すいほう》に帰《き》す。そなたが私と婚約するのが嫌ならば、周りが認めようが意味はないからな」

ジークハルトにそう言われ、アリーセは視線を落とす。

「いえ、私は……」

たしかに、あの時イーヴォにさとされ、気持ちに迷いが生じた。

自分は本当に婚約者としてふさわしいのか？　自分の存在が、ジークハルトの足を引っ張るだけじゃないか？

「……今でも正直、自信のないところはあります。自分のしていることが正しいと、確信したことは一度もありません。けど……」

ぎゅっと左手の指輪を握りしめ、この、形にならない思いをどうにか口にしようとする。

「流れに逆らわないでいたいんです。したいことをするより、やれることをやりたいなって。私が王太子妃にふさわしくないからと騒いでも、おのずと決着はつくでしょうし、それならそれでジタバタせず、静かに結果を受けいれたいなって。うまく言えませんが、そんな風に思っています」

ずっと、そんな風に生きてきた。

ヴィントリンゲン家が没落し、兄妹で放り出された時も、オーデン修道院で過ごした日々も、騎士団に入団してからも、自分で選んだものはなに一つない。ただその瞬間に、自分ができる小さなことを淡々と積み上げてきただけだ。

そうやって生きてきて、後悔したことは一度もない。いろいろ苦労もしたけど、なかなか上出来で悪くないと、自分では思っていた。

――あんまり逆らわないことだね。全体を俯瞰《ふかん》すればね、己の役割というものはおのずとあきらかになる。

ジガーナの老婆の言葉が心に残っていた。たしかに、どんなにあがいてもやれることというのは少なく、今こうして婚約者という役割を与えられたなら、逆らわず流れに合わせたい。

「それにやっぱり、私はずっと殿下のことを……心よりお慕《した》いしておりますから」

恥ずかしながら正直に告げると、ジークハルトとイーヴォが顔を見合わせる。

その時の、うれしそうなジークハルトの笑顔が、深く印象に残った。

こうして、婚約披露晩餐会《ひろうばんさんかい》は終始なごやかな雰囲気で幕を閉じた。

これから婚姻の準備も兼ね、アリーセはしばらくリウブルク城に滞在する。唯一の親族であるアルノーは、今夜は城内の客室に泊まり、明日オーデンに戻る予定だった。

アリーセは貴賓室《きひん》に引き上げ、わらわらと寄ってきた侍女たちに手伝ってもらい、窮屈《きゅうくつ》なドレスから解放される。これからのことに思いを馳せ、期待したり不安になったりしながら、この瞬間を記録しておこうと、ひさしぶりに日記をつけた。

夜も更け、窓の外は完全な暗闇が広がっている。爽やかな春の宵で、風がざわざわと木々を揺らす音が遠く聞こえた。

そろそろ寝ようかと、ガウンを羽織って立ち上がると、コンコン、と窓から音がする。

……え？

窓辺に歩み寄り、そこに立つ人物を目にした時、あっと声を上げそうになった。

……ジークハルト殿下⁉

なぜか、黒装束《くろしょうぞく》に身を包んだジークハルトがバルコニーに降り立ち、「しーっ！」と人差し指を唇に当てている。

とっさに室内を見渡し、誰もいないことを確認し、出入り口のドアをしっかり施錠した。そうしてから、窓を開けてジークハルトを迎え入れる。

「で、殿下！　なにをしてらっしゃるんですか？　こんな夜更けに……」

当然の疑問がアリーセの口をついて出た。

「いや、悪い悪い。見張りの者がいて、なかなか寝室を出られなかったのだ」

片手を上げたジークハルトの弁は、答えになっていない。

「じゃなくて、なにをしてらっしゃるんです？　まさか、窓を伝っていらっしゃったんですか？　そんな、危ないですよ……」

驚くやらあきれるやらしていると、ジークハルトはうるさそうに片手を振る。

「婚前交渉は絶対禁止令が出てしまってな。高官どもが私に三日間の休暇を与えたことを、後悔しているらしいんだ。そなたを連れ込んでしまったからな。風紀が乱れるだのなんだの、うるさくてかなわん」

「それで、こっそり会いに来られたんですか？」

ジークハルトがニヤッと笑ったかと思うと、やにわに腕を引かれ、抱きしめられた。

腰と背中に彼の腕が回り、二人の体が密着する。ひさしぶりの彼の匂いにホッと心が温まった。

「そなたが城内にいるかと思ったら、いても立ってもいられなくてな……。こうして会いに来た」

つむじの辺りに、彼の唇がそっと触れる。

そのふにゃっとした柔らかさに、もうすべてを許している自分がいた。

「……危ないですよ」

そう苦言を呈《てい》しつつ、うれしさが込み上げる。

「毎晩のように、そなたのことを想って眠れなかった。そなたが私のところに戻ってくるのを、指折り待っていたのだ」

「殿下……」

こめかみに彼の唇が触れ、思わずまぶたを閉じた。

「もう、我慢できない。どうしても、今すぐそなたと愛し合いたい。晩餐《ばんさん》会の時から、そなたの美しさに目眩《めまい》がしていた……」

そんな……

ドキドキしてなにも言えずにいると、ぎゅっと強く抱きしめられる。

「……ずっと我慢していたから、今夜はかなり激しくなるが、よいな？」

掠れた声が鼓膜を撫で、ガウンの下の肌が熱を持った。

◇◇◇

「あ、で、殿下……。私、恥ずかしくて、あの……」

アリーセは頬を紅潮《こうちょう》させ、大きな瞳を潤《うる》ませて訴える。

「殿下ではない。ジークと呼べと言ったろう？　そなたと私はもう婚約した仲なんだぞ」

仰向けに横たわったジークハルトは意地悪く言った。愛くるしいアリーセを見ると、ついいじめたくなる。

アリーセは命じられるがまま、馬に乗るような形でジークハルトの腰にまたがっていた。太腿《ふともも》の間にある小さな秘裂に、興奮しきった雄の楔《くさび》は深々と刺さり、垂れ落ちてきた蜜が睾丸を濡らしている。

ああぁ……。アリーセの膣内、あたたかい……

喉の奥から吐息が漏れる。とろりとした媚肉に根元までくるまれ、腰の芯まで温まると同時に、ほっとするような不思議な安堵《あんど》感があった。

ちょうど臍《へそ》の下辺りに、彼女が小さな手を載せ、微《かす》かに身悶《みもだ》えしている。密かに膣奥のほうで、ぬるりっと矢じりの部分を擦られ、心地よい痺《しび》れがじぃぃーんと腰のほうへ伝わった。

あ、あぁ……いい……。こ、このままでは、すぐに達してしまいそうだ……

「さあ、アリーセ。好きなように動くがいい」

ひさしぶりの挿入に、声が上ずってしまうのは仕方ない。

「あ、あの……。けど、好きにって言われても、わからな……」

彼女は恥ずかしそうに言い、臍《へそ》の下に生えた体毛に指を絡ませ、もぞもぞと身じろぎした。そうは言っても肉体は欲望に忠実なのか、自然に彼女は腰をしゃくり、ぐりぐりっと膣奥に押しつける。

「っ!?」

急激に射精感が這い上がり、とっさに息をとめて耐えた。

彼女はコツを呑み込んだらしく、恥じらい迷いながらも腰をいやらしくうねらせはじめる。

「あっ、くぅっ、そ、そこっ……。アリーセ、もっとそこを……。そ、そうだ。いいぞ……」

言葉の最後のほうは喜悦《きえつ》の吐息混じりになった。

「あぁ……。殿下の、んんっ、おっきいです……。すごく、んく、おっきい……」

巨大な雄棒を根元まで咥《くわ》え込み、膣襞《ちつひだ》を擦りつけるように、腰がくねくねとうねり回る。
ア、アリーセ……。可愛くて、ああ……。可愛いのに、なんと淫《みだ》らな……
きょとんとして純粋無垢《むく》な童顔。なのに、あまりに猥褻《わいせつ》すぎる雌の腰遣い。その落差にどうしようもなく煽《あお》られ、ドキドキが止まらなかった。

彼女は勢いよく弾みをつけ、お腹を突き出しては引き、本当に乗馬しているように律動を刻む。

ぐちゅ、くちゅっ、と結合部が小さく鳴った。

「あっ、で、殿下っ……。き、気持ちいい……。ああ、んっ、ここっ、いいよっ……！」

やがて、彼女は快感を求める貪欲さを隠さなくなる。

腰のうねりは速度を上げ、彼女は体毛を握りしめて両膝に力を入れ、局部の摩擦に意識を集中させた。

乱れた金髪は上下に跳ね、美眉はひそめられ、桃色の唇が愉悦《ゆえつ》にあえぐ……

自ら雄にまたがり、巨根をずっぽり咥《くわ》え込み、白い腰をうねらせるアリーセはまるで淫魔《いんま》のように見えた。雄を性的に誘惑し、どこまでも堕落《だらく》させる、いかがわしい淫魔《いんま》に……

ああ、アリーセ……。そんなあどけない顔をして、そなたは、まさか……

彼女のあさましい嬌態《きょうたい》に、目も心もすっかり奪われてしまう。普段は礼儀正しく真面目な彼女は、性交の時だけその本性を現す。たとえるならば、幾重《いくえ》にも覆われていた硬い皮が一枚ずつ剥《は》がれていき、中心で核となっている、動物的な本能が剥《む》き出しになるのだ。

それは熱く、醜《みにく》く、黒々としていて、直視できないほど淫《みだ》らで卑猥《ひわい》だ。

しかし、背筋が凍るほど美しく、抗《あらが》いようもなく惹きつけられるのだ。

す、すごい……。ドキドキしすぎて、心臓が爆発しそうだ……

絶対に見てはいけないものを、見てしまった感覚。誰も知らない秘密を、自分だけが手にしたという、やましい悦《よろこ》びがあった。

雄の本能を刺激され、野蛮な獣性に我が身が支配されていく……

この美しい雌を我がものにし、筆舌に尽くしがたい淫交に耽《ふけ》りたい。この美しい雌とともにどこまでも、地獄の底まで堕落《だらく》したい。そのためなら、この魂を悪魔にくれてやっても構わない。

そんな狂気に囚われるのだ。

アリーセ……。そなたはまさか、私を誘惑し、陥《おとしい》れるために遣わされた、淫魔《いんま》なのか……

雄棒にギリギリッと力がみなぎり、それを膣内で感じ取ったのか、彼女が驚いたように「きゃっ」と声を上げる。

蛇《へび》のようにくねる腰。乱れる彼女の息。体毛を掴んでは引く、ほっそりした指がくすぐったい。

蜜壺内はぐちゃぐちゃに濡れ、たぎる雄棒は上下に滑り抜けながら、ぐるぐると擦り回された。

ああぁぅ……。と、とろける……。アリーセ……うくっ、も、もう、とろけそうだ……

とろとろの媚肉が次々に迫りきて、じわじわと射精感がせり上がってくる。思わず腹筋に力を入れ、軽く上体を起こし、どうにかそれをやり過ごした。

「あぁっ、アリーセッ……！　わ、私は、もうっ……!!」

揺れる腰骨を両手で捕らえ、下から怒涛《どとう》の如く突き上げ、解放に向け一気に駆け上がる。

「あっ、あぅっ、ふっ、深いっ、ああっ……。き、きちゃうっ……。殿下ぁ……」

頬を紅潮《こうちょう》させ、瞳を潤《うる》ませ、とろんとした表情が堪《たま》らなく可愛いらしい。

ぶるん、ぶるん、と白い巨乳が大きく揺れ、突き上げながら思わず目を見張る。

う、うわ……。こ、これはっ……！

頂《いただき》の蕾《つぼみ》はツンと尖《とが》り、ぷるん、ぷるん、と弾むそれは、たとえようもなくエロティックだった。

とっさに両手でわし掴みにし、大きな膨らみと弾力を手中にする。

……ああ、もう、すべて絞り取られたい……

失神しそうなほどの快感に、酔いしれながら願う。

アリーセになら、騙《だま》されてもいい。陥《おとしい》れられてもいいんだ。もう、とことん絞られたい。精を絞り取られたい。一滴残らず、根こそぎ絞り尽くしてくれ。頼む……

訳のわからぬ衝動が湧き上がり、それに呼応するように、媚肉がきゅぅっと締《し》めつけてくる。

あまりの気持ちよさに、腰が抜けそうになり、どろりとした熱がすぐそこまで上がってきた。

「あぁぁっ……。もっ、もう……い、イッちゃうっ……！」

嬌声《きょうせい》が上がった瞬間、ズウン、と垂直に突き立てる。

乳房を握りしめながら、びゅるるるるっ、と思うさま解き放った。

……あああっ……

快感の稲妻に全身を打たれ、呼吸が止まり、ふわっと意識が遠のく……

びゅるびゅるっ、びゅるるっ、と溜まっていた精はどんどん吐き出された。

ようやく肺に空気が入り、肩で息をしながら射精し続ける……

「あぁ……。殿下……」

絶頂で恍惚《こうこつ》とした彼女の表情に、息もできないほどドキドキする。純真無垢《むく》で可愛らしいのに、ひどく淫《みだ》らで……

「アリーセ……。好きだ……」

吐精の気持ちよさで声が掠れた。

ぼんやりした意識で、こんなことを考える。

自分はどうやって、彼女に会えないこの二か月をやり過ごしてきたんだろう？　もう、一分一秒たりとも、絶対に離したくない。

今となっては、彼女なしでどうやって生きていたのか、うまく思い出せなかった。

◇◇◇

——婚前交渉禁止令なんて知るか。私は時間の許す限り、公務をギリギリまで削ってでも、そなたと愛し合うぞ。

尊大にそう言い放つジークハルトは、まるで駄々をこねる子供のようだ。

高官の言うことは聞いたほうがいい、とアリーセがなだめても、ジークハルトは頑として「毎晩絶対会いにくる」の一点張りだった。

いつもは柔軟な御方なのに、変なところ頑固《がんこ》で、変なところ子供っぽいなぁ……

アリーセはため息混じりで思う。けど、そんなところが可愛らしく、愛おしく思え、彼の頭を胸に抱きしめた。

ジークハルトが果てたあと、ふたたび二人は抱き合っている。夜は更け、城内は静寂に包まれ、時折、ゴウゴウという風の音が遠く聞こえた。

寝台の上にジークハルトが足を開いて座り、向かい合う形でアリーセが彼の腰をまたいでいる。

性欲旺盛《おうせい》なジークハルトは、すでに硬く勃ち上がり、深々とアリーセの蜜壺に収まっていた。

二人を捉《とら》えていた、焼けつくような飢餓《きが》感《かん》と、怒涛《どとう》のような衝動は去り、穏やかな時間が流れている。

アリーセも正直、聞き分けのいい大人になることが、最良なのかどうかわからない。今回はジークハルトがワガママを貫き、強引な手を使ってくれたおかげで、こうして二人は再会できた。アリーセを王国名誉騎士に任命し、さらに婚約発表するなんてかなり非常識で奇矯《ききょう》な振る舞いだし。

ジークハルトには深く感謝している。

約束を守るため、周りから批判を受け、さまざまなものを犠牲にしてくれた。もう一度、アリーセの手を取るために、なりふり構わず手を伸ばしてくれたのだ。

周りからはワガママで奇矯《ききょう》に見えても、それこそが彼の強さだと思えた。自分には到底できない。周りの目を恐れ、責任を問われたくなくて、自分の感情を殺すだろう。現に、オーデンに帰った自分はなかばあきらめていたのだから。

「殿下……。私のために、ありがとうございます」

想いを込め、彼のうしろ頭を撫でる。美しく輝く銀髪は、するりと指を滑り落ちた。

「そなたのためではない。自分のためだ」

胸の谷間に鼻先を突っ込んで、彼はきっぱり言う。

「私が、そなたじゃないと嫌なのだ。結婚するならそなたがいいし、子をもうけるなら、そなたとじゃなきゃ嫌だ。それ以外のことなど、どうでもよい」

「殿下……」

「私は生まれてからずっと、王太子としてあらゆることを我慢してきた。国のために尽くし、臣民のためにこの命を捧げてきたのだ。それは、これからもずっと変わらないし、それが当然だと思っている。だが、どうしても望むものはと問われた時……私にも一つだけ、欲しいものができた」

彼の息が肌を湿らせ、そこがじんわりと温かかった。

「こうして、そなたが戻ってきてくれて本当によかった……。アリーセ……」

口づけをせがまれ、整った唇をそっとついばむ。その芸術品のような唇に触れる時、神聖なものを汚してしまう気がして、いつも微《かす》かな緊張を覚えた。もう、何度も口づけしたはずなのに、全然慣れない。

濃厚に舌をもつれさせながら、やわやわと乳房を揉まれた。手つきがいやらしくなり、蕾《つぼみ》を淫《みだ》らにつままれ、徐々に官能的な気分が高まっていく。

「……アリーセ……」

あえぐような声が、ひどく色っぽい。

ゆっくりと彼が腰を動かし、雄棒が上下に動きはじめた。

媚肉をぬるぬる絡めながら、とろけるような甘い余韻《よいん》を引き、滑り抜けていく……

あ、あ……あぁ、んっ、すごくいい……。とろけちゃいそう……

上下に甘く揺らされながら、下腹部の痺《しび》れるような快感に、恍惚《こうこつ》となる。

一打一打の突き上げが、想いが入っていてとても優しく、蜜がふんだんに溢れてきた。

ぐちゅ、くちゃっ、と静寂に水音が響く……

「ああ、アリーセ……。可愛い……」

彼の視線の先には、色づいて膨らんだ、苺のような蕾《つぼみ》が尖《とが》っている。

「こんなに乳首を勃たせて……。淫《みだ》らな体だ……」

小さくつぶやき、彼は唇を開け舌を伸ばした。

熱く濡れた舌が、ぬるりと蕾《つぼみ》を包み込み、ひりっとした刺激が弾ける。

「あぅっ……！」

チュウッと吸い上げられ、微《かす》かに四肢《しし》がわなないた。

どんどん雄棒の勢いは増し、蜜壺の奥のほうを鋭く抉《えぐ》られる。蕾《つぼみ》を淫《みだ》らに吸われ、ズコズコと突き上げられながら、そろそろ限界が近かった。

んっ、んっ、んんっ……。い、イクッ……。イッちゃうよぉ……

激しく躍動する雄棒に、媚肉がにゅるりと絡みつき、締《し》め上げる。

すると、彼は意味不明な外国語をつぶやき、喉をゴロゴロと鳴らした。

蜜壺の奥のほうを、硬い矢じりに繰り返しほじられ、せり上がったものが張りつめる。

「あっ、ア、アリーセッ……。わ、私はもうっ……！」

「殿下っ。んっ、わ、私もっ、あぁっ……！」

その瞬間、お互いが吸い寄せられるように、唇と唇を重ね合わせた。

膨らみきった雄棒が、火花を散らしながら滑り込んできて、垂直に突き上げられる。

ズゥン、という鈍《にぶ》い衝撃とともに、張りつめたものが白く弾け飛んだ。

ああああぅっ……！

息が止まり、腰がわなわなとおののき、なにもわからなくなる。

お腹の奥のほうで、どぼぼぼっ、と熱いものが噴き出るのを感じた。

ああ……。熱いのがいっぱい出てる……。殿下……

「んんっ……くっ……」

彼の舌はだらりとし、二人の口腔《こうこう》内にうめき声が閉じ込められる。

次々と吐き出される精を、愛おしい気持ちで受けとめた。

こうして彼を解放に導《みちび》くことに、深い幸せを感じる。穏やかで温かく、優しい気持ちになれた。

はぁ……すごく素敵……。殿下、大好き……

甘く舌先で口内をくすぐられ、彼の優しい愛情が細く流れ込んでくる。

濃厚な口づけを交わしながら、お腹も心も温かいもので満たされていった。

◇　◇　◇

「アリーセ、見ていてくれ。私は王国の統一だけではあきたらぬ。この広い世界を手中に収めてやる」

ジークハルトはアリーセを抱きしめ、野心をたぎらせて語った。

「国だとか領地だとか王権だとかいうのは、もう時代遅れで視野が狭い。広い世界に打って出るんだ。きっと驚くようなことが待ち受けているぞ」

目を輝かせる彼を、アリーセは素敵だなと思う。かつて一目惚れした王太子は、今も変わらず強く、雄々しく、生命力に溢れ、惹きつけられて止《や》まなかった。

こんな風に閨《ねや》の中で、秘めた野望を打ち明けてくれるのはうれしい。体を重ねるたびに、自分はこの御方の婚約者であり、唯一無二の伴侶となるのだ、という自覚が高まった。

「いつかこの国を、この世界を、戦争も暴力もない、皆が笑顔で安心して暮らせる平和な世にするんだ。そなたも、ともに見届けてくれ」

「もちろんです。殿下……」

二人とも一糸まとわぬ姿で、隔《へだ》てるものはなにもなく、素肌の柔らかさと体温が心地よい。業火《ごうか》のような激しい情交と、とろけるような絶頂の果てに、体は好ましい倦怠感《けんたいかん》に包まれ、甘やかな余《よ》韻《いん》を味わっていた。

「殿下じゃなくてジークでよいと言っただろ？」

彼に「めっ！」という顔をされ、思わず微笑んでしまう。

いつまでも彼から近づいてくれるのを期待しないで、自分から近づいてみようと思った。

「わかりました。ジーク様」

「様も余計だが……。まあ、よいか」

ふむふむとうなずく彼が、やっぱり可愛く見えてしまう。

彼に甘えるように抱きつくと、二つの乳房が彼の胸板に押し潰された。すると、彼が小さな悲鳴を上げ、何事かと思ったら、硬くぺとぺとした質感の熱いものがグイグイと内腿《うちもも》を押しているのに気づく。

……え。まさか、これって……

「そなたが相手だとなんだか、底無しになってしまって……。まあ、自信はあるほうだが、いつもはここまで盛《さか》ってはいないんだが……」

彼は申し訳なさそうに言い訳する。

胸がきゅんとしてしまい、首を伸ばして彼の美しい頬に、チュッと口づけた。

「私は、ジーク様とするのが好きですから、底無しでもいいです。もっとたくさんしたいです」

じっと見つめたら、彼の頬がさっと紅潮《こうちょう》する。

「……な、なら、今一度、構わないか？　実は、さっきからそなたの体が触れるたびに、どうにもしたくて堪《たま》らなかった……」

アイスブルーの瞳が、熱情に燃えはじめるのを見ながら、うなずいた。

「アリーセ。子供はたくさん作ろう。私の心は……頭も体も、もうそなたでいっぱいなのだ。そなたのような可愛らしい子供が、たくさん欲しい」

「はい、ジーク様」

ふと、彼は愛おしげな視線を落とし、真剣な声音で言う。

「アリーセ、愛している。我が生涯を、そなたに捧げると誓おう」

ドキドキ胸を高鳴らせながら、祈るように想いを口にした。

「ジーク様。私も愛しています。私の生涯を、あなたと家族のために捧げると誓います」

その告白は真剣なものになりすぎてしまい、二人して目を合わせて微笑み合う。

それでも、この時の彼は本気だったし、アリーセも本気だったことを、お互いがよくわかっていた。

◇　◇　◇

のちに獅子《しし》王と称された、ジークハルト・フォン・リウブルクはインゴル公爵を暗殺したあと、諸公たちと和平条約を締結し、レーヴェ王国統一を成し遂《と》げた。

それから間もなく、国王ルートヴィヒが病死し、ジークハルトが第三代レーヴェ国王として即位する。ジークハルトはあらゆる産業を推進し、学問と芸術を復興させ、税を軽くして犯罪者には厳罰を科し、国民の豊かな生活と安全のために力を尽くした。

これらの功績により、ジークハルトは、チャリス教会のイェレミアス教皇から皇帝冠を授かり、聖レーヴェ皇帝ジークハルトとして即位した。これが聖レーヴェ帝国の起源となり、帝国はそれから千年以上も存続し、めざましい発展を遂《と》げることになる。

ジークハルトは愛妻家としても有名で、妻のアリーセは初代レーヴェ王国名誉騎士であり、勇猛果敢に戦ってジークハルトを守った武勇伝がある。王妃となってからは、ジガーナをはじめとする他民族との和平に貢献した。

アリーセは妻としての他、母としての一面もあり、皇帝に溺愛され、四男三女をもうけた。民たちもうらやむような幸せな家庭を築いたのだという。長男はのちの聖レーヴェ帝国皇帝として即位し、娘たちも他国の王族に嫁ぎ、リウブルク家はまさに隆盛を極める。

こうして、ジークハルトを初代皇帝として戴き、聖レーヴェ帝国の歴史は幕を開けた。

おまけ小話　赤髪秘書官の微笑

ジークハルトとアリーセの電撃婚約発表の騒動から、数週間後の昼下がり。

リウブルク城の王太子執務室では、ジークハルトと秘書官のイーヴォが密談の真っ最中だった。

部屋の中央に鎮座する執務机は、希少な樫《かし》の木材が使われ、一流職人の手によって仕上げられた豪奢《ごうしゃ》なものだ。ジークハルトが座っている背高椅子も同じ樫材で、背もたれの先端には二頭の獅子《しし》と王冠をかたどった見事な意匠があしらわれている。そちらへ向かって大理石製の暖炉《だんろ》が口を開け、反対側には立派な書籍戸棚がしつらえられていた。四方の壁の高いところに描かれた、有名なオペラの一幕にぐるりと囲まれ、精巧な寄せ木細工の板張りの床も含め、レーヴェ王国最高峰の贅《ぜい》が凝《こ》らされた空間だ。

北側の大窓から見える庭園では、みずみずしい新緑が風に揺れ、今日もいい天気らしい。

執務机を挟んで立つイーヴォは、ジークハルトの長い話を聞き終え、考えを巡らせていた。てっきり婚約発表で浮かれているものと思っていたが……。水面下でそんなことを計画していたなんて、殿下はやはり食えない御方だな……

「……殿下。今お話しされた計画は、本気ですか？」

イーヴォは念のため、もう一度確認する。

すると、ジークハルトは鼻でふんっと笑った。

「本気でもないのに、こんな話をおまえにするわけなかろうが」

これは非常に危険でデリケートな話題だ。外部に漏れたら、とんでもないことになる。

イーヴォは再度、周囲に人がいないことを慎重に確認してから、声を落として問うた。

「ヴァリス人の王がそれで納得するでしょうか？」

「しないだろうな」

ジークハルトは即答して片肘《かたひじ》をつき、投げ出した長い脚を偉そうに組んだ。

ちょっとした動作もこの御方がするととんでもなく優雅に見える、とイーヴォは感心する。長い手足、均整の取れた体、艶《つや》やかな銀の髪。冷たく精巧なガラス細工のような美貌《びぼう》は、亡き王后によく似ている。同じ男の目から見ても、もはや完成された芸術作品だ。

生まれながらにして王である男。

「イェレミアス教皇はもはや捨て駒よ。あの小心者は私に脅《おび》え、私を恐れている。だが、愚《おろ》かではない。間もなく手のひらを返し、私に媚び、私に尻尾を振り、権力を差し出してくるだろう。教皇による王権の承認か、もしくは皇帝冠か……」

「しかし、では……どのようにされるおつもりですか」

イーヴォは重ねて問う。ジークハルトの描いた壮大なシナリオの終着点が見えなかった。

ジークハルトはじっと壁画のヒロインを見つめている。垂れた銀髪の隙間からのぞく瞳は、青く染められたガラス玉のようで、感情は読み取れない。

おもむろにジークハルトは口を開いた。

「半分だ」

彼はグラスに残っていた液体をひと息にあおってから、もう一度言った。

「半分」

「半分……ですか……」

イーヴォは呆然とする。

「欲しいだろうが。喉から手が出るほどに」

「し、しかし……教会が黙っていません。神の意志に反します」

「だからどうした？」

ジークハルトは首を傾げ、妖艶《ようえん》な唇の端を上げてさらに言った。

「神になにができる？」

こ、この御方は本気だ……

イーヴォはその整った容貌を見つめながらゾッとした。目的のためなら手段を選ばず、神をも恐れていない。微塵《みじん》も。

信仰心の篤《あつ》いイーヴォは、ジークハルトの出した案に怖気づいてしまう。

「安心しろ。それで必ずまとまる。おまえは私の言うとおりにしていればよい」

ジークハルトは美しいまぶたを伏せ、目を細めた。

「は、ははっ」

ヴァリス人との和平協定……に見せかけた支配、実質的な占領。

まず、ヴァリス人に和平を申し入れる。相手は納得せず、拒絶されることは重々承知で、次は引き換えにチャリス教会領を差し出す。そのすべてを、ジークハルトが独断で秘密裏に交渉する。

和平協定の名の下にヴァリス人たちを油断させ、領地をエサにおびき寄せ、包囲して総攻撃を仕掛け、その隙にヴァリス人たちの領地へ攻め入る……

「案ずるな。教会領もそのうち取り戻すさ。領土拡大の撒き餌《まえ》として少し使わせてもらうだけだ」

好きな音楽の話でもするようにジークハルトは言う。

撒き餌として少し使わせてもらうだけ……

イーヴォは反芻《はんすう》し、緊張と興奮で戦慄《せんりつ》しつつ、大声で笑い出したい衝動を抑えた。

もはや狂人の世迷言《よまいごと》だ。しかし、この御方なら本当にやり遂《と》げるかもしれん。

かつてジークハルトがレーヴェ王国の統一を掲げた時、誰もが笑って相手にしなかった。それが、今はどうだ？　ジークハルトが盟主となり、諸公たちとの間で和平条約は締結され、見事統一は成し遂《と》げられたのだ。

このあとの教皇の動きも、ヴァリス人たちの動きも、この御方はすべて見越しておられる。神の存在さえもただの駒に過ぎず、盤面を先の先まで読みとおし、好きなように進めているだけなのだ。

本当に恐ろしい御方だ……

イーヴォの目には、ジークハルトの持つ二面性がはっきり映っていた。子供の頃から彼を見てきたイーヴォにとって、それは先天的なものに思える。

光と闇。聖と邪。相反する二面性。国を思い、領民を思い、平和を願って戦う高潔《こうけつ》な士に見える時もあれば、殺戮《さつりく》を好み、血に飢え、人を人とも思わぬ悪逆非道《あくぎゃくひどう》な冷血漢に見える時もある。

イーヴォはずっと、どちらが本物のジークハルトなんだろう？　と考え続けてきた。自分が腹心として仕え、忠誠を捧げるこの男は、果たして天使なのか悪魔なのか……

その時、コンコン、と控えめなノックの音が響いた。

イーヴォがギクッとすると、ジークハルトはひょうひょうと「入れ」と命ずる。

ガチャッ、と扉が静かに開き、おずおずとアリーセが姿を現した。

ジークハルトと婚約をしたばかりの、未来の王太子妃だ。今は城内の貴賓《きひん》室に居を移していた。

「あ……あの、お時間になりましたので、参りました……」

モスグリーンのおとなしめなドレスに身を包んだアリーセは、恥ずかしそうに言う。

この御方も驚くほど美しくなられたな……

イーヴォは密かに称賛していた。かつて男装していたアリーセは少年のように愛くるしかったのに、今や艶《あで》やかな大人の色気も兼ね備え、見る男たちを惹きつけてやまない。おとなしめなドレスを着ているのに、その美しさは内側から光り輝かんばかりで、まるで大輪の花が咲き誇っているようだ。

やはり、殿下が彼女を開花させたんだろうか？

野暮と知りつつ、そんなことを邪推してしまう。

アリーセ様。今、重要な打ち合わせ中なので、申し訳ございませんがご退席願えませんか。

そう言おうとイーヴォが口を開くより先に、ジークハルトがすっくと立ちあがり、大股でアリーセに歩み寄った。

「そうかそうか。もう時間だったな。悪いがイーヴォ、席を外してくれ。重要な儀式があるのだ」

ウキウキとアリーセの手を取るジークハルトを、イーヴォは唖然《あぜん》として眺める。

「重要な儀式、ですか……？　恐れながら、それはどういった……？」

それは、今していた軍事戦略会議より重要なものなんだろうか……？

イーヴォが困惑していると、ジークハルトはあからさまに不愉快そうに眉をひそめる。

「いいから早く出て行け。時間がない」

「しかし、このあとフランバッハ公爵との面会を予定しておりますが……」

「そんなもの、待たせておけばよい。さあさあ、早く出て行け」

イーヴォは追い立てられるように出口まで歩かされ、とうとう締《し》め出されてしまった。

「一時間ほどで終わるから、その頃に迎えに来い」

ジークハルトはそう言い残し、無情にもイーヴォの鼻先で扉は閉められた。

その直前に見えた、アリーセの申し訳なさそうな恥ずかしそうな、紅潮《こうちょう》した頬が印象に残る。

重要な儀式？　儀式……儀式……儀式ってなんだ？　そんなの王室典礼にあったか？

イーヴォの脳内で無数の疑問符が渦巻く。しかし、王太子命令ならば仕方ない。控えの間でウロウロと歩き回り、時が流れるのを待つしかなかった。

しばらくすると、フランバッハ公爵登城《とじょう》の報《しら》せが入り、玉座の間で待ってもらうよう指示する。

一時間が経過しても儀式とやらが終わる気配はなく、やきもきしながらノックすべきかどうか悩んでいると、突然バァンッと勢いよく扉が開き、イーヴォはひっくり返りそうになった。

「終わったぞ！　フランバッハは来たか？」

ジークハルトは興奮した様子で、元気いっぱいの声で言う。なぜか頬は赤く上気し、瞳はキラキラと輝いていた。

「あ、は、はい。先ほどいらっしゃいました。玉座の間でお待ちです」

ジークハルトの謎の勢いに呑まれながら、イーヴォはとりあえず報告する。

「わかった。では、行ってくる」

とだけ言って、ジークハルトはウキウキと足取り軽く去っていった。

イーヴォはその背中を呆然と見送り、いったいなんだったんだろうと謎は深まる。

執務室に戻ると、アリーセがちょこんとソファに座っていた。

イーヴォを見ると、アリーセは慌てたように身なりを整え、乱れた髪を直している。なぜか彼女の頬も赤く染まり、同じように瞳がキラキラしていた。

「アリーセ様。儀式とはいったいなんなんですか？」

嫌な予感がしつつも、イーヴォはそう聞かずにはいられない。

アリーセは恥ずかしそうに目を伏せ、火照《ほて》った頬を両手で押さえながら小さく言った。

「あの、あの、これは……その、殿下からどうしてもとお願いされたことなんですが……」

「構いません。話してください。私は秘書官ですから、知っておく必要があります」

すると、アリーセは桃色の唇をギュッと噛んでから、渋々といった様子で語りはじめる。

「あの、で、殿下は……私の……その、私の胸がお好きで……」

「はあ？　胸？」

思わず、すっとんきょうな声を上げてしまう。

「胸というのは具体的には、乳房のことですか？」

ずばり問うと、アリーセは恥ずかしそうにうなずき、さらに続けた。

「それで、その……殿下がお城にいらっしゃる時は、昼間に一回、さ、触らせて欲しいと……おっしゃられまして……」

全身をリンゴのように真っ赤にした彼女の声は、消え入りそうになる。

視線を下げると、ふっくらした豊満すぎる胸が、ドレスの布地を窮屈《きゅうくつ》そうに押し上げていた。

だんだん馬鹿馬鹿しい気持ちになるのを止められず、つい冷たい声になってしまう。

「ほほう。……で？」

「わ、私も最初は固くお断りしたんです！　ですが、そうすると殿下が癒されるとのことで、むしろそれ以外に癒される方法がないとのことで、どうしても頼むと強く懇願《こんがん》されてしまって……」

そりゃ、懇願《こんがん》して揉ませてもらえるならば、男ならいくらでも土下座するわな。

などと考えながら、イーヴォはうんざりせざるをえなかった。

「あの、それで……約束の刻限になりましたので、こうして来たんです……。殿下がどこにいらっしゃっても、なにをされていても、最優先だから必ず来いとの仰《おお》せで……」

「つまり、胸を揉まれに？」

アリーセは小さくうなずき、いたたまれない様子で視線を逸《そ》らした。

「しかし、揉むだけならすぐ終わるでしょう？」

私はいったいなんの質問をしているんだ？　と自らに問いながらも聞いてみる。

「それが、その……。揉んでいるうちに殿下が……その、興奮されると言いますか、昂《たかぶ》ってしまって……その……」

つまり、真昼間の執務室で、二人きりで存分にお楽しみだったってことか。

イーヴォは遠い目をし、ニッコニコの笑顔でウッキウキだった先ほどのジークハルトを思い出す。

いいなぁ……殿下。こんなに若くて可愛い御方と……。やはり巨乳がお好きだったんですね……

「あの……よかったら、イーヴォのほうから殿下に言ってくれない？　その……こんなことを続けてたら、臣下《しんか》の人たちに変な目で見られるし、風紀が乱れる気がして……」

モジモジするいたいけなアリーセを前に、イーヴォはうーむと考え込んだ。

アリーセを見る時のジークハルトは、まるで天使のような慈愛に満ちた目をする。

それは、いまだかつて見たことのないジークハルトの新たな一面だった。初めて見た時、声を上げそうになったほど驚いたものだ。あの容赦《ようしゃ》なく残虐な王太子が、こんなにも柔らかく優しい目をするとは……見ているだけで、こちらもドキドキさせられるような目を。

天使と悪魔。ジークハルトの本性が、そのどちらでもあるのだとしたら……

もしかしたら、アリーセの存在が彼を繋ぎとめてくれるかもしれない。

敵を屠《ほふ》るたび血に飢え、領民のため国のために悪魔になろうとする彼を、アリーセだけが引き留められるのかもしれなかった。向こう岸に渡ろうとする彼に、愛することを教え、優しさを思い出させ、人間らしさを取り戻させ、我々の立っている此岸《しがん》に引き留めてくれる、唯一無二の存在……ならば、アリーセを失えば、ジークハルトは人間性を失い、ただ冷酷なだけの独裁者と化すだろう。

アリーセはこの先、ジークハルトにとって最重要人物となりえる。

「うーん……。それは同意いたしかねます。その儀式は続けるべきでしょうね」

熟慮《じゅくりょ》の果てにイーヴォがそう告げると、アリーセは「えっ？」とぎょっとした。

「そんな。イーヴォまでそんなこと言うの？　あなたならやめるよう殿下に進言してくれると思ったから、話したのに……」

「私からもアリーセ様にお願いです。どうか、殿下に揉ませてあげてください」

「えええ……」

信じられない、といった様子でアリーセは目を丸くしている。

「よいではないですか。お二人が仲睦《なかむつ》まじいことは、我々も望んでいることです」

「うーん……。まあ、それはそうだけど……」

アリーセはまだ腑《ふ》に落ちないらしく、考え込んでいる。

仕方ない。これも殿下の心のケアのため、レーヴェ王国の平和のため、果てはこの世界の未来のためだ。ここは一つ、王太子妃にその身を捧げて……じゃない。そのおっぱいを捧げてもらおうではないか。

つまり、おっぱいは世界を救うってことだな。
そう考えると無性におかしさが込み上げ、イーヴォはにっこり微笑んだ。

エタニティ文庫

イケメンCEOのめくるめく寵愛

エタニティ文庫・赤

エタニティ文庫・赤

待ち焦がれたハッピーエンド

吉桜美貴　　装丁イラスト／虎井シグマ

文庫本／定価：本体640円＋税

勤めていた会社を解雇され、貯金もなく崖っぷちの美紅《みく》。そんな彼女が、ある大企業の秘書面接を受けたところ、なぜかCEOの偽装婚約者を演じることなってしまった！　冷酷非道な野心家で、美人女優たちと数々の浮名を流す彼だけれど、対峙してみると繊細で優しい一面もあり……？　この関係は、二週間だけの期間限定――焼け付くような身分差ラブ。

※エタニティブックスは大人の女性のための恋愛小説レーベルです。ロゴマークの色で性描写の有無を判断することができます（赤・一定以上の性描写あり、ロゼ・性描写あり、白・性描写なし）。

詳しくは公式サイトにてご確認ください。
https://eternity.alphapolis.co.jp/

携帯サイトはこちらから！

Noche
ノーチェ

甘く淫らな恋物語

ノーチェブックス

みだらな溺愛
新婚生活♡

契約結婚のはずなのに、殿下の甘い誘惑に勝てません！

綾《あや》瀬《せ》ありる
イラスト：めろ見沢

婚約者を亡くした伯爵令嬢のアンジェリカ。彼女は、何故か王太子のエグバートから突然求婚された。しかし今までの二人に甘い出来事は一切なし。ていのいい女避けにするのだろうと思ったアンジェリカはどうせ誰かと結婚しなければならないのだからと承諾したのだけれど……エグバートは初夜から毎晩情熱的に求めてきて!?

詳しくは公式サイトにてご確認ください
https://www.noche-books.com/
携帯サイトはこちらから！

この作品に対する皆様のご意見・ご感想をお待ちしております。

おハガキ・お手紙は以下の宛先にお送りください。

【宛先】

〒150-6008 東京都渋谷区恵比寿 4-20-3 恵比寿ｶﾞｰﾃﾞﾝﾌﾟﾚｲｽﾀﾜｰ 8F
（株）アルファポリス　書籍感想係

メールフォームでのご意見・ご感想は右のＱＲコードから、
あるいは以下のワードで検索をかけてください。

アルファポリス　書籍の感想　検索

ご感想はこちらから

本書は、「アルファポリス」(https://www.alphapolis.co.jp/) に掲載されていたものを、改稿のうえ書籍化したものです。

男装騎士《だんそうきし》は王太子《おうたいし》のお気《き》に入り

吉桜美貴（よしざくら みき）

2020年 8月 31日初版発行

編集－斉藤麻貴・宮田可南子
編集長－太田鉄平
発行者－梶本雄介
発行所－株式会社アルファポリス
〒150-6008 東京都渋谷区恵比寿4-20-3恵比寿ｶﾞｰﾃﾞﾝﾌﾟﾚｲｽﾀﾜｰ8F
TEL 03-6277-1601（営業） 03-6277-1602（編集）
URL https://www.alphapolis.co.jp/
発売元－株式会社星雲社（共同出版社・流通責任出版社）
〒112-0005 東京都文京区水道1-3-30
TEL 03-3868-3275
装丁・本文イラスト－氷堂れん
装丁デザイン－AFTERGLOW
（レーベルフォーマットデザイン－ansyyqdesign）
印刷－株式会社暁印刷

価格はカバーに表示されてあります。

落丁乱丁の場合はアルファポリスまでご連絡ください。

送料は小社負担でお取り替えします。


ISBN978-4-434-27771-9 C0093